政协委员文库
Zhengxie Weiyuan Wenku

深爱之章

张炜 著

中国文史出版社

目　录

第 一 辑

第 二 辑

第 三 辑

第 四 辑

第 五 辑

第 一 辑

语言：品格与魅力

由于过分地宣传了"语言大师"的某些特征，尽管这特征在他们那儿也可能是微不足道的，但还是影响了一代又一代后来者。一个热衷于文学艺术的人有时首先会在语言上迷失。

人们都坚信文学就是语言的艺术，于是千方百计抓住自己的语言，做了艰辛的努力。谁能怀疑这种努力？

为了使语言深重地打上自己的烙印，一个人是可以不择手段的，比如公然胡说八道，藐视当代语言习惯，杜撰甚至强加一些"群众语言"……这样做的结果当然并不妙。

那些过分机智的或极具特异色彩的语言诚然容易被记住、被流传和津津乐道，但它们在一个好的艺术家那里大概只是适时而至、适可而止的。他们不会把精力用在追求这样的语言上。

语言的功用即便在一部精妙绝伦的文学作品那儿，也没有太大的例外，它不过是更清晰更简洁准确地表达了意思而已。那种"意思"无论怎样特别、怎样难以表述，也仍然要由相应的文字去体现。寻找"相应"的、准确的，这个过程本身就很朴素。所以我们常常有理由这样说：最好的语言总是最朴素的。

一个人的性质会从语言上自然而然地体现，所以一个人不必使用全部心力制造出一份"自己的语言"。这样的语言只能是虚幻的、莫名其妙的。

人老了会发出苍老的声音；人还幼小，就有所谓的"童声"。心灵当然规定着语言的色泽。语言的品格与人的品格互为表里，人如果真实、较少装饰、诚恳，他的语言也会简洁明了、朴实可亲。

有人喜欢在语言上缠绕，以为"艺术"都是绕出来的；其实有话直说还会感到表述的繁琐和困难，怎么能再绕？世上纷纭复杂的事件、意绪，总是苦于不好传递，也苦于难以理解。绕来绕去的语言总是误事，当然也误了艺术。

如果注意一下那些优秀的、作品有内容的作家，会发现他们更乐于使用，也更有效地使用名词和动词，对它们格外珍视。这两种词语是语言中最坚硬的构筑物质，是骨骼。不必使用太多的装饰去改变和遮掩它们，这会影响它们的质地。

现在市面上的文章不必说了，即便是相当成熟的作家，在使用华而不实的装饰性词语方面，也变得相当不节制了。

把简单的意思和事物说得复杂化，这绝不是良好的习惯。这一倾向越来越严重，以致难于收拾。这大概是时代的特征。在逐渐商业化的社会中，装饰是一种必须。舍弃了装饰的虚幻，会丢失现实的物质利益。

但语言艺术与商业活动在本质上是对立的。如果有谁试图在二者之间达成某种妥协，就必然损伤自己的艺术。

语言的魅力是内在的、长久的，说到底是操持语言者的魅力。不少人试图让自己努力追求的文学语言独立化，这是做不到的。一个人的性质、境界不会如此直接地传达而出，而往往是在一个较长的时段中缓缓地体现。他难以用语言本身证明"我就是我"，而只能靠长期朴实无华的劳动、求真求实的过程去逐渐明晰地显现。

急于用语言本身证明自己是"不同的"，不仅会流俗，而且将在操作上变得尖声辣气。

不仅不能如此，还要做得恰恰相反，即让自己的语言尽可能地、最大限度地变得"普通"：它应该是最不陌生的，没有怪气和异味的，即彻头彻尾的"时代的"和"大众的"。

语言会随着时间演进。我们每个个体都是这演进过程中的一分子。

服从这种演进的目的，不过是为了减少传递中的损失，减少理解上的障碍。我们必须承认，在文字制成品中，作者与读者之间的一部分障碍仍然是语言本身造成的。行文中总有一部分语言失却了表达和传递的功用。

有人偏偏喜欢这种障碍。他为了在障碍中变得神秘和有深度。这当然是个小小诡计，不会得逞的。

我们要做的是尽可能地扫除障碍，自己动手扫除。

任何语言，无论它多么生动和准确，实际上仍然只能近似地表达人的思绪意念。意绪的曲线是由词语的直线组成的，词语的直线再短，也仍然具有长度。所以语言对于纷纭复杂、无限柔软曲折的意绪而言，总显得生硬。

这就是我们面对语言一再为难、产生不同程度的恐惧的原因。

语言中的"我"会很自然地消失，这是正常的。"我"到底在哪里？在文字的栅栏之后，在内容上，在任其消失的气度和过程之中。

那样的个性之"我"才是魅力长存的。

二十世纪之后的文学不同程度地走入了单纯的语言竞赛。这对于文学的本质而言是个严重的伤害。文学任何时候不能降格至语言的游戏。

我们到了抑制自己浮泛的激情、脚踏实地的时刻了。我们必须学会在质朴的语言的泥土上消融自己——消融得不留痕迹。

但语言外部的浓烈色彩极大地诱惑着。这种诱惑有时会促发创造的激动，更多的却是让人不自觉地陷于误失。兴奋会是短暂的，空荡荡的感觉倒要慢慢袭来。我们不得不意识到，语言与"我"是会发生分离的，这种分离不能不让人痛苦。

生命的色彩只存在于没有发生分离的那一小部分语言上，其他部分只在起相反的作用：遮盖个性之光。那种分离出的语言越是具有色彩，就越是有害。

这是非常浅显的道理，但现代主义运动中的一部分实践却在告诉我们，弄明白它也并不容易。

因为它的全部原因仍然不是个"方法"问题，而只能是生命的性质，是心灵的问题。苍白和微弱的心声需要一种畸形的语言去辅助和掩饰。这个过程也有快感。

我们在玩弄语言的同时，偶尔会发现正在可怕地生"瘾"，在自我麻醉，这样久而久之，也就丧失了直取本质的勇气和能力。

1994 年 10 月

纯粹的人与艺术

一

一个人最好能够克服某种自卑。的确，艺术家有时最重要的，就是重视自己，重视自己所处的那片土地，重视在那儿获取的全部感觉。创作力慢慢枯竭的一个重要原因，或许是对自己和自己脚踏的那片土地有了误解，不自觉地陷入自卑。

自卑会限制和扼杀人的创造力。

外部世界很大，有很多奥秘，很多我们所不了解的高深之物。这是自然而然的。不过我们理解事物的方式还有许多，比如从另一个角度去看，我们脚踏的这片土地一点也不比别的地方低劣和寒酸。对于"文学的土壤"而言，无论是巴黎还是纽约唐人街，无论是沂蒙山还是上海北京，都要按平方来计算，它们是等值的。

在我们看到和感到的这个世界上，还找不到两片完全相同的陆地。只要写出自己的大陆，就具有了不可取代的价值。它是自己的声音，即自己的艺术。如果从这个方面获取了启迪和安慰，就具备了最根本的自由和自信。

对生活，对置身的这个世界，总有自己最理解的部分，有自己能够表达的隐秘，把这些写出来，是一种责任。根据就在脚下，要抓住它，不再放松。如果这样做了，并且能够坚持一生，那么他人就不能替代。

文学不是一种职业，而是一种生命现象。只要是一个强盛的生命，就一定会有创造的欲望。创造、沉湎、幻想，这是与生俱来的一种能力。生活中有好多感慨，并促使人去寻找表达的方式。这是很自然的。许多人没有从事艺术，不是一个诗人，而是走上了其他道路。因为表达和创造的方式还有许多——也有可能是因为现实生活中各种各样的原因，把人的创造潜能给掩盖和遮蔽了。这个过程将是不自觉的。

创造，是为了活得更真实，更有意义。创造可以保留人类的本真，如儿童一样地敏感、喜悦、多情。在这个商品化、政治化和概念化的社会里，本质意义上的人往往被阉割了，俗化了。事实上，一个新鲜的生命总是比我们看到的、习惯了的成人更真实。他对周围的世界常常是那么好奇：一片月光，星星挂在天上，大海，河流，树木的声音……一切在他看来都是满目新鲜。他遥问星空，问自己从哪儿来到哪儿去，等等。

人在年龄上越来越大，可是关心的问题却是越来越小。一个人可能越来越关心他的房子、工资、单位这一类事情。当然是生存所迫，是视野被禁锢。人生初始是要紧紧跟住奥秘的，于是心里才会装着大海、星星、月亮等等。而这些，正是一个诗人今后一生都将抓住不放的东西。

今天的人面对着令其焦虑的一切大问题，如道德状况、环境污染、人口、一个民族的精神走向……可惜人在许多时候对这些视而不见，关切的只是一些庸俗的小问题。我们丧失了一种关怀大事物的能力，使生命的过程和目的变得渺小。

维护人的诗性、人的创造力，正是维护一个健康的生命，保留一个健康的生命。这是人类本身最可珍贵的一部分。这种维护差不多是一场战斗，是一生的奋斗。

二

大多数人只能在业余从事创作。有人为此而苦恼。其实一个人深深地挚爱艺术，就会发现：艺术家和诗人没有专业与业余之分。生命与之紧紧联结，二者成为一体。

一个真正的诗人终究还是没法遏制那股倾诉的欲望……他会抓住自己的艺术，表达自己的挚爱。挚爱就是才华，起码是才华的一部分。仅仅是形式上从"业余"转向了"专业"，也没有多大的意义。从形式上看，如果突然整个时间由自己支配了，一个人也会感到很孤独。接下去就是疲惫。灵感不可能总是光顾。这样，人会在很长的一段时间内无所适从。

"纯文学"这个概念也许不准确。有人不喜欢这样划分，但它不是现在才有的，也不是从"五四"以后才出现的。实际上文学艺术从萌发之初就有纯浊之分、雅俗之分。它是由生命的性质所决定的。"纯粹"指艺术品内在的高洁，指它的精神属性。"通俗"与否只是作品的形式。而现在，"通俗文学"已有了新的界定，它特指那些在品质上更靠近曲艺的作品。有人说"通俗文学"才有可能流传下来。比如《诗经》，是否通俗？当然通俗，它是当时的民歌；但它却不是今天"通俗文学"这个概念所表述的那一类。它是在劳动中产生的、口口相传的诗作，只是形式上晓畅易懂罢了。它不该被视为今天的"通俗文学"。《诗经》在品质上是高雅的。

现在我们也许有必要将"通俗文学"和"民间文学"做以区分。我们会发现，"民间文学"包含和凝结了众人的长时间的劳动和创造的智慧，它表达的内容既明朗又深奥。而"通俗文学"就不可以与"民间文学"同日而语，它们质地不同，形成的方式和过程都不同。"民间文学"流传于众口，熔铸了众心，再加上时间老人的帮助，从而变得深奥和强大。"通俗文学"是由个人创作的、用以吸引听众和观众的，它的主要功能不过是为了消遣。而纯文学作品所具有的消遣功能却不是主要的，所以阅读它们并不轻松。

古典小说中的"四大名著"，通常的说法除了《红楼梦》，其他几部都是"通俗文学"。其实这仍然是一种误识。因为它们正是经过了漫长的民间流传之后，又经过了文人的整理，不断地融汇了成千上万人的创造，才形成今天这个样子。它们是典型的"民间文学"。民间文学往往构成纯文学当中很重要的一个部分。海明威曾说过一句话："民间文学"是任何人都打不败的。

人们对当代文学的普遍的看法是，现在正处于低潮期。也有人认为它处于五十年来最好的一个时期。看一个阶段文学的发展要看它达到的高度、取得的实质性成就。文学从四十年代发展到现在，比较起来应该是成就最大、最辉煌的一个阶段。没有理由说现在的文学萧条了。倒是有实实在在的根据说，这个时期是五十多年来读者与作者的关系最糟糕、最不合作的一个时期。

这种不合作、这种糟糕的关系根源何在？有的说在作家本身，因为他们写了很多脱离阅读的东西，比如"现代派"，读者根本不懂。这种说法并不准确，因为只有极少一部分作家是晦涩的。这个时期恰恰也产生了真正有勇气的作家：他们写出了令人战栗的作品，他们在用心触摸生活和时代。

读者中有不少人失望了，他们拒绝接受任何艺术，心情悲凉。剩下的一部分读者又被另一种所谓的"艺术"所争夺。通俗的东西太多，争夺读者的方式也太多。比如电视，即便电影在争夺观众方面也要输给它。电视可以坐在自己家里，甚至是躺在床上看，何等方便。进入电视时代之后，一切问题就开始变得复杂。任何进步都要付出代价，有时是可怕的、致命的代价。电视是阻碍人们接受深刻思想的一个障碍。还有，眼下的商品社会，竞争激烈了，人变得浮躁，人们不得不拿出大部分精力去应付竞争，应付外部环境，一个人已经很难安静下来。

我们面对的就是这样的一个时代。因此不难设想，这时已经很难再像过去那样，让读者与作者形成十分默契的关系。但文学高峰的出现，并不依赖于读者的多少。即便是读者的数量，也要历史地看。一部通俗作品印刷了三十万，一部精品才印了三千册，这都不奇怪。曹雪芹的《红楼梦》、普鲁斯特的《追忆逝水年华》，最初印数可能更少。但时间恩惠的恰恰是这一类书，它们最终可以拥有几十个民族的语言版本，来保证传播的广度和深度，而且很可能还要无休止地流传下去。

选择了纯文学的道路，就不能过多地考虑名利。它会逐步让人克服名利思想。一个健康的、生命力强盛的人热爱了文学，会是最自然不过的事情。如果是因为另一些原因选择了文学，就会在其他诱惑面前烦躁不安。人的生存，是倾诉的过程，痛和爱的过程，表达的过程。恰恰是文学能够帮助人完成这一切。只为了倾诉一场，为了自己的心灵，其他也就变得非常次要了。文学的确是生命的需要。有了这样一种认识，才有自己的诗。纯文学就是纯粹的人写出的文学，是忠于自己、忠于生命的一种文学。

三

一个人一开始不懂事，后来入世渐深，心底有了各种体会和滋味，却又容易变得愚钝。一个作家保持童年的敏感极为重要，但仅有这点也许还远远不够，他还必须把成年以后的复杂经验和最初的敏感结合起来。生命的旅程中要遇到很多痛苦，要遭遇苦难，人经受不住这些，就会自绝或颓丧。有许多文学大师一再地超越苦难，超越我们一般人看来是难以逾越的痛苦熬磨。人生面临的坎坷不是越来越少，而是越来越多。随着年龄的增长，身体负担的加重，疾病会随之而来。人生就是坚持和坚守。所有的痛苦都是从外部进入的，那么战胜痛苦的根本办法，就是使自己的心灵变得强大。

艺术家、思想家、政治家、哲学家，他们当中的真正优秀者都有一个信仰。信仰使他们强大。伟大的人物必定是一个有信仰的人，他们即便到了晚年，即便很衰弱了，也仍旧会顽强地站立。信仰是真诚与信赖，是彻底的景仰，是洁净和纯粹的献身。一个真正的诗人必须是一个有信仰的人。

可惜现代人变得特别聪明，甚至是狡狯，自以为什么都明白，什么都能看透。其实这是一种时代痼疾，是灵魂上的萎缩和麻木。

所有真正的成功者都不是一些玩小聪明的人。眼下的各种竞争，都导致一些低级原始的操作，而这些恶劣伎俩会极有市场。一个人必须卑视这些，放弃这些。苟且与投机只在一小段时间内有效，伤害的却是更长久的东西。

四

信仰把人类引向前方，丧失它就会陷入昏暗。一个人不能放弃的只有这种精神。这个世界上不止一代人经历了拜金主义，并对其绝望。我们这一代人同样也不会寻到希望。拜金主义是毁灭一切的"黑洞"。我们的生活只能求助于更完美的精神，实践和验证一种既保持强大的创造力，又能达到人与人的和谐、人与自然的和谐的绝佳状态。要体现和落实一种精微的真理，一个民族在实践中就需要有更高的个体素质，需要具备远瞻的能力。这当然是难而又难的。实际上，只有怀了这种精神的人才是纯粹的，他们才会有信仰。这种求索的目标是能够实现的。

人在不断探索、不断寻求成功的过程中，会极大地提升自己，完善和完美了人性，从而也改变了生活。人在这个过程中是诚恳的、始终如一的，所以说是纯粹的。

一个诗人失去了纯粹性，即断送了一切。

人的挚爱需要贯彻到底。人在年轻的时候，倾诉的欲望特别强烈，一颗心非常敏感，成长的结果却是创造力的减弱。这里存在一个矛盾：人掌握的技法多了，表达的障碍小了，可是反而不能行远。原来人的创造障碍主要不是表达，而是心灵的变质。一个人在成长中，对事物那颗关切的心有多大？那种火热还剩下多少？还像过去那样深深地挚爱着、憧憬着吗？还像过去那样，为一个感悟激动得两颊发烫、彻夜不眠吗？

人正在把一切都"看透"。于是，诗抛弃了人……

五

人的创造力与恶一起被呼唤出来。可怕的是"恶"一度膨胀得不可收拾。污浊开始泛滥。精神领域与自然环境一样，那些长期支持我们、滋养我们的最可宝贵的东西被无情地、公然地践踏。更可怕的是，面对这一切，竟然没有多少人能够说一声"不"，因为这样就会被人嘲笑。

任何时代都会出现这样的倾向，问题是如何与之相处，二者构成了一种什么关系。现在不仅是忍让，还有纵容。长此以往，我们将走到一个可怕的、痛不欲生的严酷环境。

真正的诗人身上应该有时代的、精神的重负。文学包含和触摸了人生的所有重大命题，并让其纠缠一生。在这一点上，从未有任何一个国家、一个民族的杰出艺术家会超越它、漠视它。

现在的悲哀是，所谓的"诗人"正在为自己曾经有过的人类责任而感到耻辱。

谈起知识分子，不少人一下子就想到"学历"，好像知识分子仅仅是拥有知识似的，仅仅是受过良好教育似的。"知"是学问，"识"是判断力。没有关怀力、判断力，在民族发展和转折的关键时刻毫不动心，漠然处之，甚至尾随污浊，即便有再多的学问，也算不得是一个知识分子。

生活常常表现得很悲剧化，很无望，有时甚至看不到一点前途。这种状态有时也是一种诗人的状态。诗人需要走入一个感悟和认知的真实状态。生活的终极是什么？它甚至不是无尽的探索和延续……一切的奋斗、抗争都在一个相对的背景下进行。于是，诗人的觉悟中有了一种悲壮感。

有人说诗是从笑口和伤口里流出来的。笑和伤都是真实的。人在局部时段里，可以是很欢乐的，这是来自生命的欢娱。爱一个人，恨一个人，爱一个环境，都会被打动。人被打动的时刻总是很多。可以被一只动物感动了，被纯真的友谊感动了，被一种很崇高的东西感动了——这种种欢乐和激越都会是真实的。这种激动能产生诗章，即从"笑口里流出来"。

人也不免在绝望中、在伤害和背弃中呼号，这些呼号之声就是从"伤口里流出来"。

很难想象有什么例外。现在的某些呻吟既不是从笑口，也不是从伤口里流出的。可见一个伪诗人既无能力爱，又无能力恨——一切都是那么回事，他们已经不屑于爱和恨了，他们已经"成熟"得毫无希望了——无论是文学还是日常生活，都不能指望他们……他们就这样沦向一个时期的底部。

多么危险，多么悲惨。一个时代，这样的人正自诩为"诗人"。

正因为我们的热爱，所以在这个时代难免要有所承受和承担。我们不能不如此，一直到生命的终止。

1994 年 10 月 31 日，于齐鲁笔会

说 "虚无"

任何一个时期的优秀艺术家都不能进行职业化操作，不能包装自己，不能像其他职业那样专门化和行当化。真正的艺术始终具有一种超行当、超职业的意味，作为一个艺术家，也只有这样才能进入创作的境界。他有一个基本特征，就是对抗世俗，而不是随同世俗去推波助澜。他可能也去从事普及工作，但他普及的东西必然是他能把握住的那个社会的美、诗和真等本质性的东西。

我不太读那些风传的作品。我觉得允许一个作家有他自己的写作方式，但构成为一种社会的、精神的现象又是另一个问题。那样我就不能不有所关注，当然也应该有自己的态度。我认为这种现象属于精神范畴；它既然在社会上构成了一种力量，在人文精神的讨论里就必然会涉及。虽然这些讨论从理论上看起来非常复杂，种种讨论还有待深化，但关于它的一切探讨，今天看无疑是非常有意义的。

这种创作、这种现象是非常复杂的。有一点可以肯定，由于长期的变革、实践的曲折性，不断的、频繁的社会性试验，我们在这个过程中必然要否定很多东西，重新认识好多事物，尤其是认识事物之间千丝万缕的复杂关系。在这样一个极容易产生怀疑、挑剔和寻找的历史阶段，出现一种"虚无主义"的情绪就不足为怪。但这样一来也给文化界提出了更高的要求：一个知识分子在难以判断的状态下，坚持自己的立场和原则是相当危险的，弄不好就会陷入片面和偏激；所以我们不仅要有自己的立场和原则，同时也必须具备理性和达观。这当然异常困难。但我们却不能因此而随波逐流，不能在分析面前退却，更不能苟且。否则就会陷于荒谬，反而形成相当广泛和相似的误识，这是很可怕的。这将耽搁一代又一代人精神上的成长，真的造成文化崩溃的灾难。

对一些所谓的表现"虚无"的代表性作品我没有读过，于是具体下来就无法评价。但对于这一类作品，特别是一些电视剧，总算多少有些了解。我认为那是曲艺大类的东西，不属于文学。文学至少应该可以和哲学、历史学等著作并肩，它不是消遣性的。曲艺和文学本来就是相距较远的两个类型……一些宣传媒介有时也分担了有意义的工作，即用群众能理解的语言来普及一些高雅的东西。但更多的时候并不是这样。

至于我为什么不读那一类所谓的"代表性作品"，理由也很简单。我觉得，一个作家在选择他的读物时，有时是偶然的，有时又是必然的。作家对作品有个直觉，选择还是很准确的。只要是已经通俗化了的和大众化了的东西，他们不可能花很大的精力去阅读。

某些作品所表现出的"虚无"对民族精神肯定具有腐蚀性。"虚无"可能会表现得非常深刻，但好多"虚无"其实是为了赶时髦，而不是真正意义上的"虚无"。"虚无"是入世之后的产物，如果从来也没有关心过这个民族和人类，没有入世，没有经历过什么，更没有为其痛心疾首过，他"虚无"什么？他还谈不上"虚无"。这充其量只是一种矫情，是没有根柢的卖弄和游戏，是为了迎合世俗而推销自己的一种方法，是一种姿态和表演。

如果仅仅是这种"虚无"，那就相当无趣了……

1994 年 11 月 13 日，上海电视台访谈辑录

冬月访谈

作家的沉寂/生命的独特和感知的深度

从远处、从外部看一个写作者，往往只看到他的作品。其实作者自己应该明白，作品只是关于自己的一部分记录而已。这好比截取了一段生命流程，如果一个生命真的独特，他的感知有深度，那就根本不必担心未来的创作。生命只要存在，流露和记录就是必然。肉体会走向老相、衰败，这谁也不可避免，但灵魂呢？每个人的灵魂是那么不同。

讨论作品的"超越"，是相当通俗的理解。这就无形中肯定了"职业化的写作"和"操作式的写作"。

一部再好的作品，它在表达作者自己时，也不免显得单调、短促和片面。任何认真生活的人，都将有绵绵无尽的倾诉和畅想。当然它们有时不一定记录成文字。

既然记录下来了，就可以观察和比较。但作者自己应该深知：这种种记录都是自然而然的，它尤其不会是一个职业作家的计谋，不是赛事，不是出奇制胜的策略。

大地的概念/人需要从惯常的境况中分离出来

作品一般都来自想象，各种各样的联想。作者需要别人的作品去打动，再创造出新的作品。这个运转的过程需要破坏。人的日常生活也是一样，不能只满足于一种模仿、一种盲目跟从。人在喧哗紊乱中衰老，是很吃亏的。

人需要从一种惯常的境况中分离出来，这难而又难。分离时有一阵撕裂般的疼痛，但是只要挂记着一份真实，有一个热情的盼望，有一点勇气，那么再疼也要去做。

在艺术家心中，没有比土地更神圣的了。土地滋生了万千生命，写满了思想，走动着灵魂。艺术家眼里的土地是以平方计算的，而土地与土地基本上是等值的。城市街巷曲折、人潮拥挤，它占据的土地面积很少。人走向茫野才会发现"大地"这个概念。不是排斥"城市文明"，而是它占有的土地面积太小。从比例上看，它耗费的人的激情本来就够多了，它即将使人枯竭。

我在山区和平原、在野地里来去奔走。一种浑然苍茫的感觉笼罩了我。难以言喻的蓬勃生气，它的独特力量，长久地给我以支持。我认为自己的血液中流动、保存了它的特质，我现在要做的只是与大地进一步相接相连，让血液中固有的东西变得浓稠、加快旋动。

这样才有可能催生出新嫩的鲜活，从而使陈旧的尽快蜕去。在这个过程中，人会一再地感激领悟到的那份真实和永恒，极为厌弃那些虚幻的泡沫，轻视那些过眼烟云。

永远陌生又永远神秘的土地／"大感觉"与"小感觉"

文学进入二十世纪的现代主义运动，至今以来的技术性实验已经变得相当腻人了。只要来一个纵横观察，稍稍敏感的作家就会发现这一点。这是个世界性的话题，不仅指中国的新时期文学和五四以来的新文学。

我们新一代人，包括我们的下一代，都会有挽救自己的方法。我们都将依赖她：面临着一片永远神秘又永远陌生的土地。

土地接收了阳光的赐予，又滋生出一切。所有生命最后还要融解于土。土地连接着人的生命的来路与去路。如果一个艺术家不能正视这一基本的、既凸显明朗又熟视无睹的问题，这一问题对他不能构成最大的刺激和挑战，那么这个艺术家就不会有深度，不会重要。

　　单纯的人的世界曲折繁琐，也对人构成了巨大诱惑。可是比较而言，这一切只是生命过程中的一个环节、一个侧面。况且所有生命都是土地给予的。

　　一个作家可能写尽了人与人的机趣，各种世相、冲突，比如商品经济与阶级斗争，再比如战争。但这总的来说，对于一个生命来说，只能算一些局部的"小感觉"。人还应该有面对土地的"大感觉"；一个艺术家尤其不能丧失这样的感觉。"大感觉"确立了，"小感觉"才有深度。

经受更久的考验/漫长渺远的时光

　　一部书应该经受更久的考验。八年九年这点时间，对于一个作者不算太长，对于历史连短短一瞬都不算。当然，漫长邈远的时光也是由分毫光阴凑起来的。

　　我未曾指望自己的文字进入历史。我只肯定自己认真地记录了、倾诉了、传递了。我们之前和我们之后，都出现和要出现很多书。我们做不成什么惊动时代的大事业，但我们偶尔有可能写出与其他书不同的书。这就是一个作者最大的、最可指望的幸福。

灵魂与世界的对话/记录和表达

　　一个作者要调动起他的全部能力进入创作。经验、历史和才情，都是不可缺失的好东西。但是信仰可以缺失。一个职业作者可以没有信仰，因为写作只是他的谋生方式。谋生、活着，是各种生物的共同要求。

但是人的写作必须依赖信仰。人的写作是灵魂与世界的对话。灵魂不断地欣悦、挣扎，震颤不已，这就是人的状态。写作是记录和表达这一状态。有人说"人是会思索的芦苇"。这句话可以这样分解了说："人是芦苇，但他会思索。"人应该有灵魂，人的全部力量、与其他生物的区别，都在这里了。

说到孤独和痛苦，在任何时代、任何人那儿，只要他不是一个傻大胆，都会有。可见它不是什么不能忍受之事。我做的、努力做的，只是证明了，我在进行非职业的写作，即人的写作。

"现代之光"和"大境界"/道德义愤在心中生长充实

我不仅久居农村。农村、北京、上海，在我眼里都是以平方计算的土地。土地——我说过它们是等值的。在商人那儿，有的地方地皮昂贵。我不是商人，我平等地看待地皮。

"现代之光"即现代人对土地的最新发掘、最新感悟和最新认知。我之所以不能长期地挤在闹市，就是恐惧它会遮蔽了"现代之光"。

不能过多地听信纸上、口中、银屏声像之类的传播。因为它们再新颖，对于"土地"而言也只是二手货甚至三手货。仅仅依据一些二三手货去推理演绎，人就会失去真正的见解，失去发现，就进入不了"大境界"。

所谓的"大境界"不是时髦之物。相反，"大境界"总是相对隔离而生出来的"别地"，是对于俗界的一次超越。

现在，我们对于不道德多少已经习惯了，正是习以为常。倒极少有人能够习惯"沉重的道德感"。我愿意一直葆有一份敏锐，首先是道德上的敏锐。我要让道德义愤在心灵上生长充实。这关系到我艺术生命的生死存亡。

顽固地守住梦想需要激情/盲目的冲动

质朴的田园风光无论怎么迷恋都不过分。一个人越是健康，就越是迷恋。一个人的精神在现代生活的侵犯下变得畸形，才会忽略地理意义上的田园。

现代工业文明是一种美，但它极易伤害更本质、更永恒的美。理想主义者渴求这两种美能够较少冲突地平行和并存。当然这只是一种梦想。艺术家就拥抱这一梦想，稍稍弥补生活的悲剧性残缺。无限的梦想、无尽的渴望，这就是人类的希望、人类的艺术。

人类创造现代工业文明需要一份激情，但顽固地守住梦想需要更大的激情。用前一类激情涵盖和取代后一类激情，肯定是浅薄的。我们随处可见当代生活中的这种浅薄性：有人洋溢着的不是创造的激情，而是盲目的冲动。这种冲动只会把世人引向末路。

极具悲剧色彩的抗争/时代的不败者

许多人指出，社会批判和人文精神的关怀正被不可阻止的巨大欲望吞噬。这其实是个世界性的话题。西方早就出现过这种现象，时间漫长了，会有一些物极必反的调整。但总的看，金钱物质挤压下的世界是没有希望的。这是人性中的劣根茁壮成长，最后结出的现世之果。所以为了反抗这样的世界，真正的知识分子、思想的巨人做出了革命性的设想，并领导和实践了这些设想，产生了两个世界。

可惜这些设想不够通俗，太知识分子化，它难以变成大众的。任何事物不经历通俗化的过程就不会产生巨大能量。后来的通俗化过程又充满了扭曲和改变，变成了庸俗化的过程。后果当然是众所周知的糟糕。

今天种种令人心寒的现象是自然而然的，是个必然结果。"知识分子"的变节、退却，也都在预料之内，不这样反而不正常。

但是抵御和反抗也是自然的。比如"人文精神和知识分子操守"的大讨论，就是这样的表现。不必在概念上字眼上挑这些讨论的毛病，因为谁都明白这些问题为何提出、它的良好用意。这是极具悲剧色彩的抗争。

任何一个时代，总有在绝望中挣扎的不败者。"他们可以被毁灭，但他们就是不能够被打败。"只要生活在继续，只要太阳每天照样升起，那么他们就是人类的星光。嘲弄星光是无聊的。嘲弄的语言再尖酸巧妙，也掩盖不住自己的卑贱。

被侮辱与被损害的/旁观者的辛酸

现在谈"宽容"、喊"理解万岁"的渐渐多起来了。可在我看来，如果是一个被侮辱与被损害的人，那么他少喊一些"理解万岁"更好一些。他们更应该做的也许是质疑、质问，是不屈的追溯。

他们"理解"自己的处境与危机吗？"理解万岁"是他们喊的吗？

当阿Q喊着"理解万岁"一路走去时，旁观者该有何等的辛酸。

面对着淹没过顶的污浊和丑恶，绝不能如此乱喊。使用这一口号该有个限度，有个特定的环境，有极特殊的语境制约。不分场合、不分人群地倡扬这一口号，就有点不怀好意了。

如果在剥夺和欺辱一个人的同时，却又要让他喊"理解万岁"，那么他该给予对方迎面一击更好。

有人甘于做个精神贱民，有什么办法？

眼下，正常状态应该是不理解，不宽容，不能够忍受。一个人只应在真正的美和真面前表现出无条件的驯顺。

北京和上海/思想和精神的高原/介入现代生活

有人说北京文化正在衰败，上海文化正在年轻。我不知道这种说法是否正确。我不太了解京沪的情况，尤其不敢轻言"文化"。每个城市每个地方都非常复杂，往往一言难尽。

不过显而易见的是，上海有更好的文化和艺术刊物。上海这些年发出了响亮而有意义的、独立思考的声音。这种声音让人感动。北京也有这种声音，但不是和声。

有人作为一个知识分子，对现代生活，特别是精神领域的重大问题缺少介入的勇气，没有立场，没有批判精神。知识分子心灵的性质决定了他必得站在精神的前沿，必得有判断、有分析。不然就不是真正意义上的知识分子，而只是一些匠人和专门家。

一些著名的科技人员，最后联结了科学与真理，最终咬破了"技"这个茧，迈上了思想和精神的高原，成为著名的知识分子代表，像爱因斯坦和居里夫人。他们对于所处那个时代的一些重要问题都有过强烈的表达，站在了斗争的最前列。

相反我们今天有些社科工作者却缩在壳内，极力想从知识分子的行列中退出。他们有的专业心很强，人也纯正，价值自然存在。他们的选择值得尊重，但是他们不具有知识分子的强烈色彩。他们强调"自救"，但还应该问一句："不救世何以自救？"实际上什么都可以玩，文化也可以玩。"大玩家"容易被人尊敬；但久而久之，真正的知识——他们的玩弄之物——也会悄悄地从手中滑脱。

真正的学问、知识、真理，都应该是青春勃发的。再老到的"大玩家"，弄到最后都会流露出几分假斯文的虚衰气。大哲学家罗素在古稀之年还参加静坐，组织审判战争罪责的"罗素法庭"——这在今天一些所谓的"大学问家"看来多么傻、多么无事生非啊！

究竟谁更聪明？

我这样说并非要求知识分子都走同一个模式，再说入世的方式也有不同。但要求知识分子心灵上有个尺度，要求他们在心理上更勇敢和坚硬，恐怕是不会错的。

鲁迅指斥"一张中庸的脸"/顽抗者和不撤退者

面对着纷纭复杂的文坛、文化领域，现今的中国，有人能够一语中的。他的话让人不舒服。鲁迅的话当年也不让人舒服。有人会从他的话中挑出一千处偏激。当年从鲁迅的话中也能。

做个中庸之士是很舒服的。鲁迅当年对那些高明人、聪明人说了这样一句：唯有他得了一张中庸的脸。鲁迅的这句话中包含了多么大的轻蔑。

愤怒并非一律可贵，要看它的深度、方向、起因、背景。

在空前的精神侵犯面前，我们惊喜地看到了一个顽抗者、一个不撤退者。

传扬着激烈的偏激/当时需要这种光芒

任何革命性的运动，都传扬着激烈的偏激。但正是这种声音流露和体现着真正的分析。猛烈的批评之声，是相对于一个时代现象而发的，我们后人不能用绝对意义的批判去否定那些相对的声音，这样只能走入诡辩、走入更大的荒谬。

五四否定不了国学，正像今天的一些人也否定不了五四一样。

五四是有光芒的，光芒照彻了愚昧。当时的中国文化界、思想界需要这种光芒。如果今天有人说在这光芒下还应该做点什么、寻找点什么，这是正常的。如果要从根上遮去这光芒，就未免有点意气用事和昏聩。

1994 年 12 月 8 日，答《中华读书报》

珍品荐：《手》

　　《手》这个短篇小说的作者舍伍德·安德森，是美国两位大作家福克纳和海明威的老师和兄长。他作品的数量也许不多，大概比那两位矜持多了。他的一个杰出的短篇小说集早在 1949 年以前就介绍到了中国，前些年又重印，名叫《小城畸人》。《手》就选自这个短篇集。

　　福克纳当年爱文学，受了安德森的巨大影响。他描述那时的情形，说安德森上午写作，到了下午就喝酒聊天。他说原来当作家就是这样，多么舒服轻松，那么我也要当。于是他就当了。

　　福克纳不动声色地幽默着。

　　其实真正的艺术家，比如一位诗人，用笔在纸上刻画的时间不一定非常多。他还要阅读，要过与常人大致相同的生活。不同的只是他的心灵。那是一颗诗人的心灵。他每时每刻都在悟想和发现，有时还不得不悄藏着自己的激动。

　　我十年前读过《手》，一直难以淡忘，认为它是一件珍品。小说仅仅四千余字，却包含了如此巨大的人生内容。它凝聚着一位艺术家深长的经历、仔细的观察和不同凡俗的思悟。这篇活泼有趣的故事讲叙了一个人的孤僻，他因为有那样的一双手而造成的致命的误解，这误解又如何影响了他的一生……小说文字无比节省、简约，却表达了丰富的意蕴，透露着难以言喻的悲凉。

　　这是篇关于手的传奇。可是与我们常常看到的那些传奇不同的是，它好像就发生在我们身边，好像完全是真实的，没有一点夸张。我们甚至可以由此回忆起以前见过的某些人，各种各样的人。他们大概也有一些不为人知的大小故事，这些故事也许微不足道，可是正在影响他们的一生。

不少诗人作家描写过人的手，但给我留下强烈印象的并不多。茨威格的《一个女人一生中的二十四小时》中写过赌徒的手，也让我怦然心动。但最使我不能忘怀的还是安德森的这一篇。

它是传递生命奥秘、人的激情的一双手，它常常像鸟的双翼那样飞动，忘情乱舞。这双手是这样的神奇、这样的不安，非如此而不能表达一个人内心里的全部激越：感激、兴奋、不安、恐惧、幸福、赞叹、惊讶与狂喜……

这真是一双世上独一无二的手，又是极为平凡的一双手。它生来就灵动过人，伸出后，立刻成为"表情达意的机器上的活塞杆"；它采草莓，每天可高达一百四十夸脱；说话时，要找一段树桩或木板，以便它能随时砰砰猛击……神奇的手，不安分的手，一双招灾惹祸的手。

他从来没有因这双手而自豪过，而是对其深深地恐惧。

那是一段奇特的经历造成的。年轻时，他是一位何等优秀的教师，作者说他是"天造地设的教师"，再也没有比他更好的传达知识和情感的人了。他如此优秀，以至于成为"那些稀有的、不为世人所了解的人们中的一个"。他有那么多热情，那么多爱，他无比地热爱生活，热爱生命，热爱人世间活生生的奇迹。他教导孩子，一边谈话一边就忍不住伸出了那双手，抚摩着孩子的肩膀，蓬乱的头发；他的声音变得那么柔和而富于音乐性……那时他何等纯粹。

可是一个鲁钝愚昧的孩子把梦境当成了事实，提出了可怕的控诉，悲剧就这样发生了。整个小城都开始憎恶年轻的教师，他挨了暴打之后又被逐出了小城。从此他改名换姓来到了另一个小城，在养鸡的牙齿发黑的姑娘身边生活着，一生未娶，直到暮年……

自从逃离小城之后，他就痛苦而执拗地管束着自己这双手，总把它背在身后、装在衣兜里；与大家在一起劳动时，他就常常不安地注视别人的手……可是只要一放松，一不留意，那双手又会从躲藏之处抽出，不可思议地舞动。

真是一个让人心酸的故事。

它道出了人性的全部隐秘。它同时也折射出艺术家小心翼翼地呵护人生的善良心情。我仿佛看到了安德森悄然跌落在稿纸上的泪滴。纤细的艺术之心哪！

我由此想到了艺术、艺术家的某些本质特征。他们往往都具有极大的内向性，长于独特的发现和领会。他们的思维总是到达最曲折最偏僻的角落。他们的手不会热衷于制造一些大路货：耸人听闻的故事、故作深刻的姿态、放肆无忌的文字。他们有着真正的激动，自己的表达，微妙而神秘的拘谨，始终弥漫篇章的温情，等等。

敏感而细腻的人更容易受到伤害。艺术家恰是这样的人，所以他们对这一类遭际特别同情。这篇小说在告诉我们：一双手怎样传达了生命的奇迹，并由此招致了可怕的伤害、奇怪的伤害。这是发生在那个时代的伤害，类似隐私彰明后的那种不可抗拒的伤害。

让我们通过这一双手，去咀嚼一份沉重的人生吧。

我们会更爱人，更理解人。人是最有魅力的。

1994 年 12 月 9 日

守望的意义

很多朋友问，有时一个作家为什么要离开都市那么长的时间？是体验生活吗？如果有人到一个地方去仅仅是调查材料，了解数字，或寻找一点局部的感觉，那就很难说是"体验生活"；真正的体验在于生活中的每时每刻，在于心与身的投入。作家如果在一个地方生活了很长一段时间，找到的会是别一种感觉；如果在他的出生地，则更有意义。因为他的血脉里本来就流动着它的因子。他再次来到这里，喝这个地方的水，呼吸这个地方的空气，视野之中无一不是此地景物，心灵和血肉中的潜隐之物就会自觉不自觉地被激活。它将使他的思维力、创造力，身体和心理等各个方面一齐焕发……

当一个人能够清楚地认识到这一点时，就一时难以离开了。

从这个角度切入文学的话题，就可以说，一个作家坚持这样做了，也就不必担心落在所谓的文学潮流之后，而应深感置身于生命的激流之中，它将滋生文学及其他。一个积极而自信地生活着的人，本来就不应该有一种被遗弃感，更不应该陷入这种沮丧之中。

怎样才能进入刻意追求的艺术？真正的艺术来自独特的生命，是对于生命、对于人性的一次深邃体味和展示。如果艺术的本质是这样，那么一个艺术家也许必须守住他的方寸之地。世界非常之大，还有许多地方，无论怎样努力，我们的脚印最终也只能印上极小的一个角落。于是守住生发生命第一瓣叶芽的泥土，挖掘它的隐秘，也许才更为重要。这样或许更有可能抓住本质。生命的发生、成长、流荡，以及磨损和苍老，都从这里开始；它牵动的是整整一个世界。

从这里开始，却并不仅仅是止于这里……开始之地的重要，在于它连接的神秘最多、最不可思议。一个艺术家不可能不着迷于他的开始之地。

艺术家在这样一个时代，对于一片土地的守望、对于一种理念的守望，将显得越来越有意义。因为时代变了。这个时代变得或可吟味，或可诅咒；变得既丑陋陌生，又楚楚动人、似曾相识。这样一个时代会属于艺术家吗？不知道。我们只是知道，对于一个艺术家而言，他不愿忍受物的挤压，也不愿接受强权的干预。人极大地失去了思想的自由，折断了想象的翅膀，那才最为可悲。尽管这是一个充满嘈杂、涨满了各种欲望的时代，但对于艺术家而言，还仍有可能是一生都难以获得的一个时期：观察的时期、欣悦和愤怒的时期……好多人认为文学的时代过去了，而有人却认为文学的时代刚刚来临。我们来到了一个清算、鉴别和归宿的时代，也来到了一个寂寞的时代。只有来到了这样的一个时代，一个作家才有可能脱颖而出。

从新时期到现在，文学艺术总体上是在前进，在努力回到"文学的规律"本身。可同时我们也发现，在相当大的范围内，出现的一个严重问题，就是作家已经不同程度地、自觉不自觉地丧失了某种能力，那是一种更大的关怀力、判断力和批判力……如果阅读范围比较广泛，就可以看到，许多作家正在不约而同地离开这个时代最敏感的一些问题、最重大的一些问题。

从现代主义运动观察到现在，会看出问题变得愈加明显。越来越多的作家不那么关心时代了，不太关心这个时代最紧迫的问题，而更多地去关心一些细枝末节。是的，他们也许真的变得越来越"圆通"，越来越"深刻"，同时却正是用这些来掩盖着自己的全面撤退。对于这个世界而言，他们正变得越来越不重要。

作家是知识分子队伍中一个非常重要的内核，而不是一般的社科工作者。作家必须拥有一颗知识分子的灵魂。可是现在，他们当中的一部分人正越来越倾心于技术性的实验和游戏，没有力量和兴趣去触及时代的症结。他们再也没有勇气去干预生活，没有勇气与自己所处的时代构成强有力的关系，即在内心深处突出和强调时代的可塑性。长此以往就形成了一种不良循环，在游戏的快感、世俗的鼓励和有形无形的劝慰中，丧失了最重要也是最基本的一些能力。

一个作家没有了人格的力度，其他似乎就不必再谈了。因为从此以后这世上再没有什么能让其爱得全身发抖；没有了深深的爱、深深的牵挂，或者是与此相反，怀着永不饶恕的恨，这将非常可悲。一般的爱和恨人人都会，可是我们这儿说的是大爱大恨。一个作家必须有深刻的、永远也不会忘记、永远也不会转移的爱与恨。说到爱，具体到一个人，大到一个民族、一个时代、一个国家。爱到了一个极端，爱得非常真诚、非常真挚、非常苛刻，这样的作家越来越少。我们再也找不到十九世纪以前那样一种沉重的、锐利的、沉甸甸的目光了。这种目光也许稍显笨拙，但只有这样的一对目光才足以击打起时代的尘土。大家都自觉不自觉地从文化的前沿、社会的前沿退却。这样做只能是一场自我贬损，是倒退和胆怯，无论对于自己的民族还是自己的艺术，都是一种消极的行为。一个民族的希望在知识分子。知识分子不关心这些问题，而退却到技和匠的位置上去，当然是危险的。

今天的悲伤在于，随处可以看到背弃，并且不以为耻反以为荣。对我们的诗和真、对我们一代一代维护和积累起来的那一点美好，给予肆无忌惮的嘲弄和中伤。有人说这种现象不能简单否定，说它在消解中，在所谓的"解构"中，会建立起某种崭新的东西……是的，不过它消解了什么建立了什么，辨析并无困难。实际上他们耗掉的摧残的，正是我们历尽艰辛才寻找和建立起来的那点真与善，是我们大家赖以生存的东西。舍此我们将一无所有。我们在今天仅仅剩下了这一点点，我们很快将手无寸铁。他们不怀好意地嘲笑一切纯粹的东西，公然提倡和推行污浊。

我们发现，污浊常常不是从基层泛起，可见人在基层并不可怕。一个人像一棵树一样扎根泥土，会自然而然地获得某种"免疫力"，向上生长。这样就有更多的独立思考的可能，可以产生勇气。一个作家应该遥望、目击，拒绝尾随。所谓的文化中心的"火爆"，倒极有可能是粗陋浅薄的。人最难的是看重自己的观察和推理，看重事实本身。

不仅是置身基层，还要心向底层。作家始终要有"底层感"，它关乎一个作家的生存。一个艺术家巨大的创造力，许多时候要来自这种强烈的情感基础。这种自我认同、自我归类有时起着决定性的作用。我们在阅读中会发现，许多写作者的立足点并不在弱者那儿，他不属于被欺辱被损害的那一部分人。这一类作家从来可以轻视，因为他们的艺术难以具备深长动人的力量。

比如一位东方作家，曾经是非常有力的。他的作品对中国新时期文学影响很大。这个人一生下来父亲就被镇压了，跟母亲生活，可以想象内心受过什么煎熬，过得多么清苦。他就是从生活底层背负着那种难言的沉重走上了文学之路。他的作品非常有力量，他早期的作品写得极为感人。这些作品中有一种奇特的柔情，流露着超乎常人的敏感。我们相信这一切都与那种长期的压抑生活分不开。一个来自底层的人才具有那种极度的敏锐和自尊。当然后来他出了名，有了荣誉和地位，有了很高的头衔。可惜，他的作品自此就失去了那种强大的、近乎神秘的力量。到后来，无论他的视野多么开阔，技法多么纯熟，都不能挽回原来支撑着他作品的那种力量——难以言喻的力量。那真是一种很神秘的东西。那种巨大的感染力，那种真挚，那种诚恳，渐渐令人痛心地消失了……

其实类似的例子不胜枚举，我们可以把这看作成功后的漂浮。挣断了根脉，就没有了原来的生气。当一个人成功来临之后，还能强制自己的心灵，让其沉入、再沉入，这是难而又难的。

有什么例外吗？好像不多。我曾惊异于那样一位作家，他以自己的奇思妙悟，以自己对于一个地区极为独特的描绘获得了诺贝尔文学奖。不仅如此，在十余年来的获奖作家中，他又是最有内容最有魅力、使读者着迷的作家之一。但这个奖的影响力太大了，它真的具有摧毁优秀作家的能力。接下去这位作家就要迎接巨大的挑战。他的回答就是自己的作品：不止一部长篇，而且依然是那么奇特，光彩四溢！它仍旧能够紧紧黏住读者，具有令人吃惊的奇特思维、不可思议的想象力。奇迹就是这样发生了——但尽管如此，我们仍可以隐隐地感到，这些作品与以前相比，似乎缺少了一点什么又增添了一点什么。对作家和作品需要反刍，需要将其推远，以便感知、遥视，体味那只可意会不可言传的一切……我们发现，他的才华横溢的作品再也没有了以前那种拘谨和凝练、那种工于心计的谋划、千锤百炼的浓缩和内在的严整……作者的心弦稍稍松弛下来了，给予补救和援助的只有他过人的才华——一个属于底层的沉甸甸的灵魂，正在蜕变和升浮。

文学家要遵从勤恳劳动的原则，永远具备质朴的心态。没有这种原则、这种心态，就将等而下之。为什么不能像一个工人一个农民那样扎扎实实地流汗、日复一日地劳动？没有这种劳动的耐力，就等于丧失了一种起码的力量。对劳动的态度必须上升到人格的高度去理解，一切艺术最后的竞争就是人格之争，人格没有那种高度、那种力度，绝不会获得相应的成功。一方面创造活动最终要化为非常质朴的日常劳动，一方面艺术家需要非常独特的思维，需要那种临场发挥的爆破力即所谓灵感，它又是极其特殊的东西。这一切奇异都寓于非常质朴的、不间断的劳动之中。稿纸当作土地，一支笔即是犁铧，如此地耕作不息。长此以往，名利就会变得无关紧要，它将退得非常遥远。一个人刚开始创作时，或许非常重视名利。"名"是逼人傲世的，他觉得自己的才华理应向世人展示。他把文学看成了最伟大最崇高最不可取代的事业，所以才有此选择。伟大的事业化为平凡的劳动，这个过程本身很悲剧化也很壮丽，这个过程是很美的。

让一个艺术家成为一个真正的劳动者，远离名利，不过是要求他们的心灵回到最底层最普通的人那里去。这样的人，其创造力常常是不可思议的。有的作家写了那么多还总是写不完，有的写了上千万字，有的出了六十多卷书，直到生命的最后，底气仍非常充足。他们的创造物非常神奇，简直非人力所及。造成这些差异的原因当然很多，比如天才的因素、强大的生命力等等。但还有一个重要原因，就是他们有一颗美好的心灵：不是一般的善，而是彻底的、巨大的、永久的善。这种灵魂对于一个艺术家而言是百发百中的。这种灵魂才会支持他长久地走下去，永不停歇。他对人充满了爱与同情，有极大极宽广的关怀力；他的思念和追溯都一再地不曾停止地生发；对于弱者，他总是引为同类。正由于他关心的问题非常之多，所以总有许多话要说，有没完没了的倾诉，于是产生了无边的想象力。这种关怀力是形成艺术高度的重要基础。因为首先是一个人，一个真正的人，而不仅是一个艺术家，所以他会有永不泯灭的同情心。深爱一个人吗？那就会深深地牵挂，下雪牵挂他，下雨也牵挂他。他的艺术如果属于这种牵挂，表达了这种牵挂，那简直会无始无终，无所不在……

我们有幸离泰山很近，这是个了不起的优长。这个长处在今天看就越来越重要了。泰山之气应该是正大庄严。泰山具有自己的不妥协性、保守性和独立性。泰山非常沉重，非常有根柢。许多名山尽管秀美，都取代不了泰山的这种独特正气，于是有"五岳之首"之说。土地和人的关系非常神秘。每个地方生长的植物都有自己的特征，比如南方和北方的植物，是不一样的；土地可以决定植物的性质，更何况是人。我们应借助这片土地的气质、它的力量。我们不能在他人纵横交织的境界中构思自己的作品，这样做，只会使我们最终失去根本。我们要敢于面对自己的土地。

1994 年 12 月 17 日，于淄博笔会

感　　谢

一部作品在许多年前问世，而在今天获得了奖赏，对它的作者不能不说是个很大的鼓励。

而出版它的出版社是个强大的出版机构，她以自己的卓越工作，推动了一个民族的文学事业，与国内一大批优秀作家密切合作。一部作品能够在这样的出版社出版，只会感到荣幸。

我从事写作二十余年了，一直想写出自己的内心，并越来越多地注意克服和抑制一般化的冲动。我知道真挚而诚恳地表达出真实有多么困难，也知道了一个优秀的写作者必须是淳朴的、有勇气的、有立场的和追求真理的。

当代生活是很让人疲惫的，但是从事写作就需要不倦的热情。他要大睁着眼睛，一直到放下笔的那一天。我至今还在使用钢笔在方格稿纸上写作，而没用电脑打字机之类，因为我懂得笔的重要：书写时就像刻记一样。

现代世界是充满了实用主义、妥协求存的一个世界。它究竟是否留给了作家（真正的作家）一个小小的空间，还值得怀疑。但我仅凭自己微不足道的认识，想告诫自己一句的就是：在精神之域，人天生就应该是对抗妥协的。

而对自己一部受到奖赏的作品，今天照例要有一些谦辞。我在八年之后再看它，当然会发现它的若干缺陷。但今天我不能不分析缺陷的性质了。如果它仅仅是技术层面的，那就是微不足道的。我现在热衷于寻找的，是其他方面的缺陷。于是我在发现了它的灼热烤人的青春的热情之外，在为自己的感动之外，还有了深长的思索……在漫漫的写作生涯中，我会奋力向前……

1994 年 12 月，人民文学奖感言

朋友与书与出版社

1985 年，我完成了中篇小说《秋天的愤怒》，前后历时一年多。人民文学出版社的王建国先生一直关心我的创作，1984 年去济南说："写好了没有?"我告诉他正修改。后来建国先生又去了一次济南，取走了小说。1985 年春天，《当代》发表这部小说之前，想让我再改一遍。我就住在编辑部，这里的编辑年龄都比我大一点，对我的生活和创作给予很多照顾。

《秋天的愤怒》发表之前，社领导何启治先生问我："听说你要改作品名?"我说不想改了。他说："这个名字好，最好不要改。"整个写作过程好像并不顺利，改动不大但比较繁琐，用上了剪刀糨糊。从此这竟成了我的工作习惯。

《古船》是很早以前就开始构思和写作的，一些片段写好了就积在一处，装在一个口袋里。建国和启治先生比较关心我的第一部长篇。建国前后去了六次济南，都是为了这部书稿。他说："我重视第一部长篇。"他的眼睛不好，看稿子时稿纸离脸非常近。

初稿全写出来后，我已经前后换了好几个地方，只为了清静。先是在一个军队招待所，后来又搬到南山一个废弃的供电所。完成了初稿，又搬回原处，等编辑来。建国看了一天稿子。记得那天我陪他住在招待所，半夜来了地震，建国跑出来，说："出事了出事了。"那天下半夜我们都没法睡好，索性谈稿子谈到黎明。

初稿复印成几份让朋友看，他们的意见，加上建国的意见，需要我好好吸收。我带着意见躲到了比较远的东营市，在油田招待所修改了一个多月。这期间与人民文学出版社常通电话，他们注意这本书的进度，以便安排在《当代》上刊登。修改得比较累，脑子用得很热。记得我一个人住了一个标准间，两张床上摆满了稿子。除了改写，还要不断使用剪刀糨糊。当时北京的舞蹈歌唱演员住在同一个招待所，一起吃饭，并在工作之余看他们的节目。油田的作家王忆惠领我参观，照顾我的生活。后来，我离开油田不久他就去世了，让我至今想起来悲痛难忍。一切历历在目，人却没了。

1986 年 7 月，人民文学出版社的编辑和领导看完了《古船》，还想让我去北京改一下、谈一下。我去了。像过去一样，我的原稿是用两张硬板夹起，再用黑白花布包袱包起的，这些东西都摊在领导的桌上。他们说了意见，征求我的想法。我说要好好想一想。启治先生夜间与我在楼下散步，谈的都是书的修改。建国的意见与他差不多。其实很简单：《古船》里有一位王书记，是领导形象，他们喜欢，我也同意加写一至两页。

重要的是在发表前，我有机会再订正一次。哪怕是一句话、一个字的合理更动，对我都是重要的收获。我带着纸张和剪刀糨糊，被建国送到了北京郊区的一个招待所。这次工作了半个多月。整个过程中建国常去，我们粗茶淡饭，心情愉快。

《古船》的发表，后来听说有争执。出版单行本时也听说有争执。但书发表了也出版了，这其中体现了出版社和编辑部对文学的爱、他们的勇气。我非常感动。胡乔木对发表的《古船》有异议。尔后文学界的几个人还写了一些信。两年之后胡乔木让人转来他的一封谈《古船》的信，信中说他当年那样做不对，说今天看来，《古船》"瑕瑜不能互掩""这样一部书更需要时间的检验"，等等。

《九月寓言》是我花了五年时间在龙口断断续续写成的。我完成此书期间，启治常与我通电话。建国这一段身体欠安，联系略少。启治在1991 年夏天带《当代》编辑清波来了龙口。他们日夜看稿子，当即完成终审，决定发表在《当代》第五期上，同时出版单行本。

后来没成。启治上一级的领导又看了一次他们带回的稿子，不同意就这样发表。主要意见：一是农民生活写得清苦单调，光写地瓜，应该添上五谷；二是这本书不是"寓言"，要按真正的寓言来修改才好。特别指出要抽掉"忆苦"一章。我有些舍不得，就改投了《收获》。启治和清波很是惋惜。

四年之后，我写出了长篇《家族》，认为是尽心之作，就交给了《当代》。

人民文学出版社对我用力写出的作品一直关心，这使我难忘。我们的合作已有十余年了，出版了好几本书。我现在正努力写出新书，难以松懈、因为社里的新老朋友这些年里一直给我鼓励。

1994 年

心上的痕迹

作家与时代；作家存在的价值

没有一个作家不是时代的产儿，无论是多么偏僻的作家，操着多么怪异的语言，写着多么奇特的生活。时代的烙印会以各种方式烙上作家的心灵。他会成为时代的器官，发出他的没人与之重复的声音。

作家通常在做两个方面的工作。

一是给所处的时代留下一点记录，这个比较重要。以后的人想要了解这个时代，总要看一些记载和记录。看历史书，其中缺少鲜活的东西，那是个大概，但文学作品会把那一段过去了的社会生活鲜活地保留下来。一段过去了的社会生活在一部作品中冰冻凝固，后来的人打开它，就会看到它的溶解和流动，重新嗅到新鲜的、当时的气息，看到簇簇如新的光泽。

有一个更重要的作用，就是给当代和后代提供思想。一个作家对社会生活发生的作用，不像权力干预、行政干预那么直接和便当，但它的力量有时会更深、更长久。它着眼于改变一个时代人的素质。这个过程通常需要情感介入的方式去完成。这将对社会生活产生巨大作用。这种作用速度缓慢，但要消失就更缓慢。行政干预的作用速度快捷，但要消逝就会更快，有时可以在一夜之间完全消失。有的作家写了一个很受群众注意的题材或主题，引起巨大反响，促进了某个事件的解决——这当然也会发生。但这不能代表作家的作用，不能反映出作家工作的实质。它是一种偶然现象。这也未必有多么好。作家的抱负应该是更大的，即给整整一个时代、一个社会提供自己的思路。他应该深深地左右和影响一个民族的文化趣味，把整个民族带入敏感多思的境界。虽然这是很难的，有时甚至是一厢情愿的，但作为一个作家应该有这个愿望和信念。舍此，他将没有什么价值。

作家是一个劳动者。对作家的真正奖赏是什么

由于舞文弄墨者多起来，以此混生活的人多起来，就使许多人误解了作家。这种误解维持在较长的一个时段内，对艺术活动、对艺术本质，造成不应有的损伤。其实作家是个不容置疑的劳动者。这样理解并不是抹杀这种劳动的奇特与神秘性，而是强调人在精神领域里的求索和寻找，那种不倦的执拗有着多么朴素和自然的属性。一个思想者，会不时地为心灵里生成的东西而激动。他沉默着，寻找表达的方式。在他那儿，主要的时间都用在读书和写作上了，几十年如一日，有时即便在疾病中也长思不绝，为著述而激动。由于这种种活动是不间断的、长久维持下来的，所以说一个作家的形象就是一个劳动者。说到劳动，人们会想到田野、斗笠、农民，所以"劳动"这个字眼是美的、可亲的，也是形容作家的所有词汇中，最能体现实质的一个。

一个作家在一生的工作中已变得相当洁净了，这又像田野上好的农人。由于侍奉土地和浇灌心灵之果是同样可敬的事业，所以在道德感上又是一致的。

当然，对作家的劳动是会有奖赏的。有的是可见的，如国内国外各种文学奖项。不过现在的奖很多又很混乱，这与整个时代的特征是一致的。对具体的奖要具体分析，有的奖只是卑劣的标识。最好的奖赏是什么？是辛苦之后的休息，是自我的原谅和理解，是自己咀嚼不已的激动，包括感激——对各种生存的美好的感激、无名的感激；还有，心灵

与心灵的沟通，来自他人必不可少的神与心之交。这一切都是人生真正可靠的、长久的安慰。舍去这些，一个作家的欢娱还有什么？等待来自上下的青睐吗？那简直无聊至极。

由于风气变坏，有些外来的奖励不仅不值得重视，而且还应视为扰烦。那些纯洁无私的奖赏，会有自己的方式，会是适时而至的。我很少看到一个诗人不停地吟唱而落得个劳而无功。生活神秘地平衡了一切，诗人不会焦虑。他同样承受了雨露，不管他多么悲惨和孤苦无告。

说到奖赏就不能不想到"民众"，不是抽象地想，而是具体地、真切实在地想。一个作家的劳动帮助了他所处那个时代的或后来时代的民众，他应该由喜悦到兴奋到忘情，获得无边的欢乐。当然这种欢乐应是悄声无息的、不惊扰别人的……诗人要记住自己的责任，要自重和矜持。

作家和作品的沉默；对创作过程的回味和咀嚼

一部作品出版或发表后，一般要经受沉默阶段。这对作家和作品都是一次考验。或者是一开始就沉默，默默无声，毫无反响。即便一部深刻的作品，读者在选择和理解时也需要一段时间。时间会告诉他们一点什么，它们即是作品的秘密。至于浅薄的、轻浮的作品，有时倒极有可能是反应灵快的，不少人为之鼓掌。这是合乎规律的，因为浅薄的、没有什么根底的读者大多乐于表态，并不需要深思熟虑，他们的责任感是短暂的，不能维持长久的。

也有的作品的确是非同凡响的，但却要经受长长的寂寞。这样的例子在文学史上不止一次出现。它的作者甚至不能在有生之年亲眼看到它辉煌的闪光。或许真有永不复苏的埋没，这都是可以预料的。这种埋没是精神之域的一个悲剧，但也似乎焕发着另一种美。

作家最幸福的时刻也许存在于这样一个过程，即对创作经历的回味和咀嚼。这是个规避的、沉寂的时刻，是自吟自听的、遥望过去的时刻。

作家对待自己的作品，一开始写的时候会满意，而这之后可能就不太满意了。他对作品的评价或许有两个标准：一个是自己最喜欢的；再就是自己付出劳动最多的。

那些留下辛苦最多的作品，会有着难以言喻的美沉积其中。它也许是不灭的。一个作家，他因为珍惜生命，所以也就非常珍惜流在文字之间的汗水和心汁……他也许很少将自己与别人比较，这是一个忌讳。但他心里喜欢自己付出最多的那一部分。

作家的确需要坚持下去。不能怕累，要一直做下去，把它做好，做到底。不要寄托其他的一些幻想，等待什么额外的帮助。或许他并非把自己正在做的这件事情看得多么了不起和伟大，但他会始终尊重自己的劳动，看重甚至是甜美而恐惧地盯视着生命的耗失……

选择的自由。对世事的洞察、悲凉的心情和决绝的勇气

一个人是自由的，这不会有异议。一个人总有选择的自由。他与时代、与生活构成一种什么关系，自己可以把握。他干什么都应该得到尊重，只要不危害别人的生活。但也正是在这人人认可的自由状态下，每个人都走向了自己的归宿。他可以向上升华，也可以向下坠落。

在一个翻腾的巨变时代，人生极可能是艰难的，因为心里会感到疲惫。但真正的人应该是达观的，应该具有洞察世事的能力。先镇定下来，其次才是权衡和判断。

有些东西是不能与之合流的，因为它们令人畏惧。不懂得畏惧的人是无知而有害的。人在特殊的时刻理应有一份悲凉的心情，有决绝的勇气。

人的职业不一样，道德基础就不一样。教师、作家、思想家，作为一种职业，在道德感上就比某些阶层要高。对整个人类、对社会、对民族、对国家的前途有一种巨大深刻的关怀力，是不可简单放弃的职业

要求。

有人说有的作家已放弃了，可到目前为止，我还没有看到一个。我这儿指真正的作家。作家是一种典型的知识分子，在任何时代都具有一种先锋性，时代感非常强。在我个人的视野里，还从来没有看到一个真正的作家会放弃求索，汇入俗流。那样等于死亡。

物欲的折磨；民族的不幸和狂欢。痛苦和幸福都是心的感觉

越来越多的人正在经受物欲的折磨。来自时代的刺激无法抵御。人性中有享乐的要求，喜欢奢侈也属于人的本能。在一个商业社会里，推动社会发展的力量，也借助于、来源于这种本能要求。可是这种发展的结果是没有前途，是绝望和最后的破败，不会有其他出路。

现在不断有人怂恿人民去经历金钱的冒险体验，去消受可能来临的豪华和富丽。其实这是虚幻的泡沫。大地会惩罚这种种罪孽。那些没有根基的楼堂、华丽的宫殿都会倒塌，那些刺耳的音乐也会中断。一个民族如果走入了不幸的狂欢是非常可怕的。

时代的幸福根基只会是高度文明的民众，是那片健康的土壤。

任何一个民族，只要还有希望，就不会赤裸裸地把追逐物质利益放在首位。鼓励人的物欲，把人与人的这种竞争摆在中心位置，就是将人推入危险。相反，一个健康的社会，就应该用精神去矫正和遏制这种竞争。既然人的创造力与恶是同时迸发的，整个社会就要形成对恶的制约。靠什么制约？靠精神的力量。人类社会发展的目的只是为了精神上的成长。如果物质的增长有碍于这个目的，那么就成了有害的东西。一切都要回到精神上来，都要在感觉上汇总。人的感觉属于精神范畴，即属于心的范畴。有人荒谬地把物质、肉体和心灵之间分开。实际上无论是痛苦还是幸福，都来自心的感觉。

物质主义、享乐至上的时代，就是无心的时代。这样的时代只能迎来灾难。

作家应重视行动，也只有如此才能更加走向灵魂深处

一个作家的确应从关心现实入手。任何一个时代的良知和代表，都是强有力地介入了现实生活。他的思想意识必须是鲜活的而不是僵化的，不仅仅来自书本，不至于干枯。有好多写作者从名著到名著，从书本到书本，从圈子到圈子，渐渐变得苍白——失去了思想的力量。必须关注社会、关注时代，必须勇敢地为弱者、为底层讲话，这是他思想活动的基础。

一个知识分子不注重行动性，就不会纯粹，不会保持先锋性，不会有活力。很多的建树、作为、思想的飞跃，都来自对现实的直接参与。注重行动性的结果是，一个人会从此越来越走向心灵的深处。二者之间绝不会产生对立和矛盾。它们是一致的、统一的，是心灵的两种表现方式，是一种必然。

有人回避激烈真实的生活现实，并认为这是一种完美的品格，是知识分子的某种标志。其实这是极大的误解。判断力在知识分子那里是第一重要的，不敢投入鉴别和判断，一个知识分子也就自行消亡了。坚持正义、勇敢，有强烈的道德意识，是起码的。当然，如此下去他也许会遇到各种各样的问题，生活将变得非常艰难。但这都不是一个人，特别是一个知识分子放弃原则的理由。在有些人那儿，只有抽象的正义而无具体的正义，只有书本的、历史的或遥远的正义而无现实的、切近的正义，这样的人值得信任吗？

初学写作者的戒律。一个时代的弊端；萎败的文风

很多热爱文学的青年让人高兴又让人忧虑。他们在这样的情势之下还专注于精神、追求艺术，是非常令人感动的。但现在对一个初学写作者的伤害和腐蚀也是空前的，有些人，并且是相当数量的一部分人并不

准备拥有一份纯粹的洁净的精神生活，他们不过是用一支笔去谋生。这就会滋生很多罪恶，比如公然为丑恶张目，颂扬最无耻最黑暗的势力，卖身投靠，等等。

一个人只要握起了一支笔，就要有所畏惧，要在心中有个戒律。无论这支笔多么软弱，都要是纯净的。不要做个卑微的、可怜的人。现在对人的诱惑太多了，金钱、权力、性……它们移动了一个人的根，这个人也就太可悲了。

有的初学写作者被某些读物所吸引，无病呻吟。从文风上讲，一个时代有一个时代的毛病，现在是轻浮、廉价的伤感，萎败的文风。不应该这样，因为这个时代够沉重的了。要老老实实，要朴实，首先要真诚、有原则。他们对写作有个误解，以为作家就是能够写出漂亮句子的人。其实能够玩弄文字的人很多，他们一生都不会成为作家。作家的目光必须有穿透力、有硬度。

一个有出息的写作者不要完全生活在文学圈子里，也应该远离一些所谓的文化艺术中心，因为那里的弊端会更突出。挺拔有力的人格、生气蓬勃的文风，都不会在热闹地方挤成一团。每个时代，所谓有价值的作家不会多如牛毛。相反在文化界文学界混生活的人倒数不胜数。要远离他们。一个活得比较有劲的人要有勇气投入土地和民众之中，投入到一个更广阔的天地里去，只有这样才会焕发生气，有真正的创作。

超越"界"的局限。独立的人生态度与创作的关系

任何一个干出一番事业的人，在境界上都会超越他所处那个"界"的狭窄局限。不能使一种专业把整个人生缠裹，那样就目光短浅，思路也打不开。应使自己变得有气度，眼光放得更远一点。不然，在专业上再娴熟，也顶多是玩得好，玩得高妙。其实人世间什么都可以玩，文化可以玩，文学也可以玩，直到玩得漂亮也玩得无聊。独立的人生态度是重要的。这种独立当然也包括对于专业的某种独立意识。这是解放思

想、身心放松的一个必不可少的条件。这样就能从更开阔的角度理解人生的全部问题，对自身所处的世界有所贡献，有所发现和创造。一个作家也是这样，他能够独立地、有时非专业地面对着这个世界上的全部问题，才有一个生命的大激动，有深层的感悟，有好的创作出现。

现在缺乏第一流的专业人物，有时也并非是这些人背离了专业，应有远远高于专业之上的东西，即一个独立的人面对一个陌生的世界——这一份感觉和感知笼罩了他，他在专业上才会有出色表现，才会有作为……

我们常常用到"成熟"这个概念，而且大多从专业的角度谈论专业人物。这是不切边际的。人的成熟是懂得并能够实践独立意识的那一刻。

中外作家的异同，文学的前途

中国作家从数量到质量，与一些文学大国去比较，大概不必也不会自卑。国与国在各行各业的那种竞争，如果没有特殊原因的话，大概只有艺术是难以相互取代的。但它们有优劣之别。就我个人的视野范围、我的理解，中国当代文学的代表性作家作品比国外并不逊色。中外作家有些共同的方面，对人的内心世界的探索、对文学技术层面的那些探索和完成，都走到了相当成熟的阶段。文学越来越走向人生的内部探索，在向内收缩——也可以看成是向内退却的一个过程。它们带来的一个弊病，就是在整个世界范围内，由于物的挤压，商品经济的激烈竞争，使思想界不约而同地开始了一场撤退。他们没有勇气更多地站在时代的前沿，保持知识分子的先锋性，这是可惜可叹的。他们一方面仍保持了甚至是加强了技术层面的那种探索热情，另一方面在这热情的遮掩下，又开始了逃避重大社会问题和思想问题。他们似乎失去了关怀世界重大问题的能力，失去了大爱大恨的能力，失去了关怀的能力、感动的能力。

像十九世纪前和十九世纪初那些作家思想家，总是关注着一个时代最重大最迫切的命题。而现在，作家对民族精神、环境，这个星球的生死存亡，人类的走向和前途，国家的命运，介入都少了。也许是因为这种明显的变化，文学有些悲观——前途的悲观。但文学是不会死的。最有力的作家、思想家，总是崛起在悲观的时刻——社会的历史和文学的历史都一再地证明了这一点。

与青年对话；看重心上的痕迹。不停息的劳作

一些作家、思想家不太重视与青年的对话，他们不愿到高校和青年文学朋友中间。其实在另一些作家那儿，这本来不成问题。这些活动比起案头工作来，或许更为重要。你与之交流，目光相触，声音相叠，更容易给他们在心头留个记忆。要极其看重心上的痕迹。

相反，一些非常浅薄的说客，倒极乐于去人群中、去传媒上讲各种"经验"，灌输一些可笑又可恶的庸俗社会学的东西，把青年引入歧途。有些浅显的、很现实主义的东西，在一定阶段是极有市场的。

一个作家无论多么纯粹，在一定的时候都要去青年中间，进行面对面的交流。它和写作同样纯粹，也是一个道理。他的思想总是通过一定的渠道和形式播散出去。

作家的谈话不必局限于文学问题，而应十分开阔，特别是对于当前急需解决的迫切问题，要有自己的中肯回答。比如目前商品经济对大学生的冲击、他们心理上的巨大压力，就必须谈及。还有，他们的经济的、精神的出路，影视、通俗艺术……都要有个回答。在任何情况下，都应给他们信心和希望，应该指出，大学生和社会都有可能从混乱无序的状态下走出来。精神上的出路尤其重要。目前这些影视、通俗艺术和非常粗糙的印刷品制造的喧嚣和肮脏已经忍无可忍，它们对整个社会的危害已经达到了一种不可原谅的地步。

今天一个年轻人的苦恼还来自经济观念的混乱。改革开放是好事，不然没有出路。但对环境不可原谅的破坏、人的腐败、经济基础的被破

坏，都太过了。我们完全没有必要沿资本主义原始积累的过程再重走一遍，那样就太惨了。

我们基本上是一个农业国，构成国家主体的民众整个文化素质比较差，所以无论是什么运动，搞起来一定是一团糟。正因为如此，知识分子和管理者都必须独立思考，杜绝短期行为，不然就会贻害民族。

每个人都被时代所塑造、所制约，但也不要忘记：时代也是可塑的。时代是有待发育的，在发育过程中要给予影响和制约。所以人还是需要有勇气，有信心。在物的挤压下挣扎的人是非常可怜的，得意的总是一小部分，大多数人是非常痛苦的。在这样的状态下，任何人的幸福都是很短暂的。不要幻想当新的贵族，新旧贵族的结局都是一样的。幸福要寄托在整个的民族、在大的人文环境上。

艺术家、知识分子，的确应该想到大多数人，想到人民，应该有起码的道德和正义。良知，就是有理性，有选择，有操守，有奉献。要不断地把心上的牵挂和认识讲给别人听，特别是青年人听，要把有意义的声音通过口与纸送上世界。这是不停息的劳作，是责任。一个好的思想家应该是不倦的。

        1995 年 1 月 15 日，山东人民广播电台访谈辑录

诗　人

　　诗人是令人敬仰的文学前辈，是永远屹立在风雨文坛的高大身躯。他是精神的执火者，是最纯粹的人，是一个不败者。长期以来，极少有人在思想上、在道德激情方面，曾像他那样赐我以巨大力量。

　　我从他的诗章中，始终感受着火一样的热烈。一个人能像他那样不倦地歌唱，为正义和爱不停地奔走呼告，就是一个奇迹，是人类不曾屈服和至尊至贵的有力证明。

　　我不是一个合格的诗人，但我一直试图与他的诗心相通。我努力将自己刻下的字字句句点燃，让其在燃烧中流动。我明白诗人这样做了，并成为世纪的歌手、提醒者、目击者和某种证词提供者。我们将因为与他同行而骄傲。

　　我就是这样理解诗和诗人的。欢畅的岁月，坎坷的经历，甚至是腥风凄雨，都不能销蚀和改变一个人内心的纯洁。他远离了浊流，成为一代清洁的榜样。他的热情和感动，他胸中翻腾的黄河和长江，都源于一颗质朴而崇高的心灵。

1995 年 5 月 28 日

我喜欢的小说

我喜欢的小说，其他读者会有自己的看法。好小说首先是简洁、朴素、自然。现在作品太多，读不胜读，作者就会受逼迫，急躁。这样的结果是想各种办法，以便让读者注意。办法不多，一是在语言上弄得怪异，二是内容离奇，三是表现主题令人吃惊。

三条有一条，就会触眼一些，评论就会夸。可是有了一条，就不是好小说。

用词造句，要落到实处，一是一，二是二，在经验上感觉上充分把握了再写。似是而非的，不写。文学允许有夸张，但不是情感的夸张，这种夸张就是矫情。语言应是这个时代的、大众的。要从这个基础上、从这其中凸显个性的力量、语言的力量。

如果是制造出的语言，比如仿古、仿外国，都是假的语言。假的语言排斥真实的内容，也排斥接受。这种假的语言是初学文学、艺术经验浅薄的文评者或作者所热衷谈论的。

内容的离奇，主要是写更多的奸淫和杀人之类。所谓"纯文学"，不过是更曲折隐晦地表达这些事物而已。其实可以写，因为生活中有；但不能把兴趣投放太多。它在其间的比重，要同它在生活中的比重差不多。那些看似平常的生活，包含了多少惊心动魄的东西——要把它挖掘出来。挖掘很累，得用心力，所以一般人也就放弃了。

主题还是存在于作品之中，虽然不如议论文清楚，起码是情感和思想倾向有。作者赞同好的东西，厌恶或斥责坏的东西，是最基本的，是起码的道德基础。可是这一"起码"，有人觉得太一般、太慢，不如胡乱写好。于是就故意明明暗暗赞扬坏的东西，以便让人惊讶，让同类文评者从中找出"哲学"来。对事物的评价当然会因时代发展而变化，但不能快速地颠倒黑白。歌颂丑恶就是犯罪。水平高低是一回事，犯不犯罪又是一回事。

也有的事物在好坏之间，很模糊，很复杂。那就写出这种复杂。但大多"复杂"的并不复杂，是作者没有立场的结果。

1995 年 6 月 16 日

伟大而自由的民间文学

文学一旦走进民间、化入民间、自民间而来，就会变得伟大而自由。

就作品的规模而言，没有比民间文学更大的了。它可以是浩浩荡荡的史诗，是密集如云的传说，是无头无尾的倾诉，是难以探测的大渊。

它的品格一如它的规模，恢宏大气，自然傲岸。它的气度之大，足可以淹没一切粗倔的单音。它广瀚无边地往前推进，无所不思，无所不在，举重若轻；它思考的命题从纤若毫发到天外宇宙。为之咏唱和记录的，有成千上万的口与手，那数不清的强力跳动的心脏，就是它的动力，它的直接源头。

一个神思深邃的天才极有可能走进民间。从此他就被囊括和同化，也被消融。当他重新从民间走出时，就会是一个纯粹的代表者：只发出那样一种浑然的和声，只操着那样一种特殊的语言。他强大得不可思议，自信得不可思议，也质朴流畅得不可思议。后一代人会把他视为不朽者，就像他依附的那片土地山脉，那个永恒的群体。

他不再是他自己，而仅是民间滋养的一个代表者和传达员，是他们发声的器官。

它是无数心灵的滋生之物，是生命的证明。这些证明以难以言喻的方式显示着人的尊严、生命的瑰丽以及生命感悟和掌握世界的强大能力。生命在此表达了自己最大的浪漫。

生命的质地是各种各样的，可是各种生命会在无边的时光之中被无休止地融解和冶炼。生命于是同时出现了渣滓和合金，放射出难以辨认、难以置信的光泽。民间文学作为复杂的记录，可以有谜语、讖词、大白话、歌与谣；可以短小数言，也可以漫长如川。它真正大得可畏，大得奇特，一片光怪陆离。

在这泥沙俱下的大川之前，我们可以听到漫卷一切的自然之声。它迎送时光的方式也包含了真正的智慧，它可以藐视和嘲笑神灵，一切造化的未知。它的气魄宏巨到不可比拟，延揽了全部的精神：伟大与渺小，崇高与卑琐。它的全部复杂甚至稍稍有些令人不安。

当我们试图以理性和科学的态度走进它的时候，又会面临极大的困惑。因为它是不测的、无边的。它只可以感知，可以截取局部，可以掬滴水，可以管窥。它实在是太大了，太费解了，在生命的个体面前，它已经是一个遥遥的存在，如远逝的山峦和彤云。它坚实如冰岩钢铁，有时又柔软如丝。它拒绝，又容纳。个体可以在其中穿越，逗留驻足，也可以完全消失了自己。它的确为个体留下了穿行的通道，每个人都能在其中寻到自己的过去与未来。它成为母体，养育补给，供予乳汁。它的繁衍力和再生力，无论怎样想象都不过分。它对精神的个体，有着神秘的宽容和恩惠。民间文学触摸了星河一样渺茫繁琐的命题。它以各种方式去接近和分解神圣。神祇、古俗、史诗和神谕、社稷、美女和魔母、文献、海妖和天神、一万年的奥秘……集小为大，又化大为小，在精神的宇宙纠缠和编织，想象无穷，循环往复。它的胃口大得惊人，简直是永不疲倦地消化一切。

而它的自由正与它的伟大连在一起。所有的禁忌和障碍被粉碎之后，真正的创作自由也就出现了。一旦有了这种自由，它也就无所不往、无往不胜，在历史的长河中遨游，在人类的高空中飞翔。它可以超越历史、政治、神话。它既能高超地图解，也能随意地吟唱。它的癫狂、痴迷、无畏和真实，都达到了令人惊讶的地步。它轻而易举就超越了一般的"政治的诗"，可它又会义无反顾地发出某种尖利之声、隐喻之声和呼号之声。它的声音能够不加遏制地、反复地、奇妙地变幻；这声音也许从某个不为人知的角落悄然萌发，尔后滋长得越来越大，无限膨胀，形成山崩海啸之势；也许仅仅是潜流底层，细细吟哦而不会死灭。

它不负有狭义的责任，也不受追究。它借助和依仗了一种极为抽象的存在，可以在地表和天空飞驰。它一旦形成就属于了每一个人，属于时间，属于某一个地域，比如属于整个华北或华南，属于欧洲或亚洲。如此广大的一片土地构成了它的依托，所以它也就逍遥得很，神乎其圣。

自由是有条件的。自由来自深刻的理解，来自强大，更来自创造者的生命特质。环顾左右，欲言又止；严厉的注视，反复的叮嘱，庸人的自扰，双重或多重的误解，对命数的迷惘无知……这样是断不会有自由可言的。创造者不断将想象的触角向内收缩，在一个狭小的空间营造织结，绚丽是绝不能产生的。

正因为民间文学获得了近似奇迹般的自由，所以我们也就真的看到了奇迹。一部部非人力所及、几乎被误解为神灵所赐的伟大史诗产生了——这样的史诗竟然出产于不同的大陆，需要几代人去整理和发掘。类似的奇迹多得数不胜数，它们潜在土壤里、掺在气流中，说不定什么时候就被我们的双耳捕捉到，被我们的双手开发出。

不可思议的想象力，胆大包天的构想，这一切都饱含在民间文学之中。从妖怪到王子，从贫儿的磨难到公主的奇遇，形形色色，一应俱全。一支曲子可以唱到东方既白，一串故事可以讲遍九州四海。没有拘束，开阔如天空，深邃如泥土；如果有谁担心创造想象之力会贫乏枯竭，那就看一看漫漫时间之缐上，连接了多少不绝的生命吧。是他们，是人类的全体在想象……

民间文学不仅藐视一些皇皇巨著，而且有力地挑战了专制，特别是思想的专制。它在传达一种自在的、仅仅为生命负责的精神，创造出无数个来往于天地之间的思想的精灵、艺术的侠客。这自由的声音是由无数个声音汇成的，丰富芜杂，既庄严高古又荒诞不经，既俚俗乡野又殿堂神阙。这声音是双向或多向的，是反叛与对抗的，是恭顺和不驯的，是矛盾重重和纠扯难分的；但无论如何，它放荡不羁之中仍深透着人的原则，浑然的多声部仍突出着抗争的旋律。

有人会认为民间文学的全部都通俗无碍，都仅仅依赖于口头传递。其实如果真的如此，也会伤害它自由的资质和属性。它有民间的矜持和尊严，有民间共享的秘密，有民间自己的记录和传播方式，有尚待化解的隐喻、隔代相传的寓意，有密码，有指代，有虚拟的发言人，有伪装的嬉戏者……总之它是无所不用其极的一种文学，是以惊人的博大和开阔而著称的一种文学。

它以自己的方式改写着历史：政治的和艺术的，心灵的和世故的。没有比它更巧妙的史书执笔者，也没有比它更机智的史官。往往是不经意的一戳，就按紧了历史之弦。它用各种华丽的枝蔓去掩盖一枚思想之果，于是既给后一代留下了采摘的困难，又增添了寻觅的乐趣。

如果用严格的规范去框束它，那就既不可能又荒唐可笑。它甚至无法禁绝——有效的禁绝。至此我们可以看出，民间文学的自由是一种彻底的自由——独立的精神和无边的想象。

由于它的生命力即是人类的生命力，所以它从不孱弱。这种强大通常表现在如下方面：一是它不易侵犯，即有超乎寻常的存活能力；二是它的自我调节选择力，即不断趋向完美的自身校正能力。它居然能够花上十年、二十年或长达一个世纪的时间，自发调动起无数的生命投入一部巨作的创造。这期间包含了多少改写、删除，多少自我判断、去粗存精。最终那些更有力的部分保留了、突出了、熠熠闪光了，这是人民动手打磨的结果。人民有自己的珍宝，它就是民间文学的瑰丽。

不难设想民间文学与一个当代作家的关系。他如果向往更大的智慧和真实，那么就得学习永恒，就得返向民间。这个过程是心灵的历程，而不是操作的途径。是沙粒归漠，是滴水入川。一切淡掉了名利的艺术，才有可能变为伟大的艺术。

伟大的艺术必然是自由的；而离开了民间的支援和支撑，从来就不会有心灵的自由。

1995 年 6 月 27 日

"多元"与学习鲁迅

　　九十年代从事文学创作，对一部分人来说很容易，对另一部分人来说比任何时候都困难。放松的人容易，他们可以利用这个开放的喧闹的时期尽情地吸收、借鉴；一般的操作、职业化的写作也容易，模仿的机会多，跟从的机会多，剪接组合的可能也多了。起码发表的园地比七十年代八十年代多了几倍。那些认真紧张的探索者就难了。他们应该再放松，再自主和再封闭一些。真诚的，然而是又轻信又热情的初学者就难了。

　　因为来自外部的干扰太大，人是不可能完全独立于外部世界的，不可能完全封闭。今天出现了各种各样的声音，显得特别嘈杂。嘈杂是活跃、自由、宣泄，也是玩兴大发，是恐惧，是寂寞慌张和不自信。

　　谁都会赞成文学的多样化、多元化，不这样就太奇怪了。实际上有十二亿人口，有大得令人惊讶的创作队伍，只要不是来自某种强力的统一制止，何愁不能多元。各种声音吵吵嚷嚷，或愤愤然或和和气气，都是必然。失去多元的危险只能来自别处，而不会来自文学本身。我们现在是为多元而庆幸，倒不必为多元的失去而慌乱和疾呼。因为没有出现那样的状况，将来即便出现了，我们也没有迅速改变那个状况的能力。文坛自己想制止"多元"也制止不了。

　　"元"与"元"是不一样的。作为一个知识分子，大概应该同意：对世俗潮流的批判和抵抗从来都是最重要的"一元"。不断用各种方式和方法，包括用一些舶来品，去反复诠释世俗的合理性，去投入世俗的大合唱，大概不能算知识分子的行为，更不能成为唯一的一"元"。

评论工作者、期刊提出了一些说法，起了一些名字，目的是要使文学在品质上得到提升。这应该肯定。单纯为了热闹，为了吸引读者，也未尝不可。他们也许用心良苦，现在办期刊非常之难，经营不易。但作家作者自己不要在这热闹中糊涂起来，不要迷失。要知道这主要是热闹。任何热闹、花花哨哨的东西，在扎实的劳动面前都要退后一步。这个心中有数，怎么热闹就是另一回事了。

文学仍然应该有自己的立场，要保持自己的批判品格。如果那些跟从、合唱、慵懒和呻吟、嘲弄，的确应该算是不可或缺的"元"的话，那么对这种"元"的充满警觉的质疑和提问，甚至是严厉的批评、分析和指责，也是自然存在的一"元"。现在特别需要学习鲁迅。没有忧虑、批判，没有哀其不幸怒其不争，没有对国民性的针砭疗救，哪里还有鲁迅？

有人会问学习鲁迅有什么用。

有人不愿学习鲁迅甚至害怕学习鲁迅，就说明学习鲁迅有用。

尊重别人，不干涉别人的生活，尊重他人的选择，这是最基本的。对学习鲁迅这一选择要尊重，鲁迅可以成为一些人的榜样和向导。有人既然选择了歧视弱者、传播苦难的道路，当代文学就更应该以鲁迅为榜样，这也算"一元"。

1995 年 6 月，于长江笔会

昨日里程

最快，最慢和最好／中年之后的梦想

《九月寓言》写得最慢，《柏慧》写得最快。因为《九月寓言》能放得下，而《柏慧》不能。

谈自己的创作，很让人倦。这并非因为我厌烦了昨天的劳动，而是由于更多的原因。不同时期的人有不同的心情，只有过去的生活，与创作连接一起的生活，才让我感到说不出的留恋。

爱的能力、对真理的渴望，大概对任何一个写作者而言，都比技法之类的要重要得多。即便是单单以技法论，它也源自它们。

我的作品离自己期望的总是差了许多，所以我难以说出它们当中的哪一部才够得上自己心目中的"最好"。"最好"已经不是比较所能产生的，而是成了我的一个标准。

有着特别的意义、让人倍加珍爱的书

《柏慧》对我来说可能是这样，它当是我珍爱的一部书。就我而言，能写出这样一部书，还多少算是一个庆幸。我以前说过，它是我的声音，尽管细弱却不愿没有；从另一方面看，它更是我对这个时代的一次簇拥。我还能做些什么？如果能更多地写一些类似的书也好，只可惜没有这种能力。它是人届中年之后才会出现的一些梦想，断断续续，一些比较美好的情思。

它的缺憾不必说了，现在也不想说。

到目前为止，《柏慧》是我所有作品中，获得读者，特别是年轻读者赞誉最多的一本书。我今天不由得要感谢他们。

我觉得生命正在跨越一条线，我在用一部真实之书，告别昨日里程。

爱慕和倾诉的对象/自然的孕育和造化

在我这里，大自然早已化为爱慕和倾诉的对象，也是生命的依偎和托靠。比起它来，我觉得我们自己不仅渺小，而且常常没有什么希望。人在非常孤单的时候，总是自觉不自觉地去寻觅自然。那些孤单的灵魂啊！我们为什么会这样？我常常惊奇地看着四周，看着自己。

比起自然的孕育和造化，人工弄出的这一切并不值得过分自豪。人类的确有辉煌的创造；但许多时候，人工弄出的这一切又非常之丑。我们当然要不断地歌颂人，人的灵性，但是这种自慰也不能毫无节制。

人到底在哪里？他们不过是在大自然的皱褶之中。

人对大地的感激，是受尽苦痛和煎磨之后的一种情感。人在侥幸和无知的时候，目光不可能过多地停留其上。

我对大自然的情感，只会随着年纪的增长而趋向浓烈。我现在的浮浅，随处可见的、不难察觉的浮浅，主要是起因于对大自然情感的浮浅，一切正是由此造成的。

最喜欢鲁迅/靠近一颗有力的心脏

我对鲁迅的情感可不止于喜欢。我对先生更多的是敬仰。中学时代，我对先生是神秘和好奇；后来随着年龄的增长，才知道了他的伟大。他像所有中国好作家的父亲，严厉，慈祥。

鲁迅是被诠释最多又是被误解最多的人。在一个没有了禁忌、以谈论操守为耻、懒散无聊的时刻，许多人将会默默地想起鲁迅。

记住鲁迅，这在今天也许比什么都重要。在忙忙碌碌嘻嘻哈哈的时代，记住鲁迅先生，只会让人生出一份严肃、一份矜持和一份正义。如果连这一点都没有，人将变得多么可怕。在当代，让自己学习鲁迅，哪怕只立志学一点点，都已经成了非常苛刻的做人标准。

《柏慧》/退守与退却的区别

《柏慧》一书可看成书信体，也可看成其他，比如像一些读者指出的，看成是一些内心独白、一些手记之类。它其实是很典型很传统的小说写法，没有什么新鲜。人到了现在的年纪，已失去了在写法上闹怪的心情。

"退守"是一个战士才能使用的概念，所谓退而守之。"退却"则不一定，它可以是战士使用的，也可以是懦夫使用的。在真正的战士那儿，退守和退却都是战斗的需要。如果有人指责一个遍体鳞伤的战士，埋怨他在"退却"，那会是相当残酷的。

鲁迅先生说过，当他受伤的时候，他就退到一边的草地上，自己舔净自己的伤口。

道德热情/表达的各种方式

我具备这点道德热情还远远不够。在任何真正优秀的人那里，都会天生具有这种强大的热情。缺乏这种热情的艺术家，也不会是优秀的。当然，一个艺术家在表达他的道德义愤时，会自然地呈现出各种各样的方式，而并非一定要全部金刚怒目不可。

我今后的写作如果稍稍离开了这一基点，那也将一事无成。

喜欢哪几位西方作家

对我影响最大的西方作家，还是托尔斯泰……后来又有了许多，比如法国的尤瑟纳尔，比如美国的索尔·贝娄……许多。

八十年代/关于世纪末情绪

八十年代，那时候的精神环境刻板一些，也规矩一些；一规矩，人的心情就不太苦。现在不那么规矩了，让人心苦，可是也能从苦中品出甘味。人和艺术要走向深远，就非要经受这苦不可。

"观念"多元、金钱魔力……是这一切对人的综合作用，才形成了眼下人的心态。这些都与"世纪末"之类无关。公元纪年法是人类一机灵搞出来的，几个数码决定了那么多人的心态，这不可能。

"世纪末……"如何，说说无妨，但没什么意思。实际上人们平时做事情，想问题，从来不去考虑正处于世纪的哪一端。说白了它们不过是标记时间的数码，如此而已。

1997 年 3 月 25 日，答《海上文坛》

关于重复

  关于作家重复出版自己作品集的问题，可以听到越来越多的抱怨。这是必然的。抱怨主要来自那些喜欢他们作品的读者，也来自其他方面。这就分外应该引起作家本人的重视。在新时期文学发展的后十年，这个问题已经变得越来越突出。这是一个好现象吗？可能是，也极有可能不是。

  我们如果从一个读者的角度去考虑问题，而不是从一个写作者的角度来考虑问题，那么我们就会为一部分作家高兴，甚至为他们叫好。原因是多方面的。在一个喧嚣的时代，一些严肃作家（叫成高雅文学和纯文学作家也可以，反正都能明白这大致指哪一类作家）能够频繁而多样化地出版自己的著作，这是一个庆幸。这个结果来之不易。在"文革"时期不可能，在"文革"之前也不可能，可见这是一个时代的幸运。

  好的作家理应珍惜这一局面。而珍惜，每个作家又会有不同的理解。

  首先是对文化形势的基本估计。目前的出版业受各方面的制约，主要是社会"主流意识"的制约、商品规律的制约。在这些制约下，真正有独立思想、有艺术品格的作品不可能大批量地印刷。相反，那些格调不高，或者直接就是在贩卖恶俗和欺骗阿谀的读物，一些相当平庸、拙劣和廉价的货色，往往充斥着书摊和书店货架。一本浅俗无聊的书很容易就一次性印刷十余万册甚或更多。所谓的以各种方式出版的严肃作品，往往几十种相加的数量还不如一本通俗作品的一次性印刷数。

如上是一个基本估计。

一个有勇气、有责任心的作家，应该冲破禁忌，最大限度地、有效地释放自己的声音、立场。他要珍惜自己的权利。只要他认为自己的声音对于这个时代是有意义的，是自己的，是有别于他人的，就要坚持下去。当然，这会带来一些误解和指责，会被斥为"名利之徒"。不过一个人既然献身于这样一种事业，做了这样一种选择——将自己仅有一次的生命献给了泣血般的写作，他又怎么会在乎一点误解和责难呢？

在铺天盖地汹涌而来的文字垃圾面前，在电子时代令人疲惫恐惧的声像讯息轰炸面前，我们多么希望看到自己所喜爱的作家能够不屈地站立，能够永远昂扬着自己的声音而不被湮没。因为只有这样，才符合理性和道德。

从商业的角度讲，那些高雅严肃读物，无论是出版者还是写作者，他们都不会获得起码的相应的利润。这就是他们的命运。每个时代他们都是这样的命运。不倦地写作和出版，是出于生命的需要，是责任心的催逼，是良知和勇气的驱使。

一个好的作家，他不仅要面对那些喜欢他们甚至是挚爱他们的读者，而且还要是——也主要是——面对一片未知、一片广瀚的土地和海洋，更是面对了历史。

勇敢地、大声地告知和呼号，这是他们的命运，也是他们的光荣。

这种光荣只有他们才能领受。

可是，如果……从一个写作者的角度去考虑呢？那么我们将会发现，问题要复杂得多。

首先是他有没有那样强大的自信、那样一种坚定性、那种义无反顾的精神？他的良好资质又会在多大程度上支持了他、鼓舞了他？他能够无所顾忌地一路呼号下去吗？磨损、责难，甚至是来自友人的狭测，他都能承受吗？

重复出版吗？是的，从修辞学上讲，重复是为了强调。那么无论是出版者还是写作者，他们所进行的，都是面对这个世界的一次次强调——好极了，只要你不是出自狭隘的目的，只要你是无私无畏的，那么好吧，请伸手抓住你的历史。

可惜的是，我们所看到的情形却往往相反。

一个写作者会随着生命的进程，随着可怕的磨损，勇气和才华一起消失。他们没有力量去承担了，他们更不愿去冒什么风险了。他们越来越多地怀疑自己，踌躇不前。时光在默默流逝。终于，他们一次又一次地、小心翼翼地把出版合同抽掉。没有十分把握决不撒手。他们很老到地处理着出版事宜。他们安全了。他们成熟了。他们失去了。

不过，这又是谁的不幸呢？

1998 年 1 月 21 日

第 二 辑

望海手记

小　　路

一连几天都在这条林中小路上徘徊。

这条连接着昨天的小路，一生看不到尽头……它起始于那座小茅屋，穿越了密匝匝的灌木，攀上沙岗，又一直走向大海。它永远不会磨灭——它是一条活着的、颤抖不停的、会拧动的路。

在这条小路上消失的不仅是 L，还有另一个人……他们都一样，他们再也不能归来。

那个少年！你为什么在灌木丛中、在这条小路上久久徘徊？你怀抱着那么多鲜花，红的、紫的、绿的、黄的……你要把它们献给谁？

我在此流连，不愿碰上任何人，不管他是生人还是熟人。

他们都以为我在这儿遗失了什么——也许他们是对的。可我真的能够找到吗？它又是什么？它藏在了哪儿？它是在这条小路上慢慢滋生出来的，还没等成熟就被一只无形的手摘取并埋葬了。我大概想把它们重新挖掘出来。

我在这条小路上徘徊时，心中哀伤难忍。我不知在对他，还是对刚刚离去的 L，一次次追念和悲悼。我没法用别的方式来寄托轸念，正像当年的那个少年没法把他怀抱的斑斓献给一个人一样。

少年的鲜花永远藏在了背囊里。

少年跨过了高山峻岭，钻入大山旮旯、大山褶缝。让我拨开一层层云雾，不顾层峦叠嶂，荆棘丛生，搜遍每一块顽石，辨认你的踪迹。

没有任何人像你隐藏得这么深。你消失之处平坦如坂，完美无缺。你带着屈辱而去，可是你不该舍下一个少年。

你带走的是他的全部依恋和希冀。

叹 息

丁香树。有什么在隐隐逼近。我终于对你提出：再不愿看到那个拉小提琴的家伙在你们家门口走来走去。你总是用温柔一笑搪塞。那个小子头发稀疏，肚子像锅，压根儿就没有打好主意。他是你的同学，小提琴拉得好——"可他早晚还会做点别的什么"。你难堪地瞥我一眼。我相信那只握弓的手还扯过你的手和……你已经稍稍有点变化。我也揪住了你。我揪住你，我揪你一下。

你伏在了我的肩头。

"那个小子说不定害过疝气，还有狐臭。"

"对，"你说，"诅咒他吧。"

"他除了有这些病，还害着眼病，一天到晚睁不开眼睛，看不见琴谱，去捏琴弓，捏在……真惨。从此他就蔫了。后来乐团把他开除了。事情闹得沸沸扬扬，半个城都知道了。他无地自容，没人理他。

"有一次他去游泳，一直游到了防鲨网跟前；这样反复多次，许多次；后来腿抽筋了，就再也没有上来——你看是这样吗？"

"这样太残酷了，也有点儿荒唐——不能编这样的故事……"

你盯着我的眼睛："你应该跟我讲讲别的，讲讲木槿花的故事。你知道你欠了我一个故事。"

荒原上有无数故事，别说欠你一个，就是欠你一千一万，就是给你讲上十天十夜，荒原都不会干涸。

你嘲弄地（幸福地）看着我。

"不过你要整天整夜待在我身边，我才会给你讲那么多故事。你愿在我身边这样吗？"

你点点头。

我不认为这是玩笑。我们扯着手向前走去。你的父亲迎面走来。我松开你的手。

你的父亲叼着烟斗，穿着黄色军裤，看看我和你，轻轻咳一声。我迎着他点点头，就走开了。

那个夜晚我在窗前久久呆立。我想看到一个熟悉的身影走过来。很多人从窗下走过，接着是熄灯的铃声。很多窗户都黑下来。林荫路上静悄悄，丁香花的香气一阵比一阵浓烈。我总想丁香树下会出现你的身影。后来我发现已经是午夜两点了。我叹息了一声。

……

野椿与丁香

"你为什么不愿离开茅屋？你还没受够吗？你不害怕吗？"

"妈妈，妈妈，让我留在这儿吧，我离不开你，离不开外祖母……"

我这样说的时候，脑中出现的却是她的身影。我实际上在说离不开她。多么可怕啊，这时候让我一个人到南山去，再也见不到她的微笑，再也听不到她的声音……我差不多被折磨病了。那个黄瘦的男人——他冷冷的目光射向我，使人无法抗拒。我知道早晚得被这目光逼得连连后退，一直退到那架大山里——从此大山就会把我吞没，我会失去一切。

那天我在小路上，又一次遇到了她——我告诉她真的要走了。奇怪的是她一点儿也不惊讶。

"你愿让我走吗？"

"当然不……"

可她说这话的时候我却做出了一个判断：她并不怎么留恋我。

我不止一次听说，她正和那个剃了短发的家伙在丛林里出没。有人

71

还给他们编了一首奇怪的歌谣。

这些传闻——是这些歌刺痛了我。我问过她，她说："你要信这些话就别来找我好了。"

我强迫自己怀疑那些传闻。我只能这样。

可在我向她做最后告别的时候，我似乎相信了什么……不过这一切怨谁呢？她是个坏孩子吗？我无论如何不能同意，也无论如何不能割舍……我想起了在海边上的那个夜晚——那一天无论他们怎么喊，我们都不吭一声。我们藏在一个鱼铺的渔帆下面，紧紧相依。一边是火把，是喧嚷的打鱼人。谁也想不到在一边的鱼铺旁，我和她躲在渔帆下边。

那一天我经受了怎样的考验。也许全部的不幸就是从那一天开始的。

今天我真的要与她告别了，我要到南山去。我就要离开这条林中小路了……

野椿树——丁香树！很久以后在大学校园里，当我回忆往事的时候，似乎才明白了一点点……我走出校园，走进了那个像蜂巢一样的城市；不久，我又一个人在这片土地上走来走去了。我越来越明白：人是各种各样的，那些火热灼人的故事也是各种各样的。谁能够否认那些故事：炙心烫肺的，沉思追念的，腾腾燃烧的……

那些滚烫烫的生命往往从很早以前就显现出它独特的性质。当然这要有一份敏感才能捕捉。人人都想拥有改造另一个生命的神奇力量，就像用一支彩笔沾染了另一个人的灵魂，一开始这颜色是顺着毛孔渗进去的，到后来无论用碱水、盐水，用热水和冰水，都不能使它的色泽褪去。这就是我在一路上想到的。我想到了她，还有 L、M。他们都在这条路上奔走。那些异常灼热的旋流啊，是怎样烘烧着一个个少年？它们又如何使一个个人徘徊一生，再无安宁？一个生命一旦开始燃烧就不会终止，太阳就会把燃料给他们不断充填。他们将剧烈燃烧，燃上一生；巨大的灼热将使其不能支持，使他们在冰凉的泥土上急急奔走。

野椿树，我已经苍老！当我重新踏上这条路时，我最怀念的还是你

72

的微笑——今天再到哪里去寻找你的微笑？原来人的一生只可以遭逢一次。我愿意把你遗忘，可我遗忘的仅是一个蜕变的生命。

每个生命都不断蜕变，当它蜕变之后，就再也不属于原来。我今天努力回忆、追溯，只想让自己回到一次次蜕变之前，回到那个原来……

我常常执着的，就是这样的追忆。只可惜这太难太难了。

我想很少有人能够做到……人们总是自觉地、习惯于把一个人看成是静止不变的。他们往往让一个人去为他的一切负责，所以一个人的背囊总是非常沉重，非常沉重。他们不愿承认昨天和今天是完全不同的，是两段时光。他们不愿承认昨天那么稚嫩、新奇、鲜烈，而今天这么苍老、迟钝；敏感没有了，鲜花没有了，百合花正被人连根揪起……

……

"……"你吻着我，询问我的激动。我怎么描述这一切经历？

你那颤抖不停的身躯与我紧紧相挨……你是上天派来的一个精灵，一朵蓝色的花，一只无花果——一个把鲜花藏起、在五月里就开始成熟的果实……你让我攀到高高的树上，从高处看这一地绿色、一地鲜花，看这小路上偷偷行走的小鸟……

老 渔 眼

我发现：在这片海滩上，最权威的人物并不是海上老大，不是这个长了红胡子的粗家伙，而是另一个人。当我发现他的时候，觉得一切都那么神秘……

那一天我发现红胡子急急地朝鱼铺那儿跑去，跑到那儿就噌噌登上了一个木梯。原来这高高的木梯上边还安放了一把大椅子呢，那上面坐着一个穿了黑缎子衣服的老人。这个老人须发皆白，手里端着一杆一尺多长的烟斗，正坐在那儿，迎着海风抽烟。他不停地抽烟，抽一锅，就把烟末磕下来；烟末雪花一样从高处撒下，迷住了红胡子的眼。海上老大就一边揉眼睛一边往上爬，离那个老人不远了，老大开始询问。老人

73

的烟锅儿朝大海比画几下，老大就恭恭敬敬嗯嗯几声，退下来。

坐在木梯顶端椅子上的那个老人与所有人都不同：不笑不怨，从来都穿得整整齐齐，大热天也不脱衣服。他的裤子是丝绸做的，还穿了黑布鞋、白线袜。

有一天我终于忍不住，问看鱼铺的人：

"那个在木梯顶上坐着的人是谁？"

"你连这个也不知道？那是'老渔眼'！"

"老渔眼？"

这让我觉得神奇。他接着告诉我，那是专门看鱼的人——"他看见海里有鱼才让老大下网；没有鱼，下了网不是白搭吗？"

我似乎有点明白了。我转过脸看看大海，只见滔滔海浪，什么也没有——要知道那些鱼只有在岸边蹿跳起来才能看得见哪……不可思议！

有一次我悄悄登上木梯，从高处望着大海——什么也看不出，还是海水，汪汪的海水。

那个老人是个神人。

有一次，我真的听见海上老大问老人有没有鱼。老人指着大海说："快下网，快下网……"

老渔眼这一回自己也从木梯上噔噔跑下来，咋咋呼呼大叫了。

人们赶紧往小船上抬网……

当他们都注视着小船的时候，我就登上了木梯的椅子。我望着大海，当然什么也没有看到，只是滔滔海浪……

可正这会儿有谁发现了我，用手一指骂起来。他骂着，简直要把我揪下来撕碎。我吓得一缩，赶紧溜下了木梯。我往一边躲闪，可他骂了几句就转身去看海里的船了。

拉网的人又开始活动。红胡子的渔号子又喊起来，"嗨哉！嗨哉！"的粗吼终于让我亢奋起来——我等待着一个结果。

大网一丝一丝挪近，它终于被我盼到了。

这是一次空前的收获……

约　会

十几年之后，当我面临着一生中第二次约会的时候，我首先想起的就是第一次约会，想它的全部细节。

当时我对自己感到了深深的惊讶：竟然不像预料中的那么激动。好像早在第一次约会时就把身上一切可以燃烧的东西全部耗尽了，以至于在未来的约会中能够那么平静坦然。我自己对这种情状感到了恐惧。那种忐忑和羞怯、颤颤的不可思议的焦躁心情……没有，一点儿都没有。

那是一个中秋节。月亮下，我们待在一个大宣传栏下。我先一步来到，一个人期待着。只感到被一种平静的，一种温柔和安怡的情绪所包容。后来我们又默默往前。来到了雪松下，她倚在雪松的一个枝丫上。她好像要听我说什么，或者……我记得只是抚摸了她的头发。我什么也没有想，只是觉得幸福。在那个安静的时刻里，我什么也不想讲。

后来我们又走到了一棵丁香树下——是这种让人永生难忘的树让我们紧紧挨在了一块儿。我终于流下了热泪。那是长久的、毫不停歇的奔波之后迟迟来临的一次歇息；那是在冰雪旅途中遇到的一堆炭火。她说：你的话这么少，你把什么都装在心里。我点点头，抚摸代替了语言。说什么？什么能比得上一只苍老有力的大手？我仿佛听到了她的赞许。

是的，那时我真是一个挺棒的男子汉。我的那只手，到处都是老茧，这让她感到多么惊奇多么陌生。这就是她刚刚开始认识的那个我，一个怪人，一个周身晒得乌黑乌黑、头发硬而倔的野人……

很久以前播下的激动之籽已经霉烂，以后发出的叶芽已经不是原来的那一株。它悄悄地改变了性质和颜色。一粒种子刚刚从壳里蜕出时放着光泽，带着香味儿，稚嫩而又活鲜；如果这粒种子已经在岁月的谷仓里埋了几十年，那么它就成了一粒苍老的种子。你还能指望这样的种子喷出叶片、展开花蕾、吐放出自己的花蕊吗？至于那些考古发掘出来的种子，你得把它小心翼翼地保存，稍有一点儿不慎就会弄伤了它。这是一粒被时光保存了上千年的种子，它太老了。

它期待着焕发青春，期待着一次鲜花怒放。

可是你千万要记住：它是一粒苍老的种子。

妈妈·父与子

他站在那儿倾听。后来他慢慢呆住了。他在看妈妈翻动那本书的食指——他看着这手指一丝一丝抚过去。

父亲看了妈妈一眼，她停止了朗诵。

他把妈妈那只手指抓起，翻来覆去地看。看了一会儿，他在妈妈锃亮的手指甲上吻了一下……

妈妈眼里似乎渗出了眼泪。

父亲说："孩子，你想让妈妈抱抱吗？"

他不吱声，面孔冷峻。后来，他用警觉的目光盯住了父亲，一动不动。

妈妈说："好孩子，你不要用这种眼光看爸爸，他害怕……"

"是我害怕，妈妈……"他嘴里咕哝着，两手抱住了头颅。

妈妈慌了，手中的书掉在了地上。

就在这时他的两手从耳朵上拿开，然后胡乱在空中抓挠了两下……他一转脸又看到了地上的书，就扑到了地上。他把这本书紧紧抱在怀里，翻看着，急急地往下读……他读了些什么谁也听不明白。

父亲大失所望。他看着妻子。他们对视着，泪水哗哗流下。她差一点儿歪倒，是父亲伸手把她搀住了。

"坚强一些，坚强一些……你不要这样，你……"

他吻着爱人的额头。

目 击 者

所有人都一块儿诅咒那个地方，一块儿追究。多么可怕，竟然见死不救，竟然这么随便就葬送了一个孩子。多么残忍，多么残忍。如果一个没有见过那孩子的人也许会减轻一点儿愤怒，因为那个地方遇到的危机会很多很多，他们偶有疏失也仍可原谅；但你如果是一个与他朝夕相处的人，亲历了他死亡的全部过程，你就会痛不欲生，会因此而绝望的。

怎么来形容那个孩子？她觉得除了与他没有血缘关系之外，在任何方面他几乎都和自己的孩子一样。他常常到这里来，与自己的孩子一块儿在院里做游戏，亲密无间。他们真像一对兄弟，他真像自己的孩子。他带走了自己的孩子半个灵魂，也带走了这个小家庭里一大份幸福和欢乐。她那天一声连一声呼唤丈夫，说不出一句完整的话。她只会呼唤丈夫的名字。他只是痴呆呆看着爱人。没有任何办法，没有任何办法去挽回什么，无论你多么需要，无论他连着你的心脉筋肉和……那一天他们欲哭无泪，待在孩子的屋子里，看着他蜷在那儿。他们来不及去安慰自己的孩子，只是朦朦胧胧觉得孩子在渐渐走入更大的危险……

她坐在那儿，双手捂脸。忽然听到他屋里有了一点声音，接着门开了。

他摇摇晃晃从里面走出。

"我的孩子，你怎么起来了？"她赶紧跑过去。

她想抱住孩子，可他伸开手把她推开了。

他径直向他们的屋子走来，看了看母亲，最后又把目光落在安睡的爸爸身上。他站在那儿，一动不动。

这样看了一会儿，他就坐在父亲旁边；再后来，他又像父亲那样侧身躺了下来。他把头抵在父亲宽宽的后背上。

她一直看着，不知说什么才好。她给父子两人掖一下被角，坐在旁边。多么好啊，他们睡在一块儿。丈夫以为是妻子躺在身边吧，伸出手来在他头上拍打几下，依旧睡着。他嘴里发出了咕咕哝哝的声音。他后来真的在爸爸身边睡着了，两人都发出了轻微的鼾声。

她从未这样高兴过。她一直在一旁看着，最后竟然也在椅子上睡着了。

不知过了多久，她觉得屋里有走动的声音；睁开眼睛，见丈夫正牵着儿子的手在屋里溜达，他们走到了窗前。

小 妖 精

所有的牌都摆在干净的沙土上，让我们围成一圈游戏。我们大家围成一圈儿，这种玩法真有意思。后来就玩起了那种赌博，输掉四个三角，其中有一个还是"健牌"。"他妈的，真霉气！""他妈的"三个字骂起来很帅气，连她听了都笑。

"一个漂亮的小妖精。"他在心里说。

L和她走路时不知不觉就挨近了。他把这个发现告诉身边的人，他对她可没有多少好感。他们说她无非就是学习委员呗，小脑瓜鼓鼓着；那个小脑瓜就欠弹了，砰地弹一下，一定很好……他笑了。

赢得的彩色三角连接起来可以做成一个奇怪的船形帽。给小猫戴上这种帽子，小猫神气得很，那时给它拍一张照片多棒；它戴这种彩色帽子的模样一定会把老鼠吓死。老鼠见了猫来不及告饶。她是老鼠还是猫？L是老鼠还是猫？L这小子肯定是个老鼠，他跟在她身边；再不就是她跟在他身边。

他们又围坐在沙滩上凑成一个圆圈，中间还是那些彩色三角，还玩原来的游戏。

"有人做鬼。"

"是她做鬼吗？"

"不是她做鬼，反正你手里有假。假冒商品，整个儿都是假冒。"

"别这样剌人好不好？"

"你得了一百分，其实那一百分也是作假。"

"侮辱人就得决斗！"

"决斗就决斗，来吧，每人一支剑……"

像剑一般长的树条，一寸也不能长，一寸也不能短。离开脸，如果捅到眼上就坏了。真想捅到你的眼上。他妈的谁让我们是好朋友，绝对不能往好朋友的眼上捅。架势倒不错，就不知能不能把我刺中。宰了你，好。看，中剑了，这就应该算赢了……

为什么决斗？书上都是为了女人。我们也为女人决斗。多有趣，多棒，谁也不知道我们玩得多么棒。

玩累了到河里游泳。这河流太好了。下水谁也不能穿短裤，穿短裤怪难看的。都分开，让她一个人在那片水里，其他人都在这一边。可是由谁保护她？由我？由L？由他？最好还是谁也不去的好……游了一会儿都水淋淋地站起来。那家伙不停地看她，他应该吃一顿耳光才是。站在水里看，他长得像个女孩子一样匀称：小屁股，小腿溜直，一张脸圆圆的红红的，真不愧是个……我们叫他的外号好了，来，一齐叫，一、二、三……

L一点反应也没有。大概他不觉得这是一个外号，要是外号也好极了。你看他还笑。这家伙真有风度，他就是用这个风度征服了那个小人儿。被他征服的人不是一个傻蛋，就是一个多少有点儿犯贱的人……天哪，用这种词儿来咒她，倒霉的只会是自己……让我们一块儿唱歌吧，唱歌吧。我们都是多么好的朋友，彩色三角都掉到河里，也不能没有这种友谊。友谊万岁，万岁万岁。如果我们都做不到亲密无间，妈的，那就该和那个人亲密无间了——那个人坏到了极点，他故意把头发剪得很短，这样打仗就可以用头撞人。有一次他一家伙撞在一个同学身上，那个同学差点鼻口出血，摇晃着栽倒了，半天没爬起来。打那以后谁还敢惹那个家伙。可是就有那么一个人，抿着小嘴儿看他两眼，就把他看得往后倒退。那是个小人儿，还是别说出名字来好。"也许那个小人儿该揍了，揍完了再抱抱她。"他在心里说过这样的话。他也学坏了。

洗完澡再接着玩彩色三角。"我们应该讨论一下作业了。""你就忘不了作业。""你忘得了吗？你忘得了为什么还要上学？"这个讨厌的学习委员，讨厌极了，讨厌到了极点。不过物极必反，讨厌到了极点也就可爱到了极点。我怎么不让她讨厌到了极点啊。"L，你说那个小家伙是不是讨厌到了极点？"L 嗫嚅着。"瞧啊，"有人拍着手，"瞧啊，人家就是不说就是不说。"他的脸笑眯眯的，一对眼睛挤到了一块儿去。L 脸红了，后来他胡乱把手里的两个最棒的彩色三角输掉了。嗯，那个"健牌"又回来了。"讲故事吧。"她玩腻了，这样提议说。讲故事那可没有别人插话的机会了。他本来那天会讲一些挺棒的故事，可是不知有什么在心里作怪，讲了没有几句，故事就从脑子里溜走了……

我该到苇丛后面去保护她游泳吗？她没保护人怎么行？出了事呢？不堪设想！算了，反正什么都过去了。

他讲不下去，又一次提议玩彩色三角。他真想把所有的彩色三角都输掉，输给 L。你拿着这么多彩色三角去迷惑她吧，你这个要命的家伙……

谋 杀

"这不是疯话！断掉的缝衣针是真的……"

妈妈长长叹气："哪儿搞的缝衣针？"

"从缝纫机左面小抽屉里，从那团黑线上拔走的。"

妈妈赶紧到缝纫机那儿去了，一会儿她取来一个光光的黑色线团。

"你看，看见了吧？爸爸，上面没有缝衣针了！"

爸爸把线团取到手里，又捏了捏，说："不过谁又能证明你拿走的缝纫针做了什么？你不是说弯过钓鱼钩吗？我也记起来了，过去你曾说，你们要自己做钓鱼钩到河边钓鱼——是不是做了钓鱼钩？"

他眨了眨眼："当然做了钓鱼钩。"

妈妈脸色和缓下来："那就对了，孩子。做了钓鱼钩，你怎么能说那么可怕的事啊，我的孩子！你知道它有多么可怕吗？"

"我知道，可这是真的，我不能说谎……它太可怕了，妈妈，妈妈，L一定恨我，他知道是我和别人一块儿害死了他，妈妈，妈妈……"

爸爸站起又坐下，全身灼热；最后他解开了衣扣，把衣服狠狠抛在床上。他抚摸着胸口，渐渐安静了。他走过来，问：

"孩子，你们钓了多少鱼？怎么没有一条拿回来？你不是说钓了鱼喂我们的猫吗？"

孩子瞪起了大眼，这时这双眼睛多么清澈明亮："我本来要带回来，是L要走了。他说他家有两只猫，下一次钓了鱼再给我。当时我想这些鱼怪腥的，都是些小鱼，算了吧。就这样他带回家了。"

"那么下一次你钓的鱼呢？"

"下一次鱼饵不好，是蚯蚓做成的，它们都不上钩。好不容易钓了几条，那个'小妖精'说还是给L算了，他家有两只猫呢。你看，她总是偏向他……"

爸爸笑了："她不是偏向他，她是偏向他家里的猫。"

"猫就是L，L就是猫。他最喜欢猫，天天抱着猫玩，有时还叫她到他们家去玩猫呢。她一到学校就伸出两只手给我看，那上面有猫爪子的印痕。我心想活该，你老到L那儿去玩，都忘了到我们家弹琴。"

妈妈说："你多叫她到我们家来玩吧。"

"她会来的，她一定会来哭鼻子，她再也不会笑了。"

"为什么？"

"L没有了，她哭，我们大家一块儿哭。我们只会不停地哭。我们只会不停地哭……"

"时间长了会好一点，你们不会老这样的。事情总要过去。爸爸比你们还要难受，知道吗？L是最好的一个同学，他的死要怨那个医院，他们会受到惩罚。"

"他们如果及时把他肚子里的针取出来就没事了……"

81

爸爸使劲摇动儿子的肩头："你弄错了，他肚子里没有针，什么也没有。"

"会有的。只不过那时没有解剖。学校要求解剖的，你知道吧爸爸？我们都吓死了。他爸他妈不同意解剖。他们都可怜 L。L 就这样，像睡着了似的。他们觉得这样好，像睡着了似的。"

孩子哇哇大哭，哭声越来越大，越来越大。

彩色三角

"'健牌'是我的。"他喊。

父子俩把彩色三角捡到一块儿。

他说："玩彩色三角时，她赢了很多，那是有人暗中帮她，对吗？"

爸爸打断孩子的话："嗯，你能给我讲一下玩这些三角的规则吗？怎么才算赢呢？"

"这还不简单吗？"他说，"你看，把它摆在那里，然后你用手上的去拍打，拍三下，如果第三下三角还不能被拍翻，你就算输了，你的彩色三角就得归对方。"

"是这样。让我们试一试好吗？"

"试就试。"

他高兴地蹲下，把那个"健牌"放到地上，然后用另一只三角去拍打，一拍二拍三拍，"健牌"一动不动。

"爸爸，我输掉了。"

"是啊，你输掉了。这个'健牌'归我了。"

"好的，不过爸爸，那可是珍贵的一个牌子啊。"

"爸爸明白，来吧。"

他又取了一个"三九牌"，又拍了三下，"三九牌"颤动一会儿，还是没有翻过去。

"爸爸，我又输掉了。"

爸爸就把那个彩色三角再一次取起来。

"我运气不好。"他说。

"谁的运气好，爸爸吗?"

"那当然啦，我们过去在一块儿玩时，总是 L 的运气好。不过那时我知道好多人都偏向他。我们在一块儿玩彩色三角，我想：我可一定要战胜他。"

他流下了眼泪。父亲一怔，跌坐在地上。

"L，L。"他呼唤着。

他一边喊一边把那些彩色三角胡乱扬到空中，看着它们飘飘落下，落在床上、地板上。他伏在地上，衣服全弄脏了。妈妈把他叫过去，对在他的耳边小声说了几句什么。

爸爸妈妈一块儿扶着他。

她说："孩子，我们晚上一块儿去看电影吧?"

他不哭了，望着他们。不过他摇头拒绝。

"为什么不? 特别好的电影。"妈妈说。

父亲说："电影可棒了，你去看看就知道，不看会后悔的。"

"我不看，我不看。"

"你一个人在家多闷哪。"

"我和爸爸妈妈一块儿玩彩色三角!"

"我们不能天天玩呀，我们还有事情。"

"有事情，"他站起来，"谁没有事情? 我想出去找人，找他们……"

"找谁?"

"我想出去找他们，找 L。"

"你净说傻话。"妈妈说。

"他们再凶我也不怕。我想告诉别人那个人在哪儿……"

"孩子，你该让同学来家里玩，让他们听你弹琴。你能不能为他们弹一支曲子?"

他摇头。

妈妈进一步鼓励他。他点点头，接着就向琴房走去了。

他坐在钢琴旁，仰头看看贝多芬和莫扎特的像。看了一会儿，微笑一下，就弹起来。

爸爸妈妈从来也没有听到过这么奇怪的琴声。它芜杂、急促，乱成一团；但你听下去又会捕捉到什么……他在使劲敲击，用上了全身力气。

"你弹得很好，"妈妈说，"能再弹一支缓慢的曲子吗?"

他点点头。

控　告

老师代表学校。我们的老师哭了，他们哭了，她也——

我也哭了。当然，他哭得最厉害。所有人都哭了——对，强调所有的人。我要把"所有的人"底下全部加上着重号，"哭了"后边加上感叹号。我还要写上跑回去取押金的老伯伯，他跑得全身都是泥巴。跑啊跑啊，跑到医院，跑到 L 眼前，手上握着那一卷脏脏的钱，不，一卷救命的钱……"救救我的孩子，救救我的孩子!"他这样不停地喊，喊。可是没人去扶他一把。医院的人抄着手站着。有个穿白衣服的，就是那个女大夫，给 L 听诊。什么时候了她还慢慢腾腾。他们拿来的盐水瓶子用不上了。到处都乱糟糟的，来不及了。那时我记得屋里一片通明，突然到处耀眼地亮。有什么发出了吱吱声，好像所有眼睛都盯过来。越来越亮，越来越亮，最后有什么嘎啦一声，停了。L 闭上了眼。他爸爸倒在地上。谁的怀里抱着 L。他再也睁不开眼睛了，这样抱着他。我光知道哭喊，我真是个没用的……女孩子……到最后都没能把你抱起来。我害臊又难过。L! 我们正起草一份上告信，串联同学，几次在一块儿讨论，每个人都出了一些点子。我们要把这封信寄到省里或者更远的地方。你不能白白死去，我们一定要控告他们——那些狠心人、那个医院。如果那些人不受到惩罚，我们就不答应，也不准备上课了。上课也没有意思。在一个见死不救的地方，天天上课又有什么用？这太可怕了，同学们都吓坏了。我们没法坐在那儿好好上课了。只要一安静下来，就能听见一片呼救……"救救，救救他！救救他！"这声音搅得人不能睡眠，也不能坐在教室里……L……

天上的果园

我是死者的小学老师，他过去的班主任。我觉得有责任在这里说几句。L的同学讲了，L是一个品学兼优的好学生。她说得不错，我可以做证。L大部分学校生活是我亲眼看着过来的，因为他才刚刚升入初中一年级。他是个什么孩子，在座的可能有的不知道，我就是说给那些没见过这个孩子的人。他十三周岁，比同龄孩子要高一点，皮肤白细，头发乌黑乌黑，长了一对大双眼，水灵灵的。他聪明过人，会讲很多故事；他的自尊心很强；当他做了错事，就会深深地自责，以后再也不会重复同样的错误。他乐于助人，爱劳动，常常是第一个打扫教室的同学……他走过那片灌木丛中的小路时，常采来一些五颜六色的野花给我。我一直不知怎样感谢他才好。我说你不要为我采这些鲜花了，不要了，你要花多少时间才能采这么多……他走在大街上，所有人见了都会看他，没有一个人会忽略他。他长得太好了……也许我不该说这些，也许你们不愿听。我是想告诉你们：他从内心到外表都是绝对不平凡的一个孩子！他聪明过人又漂亮，那么纯洁那么天真——也许就因为他太完美了，这个世界才挽留不住。我常常这样想，这个孩子因为太好了，所以就留不下他……也许我们这儿太糟了，我们不配养活这么好的孩子！请原谅，我这是心里话。我开始难过得不行，可后来终于挺过来——因为我想明白了：他不该是我们人世间的孩子，他走了，到天上的苹果园里去了……

同学·失眠之母

　　他玩彩色三角精明得很，谁也不能赢他。我老输，他就以为我在故意让他。其实根本没有。我和他的误解就为这样一些小事。课堂上，因为我是学习委员，发作业本时在 L 那儿站得时间久了，他们就用目光盯住我。我那会儿实在找不到他的那一本，顺序号放错了，只是这样。到后来我不得不越过他。我觉得他们把我盯疼了。最后我才把那份作业本交给他。另一个人在他旁边，故意不看我们。

　　"这个小酸妞，看我怎么收拾她。小酸妞发痒了。你们看她穿的那个短袖花衣服了？小酸妞都穿短袖花衣服，还穿裙子。有一天我非把她的裙子撩起来不可。我们村里的那些小酸妞一个一个都被我整过，她们都怕我。有一天我把一个小酸妞的裙子撩开，找一个癞蛤蟆给她扔了进去。以后她见了我老远就跑，一边跑还一边喊哩。想法整整咱们的小酸妞吧。"全班最坏的那个家伙一说话就引起大伙儿哄堂大笑。都是些男同学，没人敢去告诉老师，都怕遭到报复。

　　那个坏孩子在海上捡了一个浑身是刺的圆贝壳，就是海胆壳，在它中间的空洞镶了一根木条，握在手里。老师来了，他就用手指勾一勾，把它缩在袖筒里，装出很老实的样子。老师走了，他就悄悄把它从袖口里滑出来，用它打人。打一下太痛了，我有时真想扑过去，想用牙齿咬他。我是军人的后代呀，爷爷用枪打死过敌人，爷爷还教我怎样当一个女兵。L 总保护着我，他站在我的旁边，我觉得心里热乎乎的。坏家伙终于没敢再对我伸出他那个打人的凶器。他只骂我："小酸妞，穷酸臭美。"他总是吐着唾沫，有气就往 L 身上撒，叫他的外号，还往他的桌子里放了一只死麻雀。L 从来不流泪，他很坚强。我们在一块儿的时候，我把爷爷讲的一些故事也给他讲过。他就讲灌木丛和果园的故事。他的故事都是从爸爸妈妈，还有到他们家歇脚的猎人那儿听来的。那些故事都好极了，和爷爷的故事完全不一样。L 的故事都是大海滩上的鱼精啊、龟精啊，河湾里跑出来的野人啦。我只觉得有趣。有时候我们到河湾、到芦苇丛中，真像去寻找那些故事似的。

有一天，L约我和他一块儿等在路口上，他说要教训一下那个坏家伙。他得到消息，那个家伙这一天要到海上去。我们在通海的那条小路上等他，等了整整一天，他没出现。也许这是好事。我们都知道那个家伙身上带着刀子，他不止一次说："我非得给你们当中的一个放放血。"他比画着骂我们，样子凶极了。

L穿了一件海魂衫，就是那种蓝杠的。我觉得真漂亮，圆圆的小领口，多么好看，就让妈妈给我也买了一件。可想不到这一天来到教室，有人立刻起哄，说看哪看哪，他们连衣服都一样呢。那个坏蛋喊得最起劲。让我气愤的是几个男同学，他们也都附和着那个坏蛋。那一天我们走在一块儿，我故意不理他们。一个说："你们穿的衣服一样，难道不对吗？"我说："你不要跟着起哄。"他不作声了。

我知道了什么叫嫉妒。我们几个在一块儿玩时，我和L说话多了，别人就故意疏远我们。我跟另一些人在一块儿玩久了，有人也不高兴。只有L是完全不同的人，只有他不会嫉妒。我观察过，所有的同学中只有他一个人不会嫉妒。这真奇怪，我怎么都不明白，为什么还有一个不会嫉妒的人。他总是和我们一起玩。

记得更小的时候，有一天我到他家，他爸爸妈妈不在，他找出了好多好玩的东西给我。中午我就在那儿吃饭，饭后又一块儿到果园北面的沙岗上去……我们从很早就成了最好的朋友，一天不见就觉得无事可做。那时我们干什么都要在一块儿。他认识很多植物，他告诉我哪种植物的花是甜的，哪一种植物的根可以吃。有一次我们挖出一种生了小绿叶的植物块根，就点火烧熟了。那种块根很好吃，有点像土豆，但比土豆更有滋味。我们吃东西吃得嘴上乌黑，像长了胡子。我喜欢他，我只是喜欢他。有时候我困了，就躺在那儿睡过去。我一睡也引出了他的瞌睡虫，他也在旁边睡着了。有一回爸爸正好看到了，他逗我们，把我们俩的胳膊用红色的毛线拴在了一块儿。他先醒来，一动就把我拉醒了……这多好玩。直到今天，我老觉得胳膊上还绑着那红色的线绳，我一动就会把他扯醒。所以我常常一动不动地躺在那儿，想象着，想象身边有一个 L——我差不多听见了喘气的声音……

夜里，妈妈有时到我屋来，我故意眯着眼睛。我想，你不要以为我不知道，我正醒着呢。父亲不在，妈妈一个人晚上睡不好，常常半夜到我的床边来。她就在那里站上一会儿。她站在床边看我好长时间。我知道妈妈喜欢我，疼我。爸爸和妈妈只有我一个孩子。我知道妈妈有时想把我搂在怀里，只是我大了，她不好意思。我是一个大孩子了，应该像一个大人那样。爸爸回来时，妈妈到我屋里来的次数就少了。我想爸爸和妈妈，更小的时候，爸爸的大手一下就能把我举起来。他问："小家伙，想爸爸了吧？"我说不想。"一点不想吗？""一点不想。"他用胡子扎我的脑瓜。爸爸回城时总要跟我握手，他伸出那双大手，做出握手的样子。我知道这是假的，当我伸出手的时候，他会就势一下把我抱起来。"跟爸爸再见吧，告诉我，这个星期你会过得挺恣。"他走了。接他的车子刚刚发动，我心里就开始想念爸爸，于是就盼着下一个周末快来。

半夜妈妈睡不着在屋里走动，尽管弄出的声音很小，我还是能听见。我从床上爬起来，走到妈妈跟前，妈妈用手挽住我。"你也睡不着吗？""嗯。"她扯着我的手到院里来了。这样的夜晚月亮很亮，月亮太亮了妈妈就睡不着。

我知道妈妈常常失眠。我听说失眠的人很快就要衰老了，可是只有妈妈一点也不是这样，她总是容光焕发。

思　念

妈妈在想爸爸，这我看得出来。我告诉妈妈我也想一个人，所以我也睡不着。妈妈问你想谁。我想 L……"噢，你想 L。"妈妈打量我。L的生日比我大一点儿，他应该是我的哥哥。L 如果生在我们家该多好

88

啊，那样我们就可以天天在一块儿。有一段我觉得离开他好孤单，就像现在一样。我常常跑到那个小果园里，他爸爸妈妈待我像亲人一样。可更多的是他到我们家……L家婶婶说："我们孩子一天到晚在你们家，我算是替你爸和你妈生了个儿郎。"小时候妈妈让我和L一块儿洗澡——我们家里有一个很大的木澡盆，我们俩都站在木盆里，妈妈给我们搓洗。再后来都大一点了，L还要脱了衣服和我一块儿跳进大木盆里。妈妈阻止我们："你们不能这样，不能这样。"再后来我们看一眼木盆，脸就红起来。那个木盆现在已经破了半边，可妈妈没有把它扔掉。我就把那个木盆藏起来，把它藏在我们家小厢房的角落里，用一些报纸把它盖住了。不知为什么，我一看到那个木盆，就想起一条小船……

听妈妈讲，很早以前有一个海岛，它荒无人烟，只有一对年老的夫妇住在上面。后来他们生了一对娃娃，再后来又有了第二个第三个人。他们的孩子长大了，孩子又生了孩子。就这样，岛上有了很多人，那里简直变成了一个很大的村庄。

妈妈大概在讲岛上人的来历。我想那对年老的夫妇从年轻时就住在岛上，多么孤单又多么幸福。我曾把这个故事告诉了L。我们总有一天也要一块儿跑走，跑到一个岛上去。但谁也没有说出来。我只是想着这个故事，睡不着的时候就想。我做梦都梦见和L一块儿乘着一个小船到岛上去了。那个岛上有很多野兽，它们不敢伤害我们，而且还跟我们结成了朋友。我们盖起了自己的小茅屋，再后来小茅屋里热热闹闹。不知怎么来了这么多孩子，大家在荒岛上相聚，打鱼，盖房子，真的建起了一个崭新的小村庄。我们把一个风铃系在树上，听它在风中叮叮当当……

站在海边上就可以看见那个岛。一看到它的影子，我就想：总有一天我们要去……只要海上没有雾，它的轮廓就清清楚楚。那是一个很小的岛，岛上没有一户人家。听打鱼的老爷爷讲，他们遇上坏天气就到那个岛上避风，岛上有很多树，很深的草，草里有很多小蜥蜴，还有野猫。沿水边有一些破木板，可能是风浪把打散的船板推拥过去的。总之那是一个没有人烟的岛。我们听了高兴极了，暗暗传递这个消息。我想，那个岛肯定是为我们准备的，我们总有一天要到那儿去。那时候要好好保密，也许一块儿从父母身边逃走，在那里偷偷地长大，长高。当有一天我们都长成了大人，就会突然地站在爸爸妈妈面前，告诉他们驾船到大海里去吧，去看看我们自己弄出的一个小村……那时我就想了这样一些奇奇怪怪的事情。

上初中以后，我们突然就长大了。大家见了面连一句亲热的话都没有，只是大家在一块儿玩的时候才能像过去一样。我不常到 L 家里去，L 也很少到我们家里来。不过我老想踏上那条小路，有时不由自主就走到了那棵大野椿树下。再往前走就能看到小果园里那棵大李子树梢了。我只在那儿走来走去，不知要干点什么。有一次 L 站在了沙岗上，这样他看到了我，我也看到了他，我摆一下手，他也摆一下手。我们互相看着，可是并不往前。我的脸滚烫烫。我转过身去，他还站在那儿。我站住了，犹豫着，后来终于鼓起勇气跑过去。

那一天我们玩得真好。L 家婶婶给我们做了野菜饼。老叔从外面回来，手里提了一只野鸡。那只野鸡长了多么漂亮的彩色尾巴，可惜它被打死了。它闭着眼睛，永远也不会睁开了。L 想要它立起来，让它站着，可做不到。他的手一松，那个彩色的大鸟就倒下了。婶婶看看男人，又看看我们。L 把野鸡翅膀下面的一点血迹用沾湿了的棉花擦去了，又把它弄乱了的羽毛顺好。他小心地动它，怕它会痛。

那个星期天，我们约了几个同学到海上玩。这事不知怎么让那个坏家伙知道了，他非要尾随我们不可。开始我们不知道，走了一会儿，后面有沙啦沙啦的声音，我们就停下了。藏在灌木后面看了一会儿，发现了那个家伙。他鬼头鬼脑不知要做什么。他见我们藏起来了，就蹲在那儿不动。不能总是藏在灌木后面，L 说："我们走。"就大大方方站起来。我们继续往前。坏蛋又尾随我们走了一段。有个同学说："我们跑吧，把他抛开。"我们向北跑起来。跑了一会儿，总算看不见那个影子了。我记得那一天坏家伙穿了很宽的一条白裤子，穿了个奇怪的花格衣服。他被我们抛掉，大家都很高兴。可是停了一会儿，他又在我们的左前方出现了，嘻嘻笑着，还提了一条蛇。

为了绕开他，我们决定不到海上去玩了。有人说："我们到河湾游泳去。"就到河湾去了。我们沿着紫穗槐棵子猫着腰跑。大约一口气跑了几公里远，相信这一回他被我们甩掉了。到了河湾那儿，大家都脱下衣服去游泳。我穿的游泳衣是深红色的，上面有漂亮的皱褶，肩膀上的两个带子是浅黄色的。都说漂亮极了，还有人用手去揪那个带子。L和我站在一块儿，他穿了一个浅绿色的短裤。我们跳下水去。一个人在那边喊，说谁谁应该受到保护，不该让她一个人在河那边游。说着就和其他两个人游过来。L游得最好，他会潜水，可以在水里睁着眼睛，河底下有什么都看得清。我们问他有什么。他说有鱼和螺，还看到了甲鱼，甲鱼正昂头看他呢。别人学他一样潜水，耳朵灌进了水，跳到岸上用一只脚不断地跺地。

游了一会儿，我们上岸，故意让满身沾了白沙，躺着晒太阳。晒了一会儿大家又说饿了，去采果子吃。酸枣不熟，咬一口很苦。有的同学不知从哪儿搞到了一些野桃子，它们刚刚半熟。

河岸·医院

大概到了正午十一点多钟，我看几个男同学从靠近河岸的苇丛里捉鱼。突然河岸上有人嘻嘻笑。有人说："这个坏小子又从哪里钻出来了。"我们一看，那个坏家伙正提起我脱下的裙子套在自己身上。"……下流坏。"L骂他。那个家伙就在岸上说："你这小子馋了，该给你套在头上。"L扎个猛子，从水下摸出一个鹅卵石抛过去。坏蛋把裙子扔在一棵刺槐的梢头上，让它在风中像旗子一样吹拂。他在其他衣服里扒拉着，说要捡出更美妙一点的东西。这个该死的坏蛋。

我们在下面骂他，可没有一个人上岸，他们都像怕羞一样，藏在水里。坏蛋说："看见啦，看见啦，清清楚楚。"大家再也不能忍受。后来 L 第一个上岸。他不是那个人的对手，可是他最勇敢。

坏蛋向他扑过去，把他按在河岸上。他们俩滚动着，沙土都扬起来了。几个同学这才跳上去，我也上岸了。这时他们已经滚得很远。我听见 L 尖叫了两声，接着又是一阵扑打声。

我们跑过去时那个坏家伙已经逃走了。L 的肩膀、胳膊、肚子，好几个地方都渗出血来。L 说："这个混蛋，他咬我，还用针扎我。"血不断渗出，身上的水还没有干，血就像从毛孔里流出的一样。我想他快疼哭了，可他看看我，还笑呢。"他用什么针扎了你?"一个同学问。L 摇头："不知道，也可能是我们抱着滚时，他衣兜里的钓鱼钩把我扎了。"

这多危险，幸亏没有扎到眼上。为什么他要尾随我们? 都不知道。有人说很可能他就在暗处盯着我们。这真可怕。我知道那个坏蛋常常联合村里和矿区的一些坏孩子，专门和我们园艺场子弟小学的人作对。他说我们当中最坏的就是 L 和我。跟我叫"小酸妞"，跟 L 也从来不叫名字。

那一天晚上我去看 L。我想 L 是为我受伤的。

他不在家，老叔刚刚吃完饭，他说 L 出去了，到哪儿去了他也不知道。我就在小果园里一边玩一边等他。月亮升起来，我听见有唰唰的响声，刚开始还以为是 L 回来了，后来才看到一只像狗那么大的野兽，可能是一只草獾。它在果园里唰唰跑。果树下面有一株小香瓜，它咯吱咯吱吃起来。我在暗中看着，不吱一声。我一直看着它把那只小瓜吃完了，伸出彤红的小舌头舔一舔，高兴地走开了。

我一个人在园里踱步，走到那棵高大的李子树下才停住。天啊，这是一棵多么大的李子树呀，我每一次看到都忍不住站下来。它的树桩粗极了，我们曾经试过，三个人扯起手来还不能把它的树干抱拢。我正看着，突然听到树上有什么声音。大概又是一个动物在上面。后来一个细小的声音在喊："喂，上来……"我一下听出是 L。

我爬了上去。大李子树的枝丫伸出来，像一个个摇篮床。原来 L 就在其中的一个上面仰躺着。我们俩躺在同一个"小摇篮床"上，它颤颤悠悠的。我们那天晚上玩到很晚，一块儿看天上的星星，嗅着李子树奇怪的药香味儿……这个夜晚就像在眼前一样。

　　想不到就在那个夜晚不久，就发生了……那个事。一开始他趴下了，我还以为他肚子痛。我拿来一点药水，他痛得满脸是汗喝不下。我一直听到他喊我，或许是我听错了。我应答着，抱住了他。他痛得打滚，我们就抬上他跑，再后来找了一辆自行车推着他跑啊跑啊。那一天我们一辈子也忘不了。飞快地跑啊，跑啊。穿过一片高粱地、花生田，荆棘扎在脚上，谁都没有察觉。L好几次要从车上跌下来，一个人就抱住他，另外几个人推着车子跑。他一路上不停地喊。我把嘴贴在他耳朵上，不记得一路上安慰了他什么话。我只是不停地说。他喊着，他的喊声就像对我的回答。就这样我们跑到了医院。

　　我们从来没有到市医院去，不知里面是那样。有那么多人，那么多气味。哭声，喊声，乱成了一团。要往前挪动，就得不断从地上躺着的人身上跨过去，挤过去。找啊找啊，找急诊室。那一天我们求了多少人，求急诊室里的一男一女，求那个漂漂亮亮的女大夫，又求那个短胖的院长。

　　我们差不多要给他们跪下了，真的，反正我们不是站直了求他们的。走廊上的人都围过来。有的不吭声，有的木木地看。也有人替我们说话，说请大夫快救救孩子吧。"多小的一个娃呀！"他们跟L叫"娃"。好不容易L家来人了，是他爸！他刚来又一刻不停地跑回去拿押金了。我一辈子都忘不了是该死的押金毁了L。我们把他搬到了车子上，往手术室里推。我们都看到戴着蓝色手术帽的大夫了。有人过来给他量血压。什么东西搬在车上，他们往他身上放什么管子。

　　L哭过了，滚过了，大概力气用尽了。也可能是大夫们的管子起了作用，反正他安静了一小会儿。后来他又是喊，两腿不停地抖，手也抖。腿和手都使劲往胸口那儿缩，眼瞅着缩成一个球。大家都吓得一齐哭喊。什么都晚了。我总能听见他在喊我，真的，他最后还在喊我……

那会儿他的嘴唇发青，眼睛越瞪越大，后来连眨也不眨，就一直这么盯着我。

大概他要说什么，我觉得他的嘴唇在动。听不见声音，我把耳朵贴在他的嘴那儿。我渴望听到什么。只过了一会儿，他的腿和手又慢慢舒展开来，舒展开来……

有人喊了一声什么，把他紧紧地抱在了怀里。我们大声喊叫。L被抱在怀里。谁在哇哇哭，跪在了地上。

他的怀里是L。L已经不会呼吸了……

哀　伤

这段日子里，我花费了好多时间在外祖母、妈妈和父亲的三个坟堆前面徘徊，小茅屋没有了，这儿安眠着我的所有的亲人。

有一天，在黄昏的光色里，我看着父亲的坟突然想到，他和不久前那个孩子的死竟然相同！他们都疼得在地上滚动，直到最后死去；而且他们都是"心口痛"。他们经历不同，一个老人一个少年，在两个不同的年代，却以同样的方式告别了人世。我的嘴巴久久没有合拢，直盯盯地看着越来越大的夕阳……

那天我站在一片枯草旁，一抬头看到了老叔和L家婶婶相扶着，向这儿走来。他们目光僵直，差不多快到眼前了还没有看到我。他们哭了。后来老叔又数叨：

"L他叔呀，我们对不起你，我们得了你一座房子，还有你们家藏在地下的东西。我们不该偷着去告发你们。我们是有罪的人哪。可是L他叔，我们有罪，神灵也该把气撒到我们两口子身上，不该找寻到L身上啊，他是个好孩子，没做一点坏事儿。他那个死法太惨了，不过我们没有说给别人听——俺心里明白，那是神灵怪下来了。神灵故意要这样，好让我们明白俺的罪过。神灵啊，这就是你的过错了，你让我们两口子立刻死了吧，让孩子再转活过来——你要真能那样，我们就给你跪

94

下了，变驴变马报答你了，我们给你跪下磕头了……"

他们真的向着西边跪下来。

我再也看不下去，赶紧把他们扶起来。

他们看着我，那目光阴冷冷的。

我不知该怎样……我只让他们节哀，好好保重自己——尽快把 L 的事情忘掉吧……

"大兄弟啊，俺两口子就这么一根独苗，他是多么好的一个孩子啊！"

"我知道，我明白。可是，老叔，L 家婶婶，咬咬牙挺直腰杆吧，过日子就是这样儿，有时候就是……"我说不下去。我只得让他们不要太难过，也不要太内疚——"你们已经把过去做的事情都跟我父亲说了。你们也跟我说过。我什么都明白，我早原谅了你们。父亲要在世也会原谅你们的。那些年我在山里，爸爸妈妈都得到你们的照应。是你们帮助了我们，我要感激你们，没有你们我们也许会更惨……妈妈后来无依无靠，亏了你们的照料。我永远也忘不了母亲那一次……那一次是老叔催促我去请医生，L 家老婶婶守在母亲旁边，我忘不了……老叔，L 家婶婶，你们不要难过。快把那些事忘了吧，我现在心里剩下的只有感激了。真的，我会经常回到平原上来看你们，我会尽我所能帮你们……"

老叔和 L 家婶婶一下扯起了我的手。他们泣不成声，全身颤抖："好兄弟，好孩子，你真是有肚量的好孩子啊，我们做梦也想不到有这么好的一个大兄弟。大兄弟呀，看在我们做邻居的分上，你千万在爸妈坟前多替我们说几句好的……"

我向他们保证："我一定做到，一定。"

这样说时，我又盯住了被晚霞烧红的坟头。我想起了另一个事情。我在想妈妈那些年哀求的声音，让我忘掉对父亲的恨。

我今天做到了吗？岁月无情地流逝，我从山里走到一座城市，又从千里之外赶来祭奠。我站在这个坟前自问：我做到了吗？

我想大约是做到了。

歌 声

老叔两口子走了，我还坐在那儿。我在看这晚霞普照的平原景色。它真是美极了。它与我昨天的印象决然不同。我不记得在小的时候见过这么好的落日黄昏……仿佛听到有人在歌唱。歌声此刻正在海滨回荡——那是谁在歌唱？

歌声里，我看到远远的野地上急匆匆走着两个人。他们走着，好不容易才把步子放缓——两个影子一高一矮，原来是一个中年人领着一个少年。那个少年走急了，中年人就要跟上去……

他们的身影何等熟悉。我看出，那是他们父子两个。

孩子往这边走来，他爸爸扯着小手。

歌声在林子里面回荡，这孩子是迎着歌声走去，还是迎着我走来？我站起来，迎着他们招手。

他爸爸看到了我，招呼了一声。孩子高兴了，突然跳了一下。他跑过来。

我迎上一步把他抱住。

"孩子，怎么样，好些了吧？"

"好些了。"

"今天过得愉快吗？"

"不。"

我看看他旁边的父亲。

焦躁的父亲告诉："我们一直在屋子里，天快黑了，他妈妈催促我们出来走一走。孩子急着往外跑。"

孩子站了一会儿，突然把目光转到了一边的坟尖上。他立刻跑到那个新坟跟前。他的脸色变了——坏了，那是 L 的坟。

我走过去，想挡住他的视线。我手指着远处的野花和浆果……

孩子固执地站在那儿。他背诵一般吟道："L 是那个坏家伙和我……我们一块儿害死的……叔叔，叔叔……"

"孩子，是你弄错了，完全弄错了……"

"你让我说谎吗？"

"不，我让你说真话，真实的事情并不是这样——我什么都知道，你不该骗叔叔。"

孩子气愤地跺脚，背过身去。

他爸爸抓住了我的手："你一定设法使他相信，使他明白过来吧，啊！他如果再这样下去，事情就糟透了。我们不得不负法律责任，也许还要更糟。你知道，那一家，还有那个村上的头儿，是惹不起的。他们才不管孩子神经错乱呢，他们压根儿就不管这些……这孩子在把全家、把他自己往火坑里推呀……"

我找不到一个方式安慰他。

晚霞把大地涂得一片金红。我在心里默念：一切都会过去——我们还有一点时间，时间会把一切都弄个明白。

我们或许还有一点时间……

根须相接

我从未遇到像眼前这一家子这么难讲话的。那个不幸的孩子，他的一家，可真是遇到了难缠的主儿。怎么办？难道真要那一对夫妇亲自到这里赔礼吗？难道这一家要的真是这点奇怪的自尊吗？我觉得也不尽然，因为眼前这个人不止一次说过要"实打实"，说不能牵连自己"吃官司"。官司他们不会吃，可是如果有关部门再询问几次，他们就会觉得大祸临头了。那样那个孩子的一家就要吃尽苦头……这真是棘手的一件事。我觉得进退两难，但我一定要为那一家人做点什么。这真好像是命定的。站在这个土院里，我愈加觉得与那一家人心心相印，血脉相通。死去的L，还有他们，以及我们所有的人都紧紧地连在一起，根须相接，就像一个特殊的家族……我面对一个无言，咀嚼着留在心底的那个领悟。我踏上了平原，回到了故地，牵上了兄妹，心灵和热望一块儿找到了着落。让我迎接和承担吧，让我忍受并沉默地背负吧。

面对着无所畏惧的另一家，我无法解释自己的使命。我只能回到无言……这一家人是如此的贫穷，又如此充满信心；他们认定"村上头儿"至高无上。"村上头儿"替他们做主，一切也就有了希望。这样我的指望也在"村上头儿"身上了，我想他至少还能够弄明白我所表达的意思、我的良好意愿吧。

活　着

那天我带去的消息不知会让他们喜还是忧——我详细讲叙了见到失踪孩子的情形。当我看到他们夫妇那种欣喜若狂的、不能支持的样子，真不知该怎样说下去。我告诉他们：孩子的身体很好，他不仅活着，而且能跑那么快，这证明他非常健康……我没有仔细描述孩子的神色，他尖利利僵直的目光——我只说他跑得飞快，他矫捷的步伐和身影……

她忘记了一切，差不多扑到了我的身上，紧紧抱住了我的一只胳臂，摇动不停。他也紧紧地拥着我："啊，你是第一个看到这孩子的人，你让我们一块石头落了地——我们还以为他早不在人世了。"

我安慰他们："怎么会，他的自理能力很强，他也许只是在错觉的支配下去找 L，找不到就会返回的。"

"他会返回吗？"他郑重地追问一句，好像我的话就是最终的判决。

一起歌唱

L 的手和腿都球起来，离嘴那么近。他的手握成了拳头，像要塞进嘴里，好像有什么东西硌了他的牙齿。这使我想到他真的吞下了什么——我吓得大气也不敢出。天哪，我想起来了，想起来了……

那一天我们在一起唱歌，在林子边上玩得热火朝天，什么烦恼都忘了。L平时可不像这一天这么高兴。今天他唱起来就不能停歇，一直唱，唱到芦青河湾，唱到小船上……

红色粉色的野花瓣儿像雪一样飘起来，飘起来。F把满满一把花瓣儿从上面扬下来。有人像结婚似的，头发上沾满了花瓣儿。沾得最多的就是L。有人手里拿着苹果。每个苹果里都有一个核儿，里面藏了东西……我知道这是谁做的，谁在里面搞了个小把戏。那个坏家伙在一边笑——他把苹果掰开了，又做成原来的样子，把什么藏在里面——看上去就像一个完整的苹果一样。

花瓣儿像雪一样落下。她挽着L的手……"有人结婚了，结婚了！"他们喊着。我想他们还没有走到桥头的时候，有人就会把那个苹果递给他，他要把那个苹果吞下去。里面藏的东西会顺着他的食道灵巧地滑到肠胃里去。通常果核儿被挖空了，里面藏下个活的小虫什么的……真棒啊，做得这样天衣无缝。

她笑着，一笑两个酒窝，多么好的小新娘。小新娘，让我们在草地上跳舞吧，举行婚礼怎么能不跳舞？跳吧，跳吧。L是个小新郎，跳得多么带劲。天黑了，大家点上一堆篝火围着跳舞，跳舞，还要喝酒。多么好的酒啊，是葡萄酒，红色的葡萄酒。L太高兴了，他喝得太多了，醉了，倒下来——我看见他在篝火旁蜷着身子——那是他吃过苹果之后不久。火苗儿映得他的脸红红的。他那么漂亮，小脸蛋像奶油做成的。可是他父亲脸上黑苍苍的；还有他妈妈，脸上也有那么多皱纹。他真有福气，他让人嫉妒，这一点我敢肯定。瞧她坐得离他有多么近。

篝火烧起来，一会儿就熄灭了。炭火发着粉红色的光，到后来我们用沙子把它盖上。那个家伙睡着了，我们把他背起来。嗬，他睡得好香。失败了，天哪，我们失败了。有人对我使个眼色。他的意思是那个小虫虫没有在L的肚子里爬，L没有什么反应，这很不来劲儿。

我们跨过柳木桥，过河就要走回家了。最好在月亮爬上柳树梢的时候，我们也正好走到柳木桥的正中，那里的水最深。我知道有人也许想轻轻推他一下，搞点什么恶作剧。L喝了那么多酒，再说他也没有那么好的水性。

走到柳木桥当中了，月亮被柳树遮住了，一阵黑……真的有人轻轻推了他一下。她尖叫一声，她旁边的人一仰身跌在了一片银花花的水里。无数的大鱼游过来，它们围着在水中挣扎的人旋转。水像漏斗一样旋成一个大涡。她也想扑进那个旋涡里，可是她做不到——有人把她抱住了。他们抱住她往桥头跑去。来不及救人，大家一齐往前跑，跑。当我们离开河桥时，才听见河水发出咕咕的声音……他大概顺着河湾流到海里去了，就像漂走了一只苹果……我们只抱着那个小新娘。我们把她抢走了，重新回到丛林里去了……

也许这个恶作剧太过分了一点。我是他最好的朋友，可是我并没有阻止他们。我当时什么都明白，什么都料到了。可是我并没有阻止。我也不知道自己是多么坏的人。

我们重新点了一堆篝火，大家又玩起了结婚的把戏。有人扯住她身上的带子往前走，沿着篝火跨过去。大家都装成喝过酒的样子，摇摇晃晃……多好的月亮啊，多好的月亮，这月亮永远不落才好。到处都是呼喊我们的声音。后来我们怀疑有什么从四处八方把我们包围起来，他们举着火把……

我们把那个小新娘用衣服裹起来，抬起来。大家跑，跑啊，跑啊。火把从四处向我们聚拢。怎么办？正在这时我们听到了水的声音——原来我们不知不觉又挨近了河边。小桥底下黑乎乎的影子是什么？那是一条废弃的船。我们跳进船里，哗哗地划水，向大海那儿划去。

我们迎着那个一闪一闪的灯塔划去，就可以到达那个岛了。那时谁也找不到我们，什么也找不到。

有一些大鱼围着船旋转，后来我看清了，这是一些海豚。海豚救人的事儿大家听到不少。这一回它们故技重演，把一个人给我们活生生地抬上来，他就是那个小新郎！真倒霉，我们不敢拒绝，怕这些海豚把我们的小船掀翻。我们只得把他接上船来。

划呀，划呀，船上有了一个淹不死的小新郎。可是有人说他吃了一枚苹果，等着瞧吧。说这话的人阴着脸，恶狠狠的。我们都给搞蒙了。

我们差不多闹腾了一个通宵。太阳升起了；太阳西斜了；有个同学手腕上画的手表快指到三点了。一直沉默的 L 肚子开始痛了，他呻吟起来了。这一来大家有些扫兴，走吧。他绞拧起来，都知道有点虚张声势。可是小新娘哭成了泪人。她哭啊哭啊——我们不该玩那个把戏，现在什么都搞不清，乱七八糟，什么都搞不清……

在等待手术的那一会儿，我老想那一次海边游戏。我吓得全身发抖。

"救救我吧，救救我吧！"我哭着喊，我吓蒙了，我应该喊"救救他"。谁来救他？谁来救他？谁来救我？救救我们？他在床上绞拧，比我们自己绞拧还要难过，还要痛。

我看见那个值班医生眼里有泪花闪了一下，可这泪花很快就干了。

天哪，天哪，L 抽搐起来，他的手脚又并到一块儿去了。

"他肚子里有一根针！"

"谁说的？"那个医生猛一转身。

"真的有一根针，一根针！"

"一根针？"

"那针藏在苹果里，他吃下去了。"

"这不可能！"

"真的，那是一根缝衣针，针尖儿藏在苹果里，被他吃下去了。"

"这不可能。"

"有人就曾经玩一支大头针，玩着玩着，一不小心吞进了肚里。"我哭着说。

那个医生白了我一眼走出去。一会儿又来了好几个人，他们都是穿白大褂的，围住我问这问那。

"一个苹果，藏了一根针，他吃下去了……"

"多长时间？"

"一天一夜了。"

"胡说八道!"

太阳的嘶叫

哭声像海浪一样。我们的老师张大了嘴巴哇哇哭。L 非死不可了,老师一哭我什么都明白了,他非死不可了。有一个人在手上套着什么,站在门口招呼一声。我看见戴着蓝色手术帽的人向这边看。一切真的开始了。我看见 L 肠胃里的血喷涌着。他的脸这会儿真的像纸一样白。那个老叔还在路上猛蹬自行车,怀里揣了押金……我差不多能看见他蹬,蹬,又扑通一声跌进沟里。他全身是土,哭着跑着,重新上了自行车。用力蹬,蹬,蹬,咔啦一声,自行车的链子断了。他才赶了一半路程呢。他扔了自行车,跑,跑。

L 在床上球成了一团。"叔叔! 叔叔! 叔叔!"

"真丧气。"有人一边把走廊的人扒拉着一边往这边走,又推来一个吱吱叫的车子。有人把 L 扶上车子。他把我们都赶开。还是没有进手术室……

那个老叔穿过高粱地,抄着最近的一条小路往城里跑啊,跑啊跑啊,满身都是湿泥巴。跑啊跑啊,上气不接下气……

她尖叫一声扑到了车子上:

"他不会呼吸了! 你看他肚子不动了!"

他的肚子真的不动了。"L,L!"

我们的老师又哭起来。这吓人的哭声把走廊上的病人和医生全都引了过来。有人提着盐水瓶子往这边跑,一边跑一边喊。一个人在 L 的手臂上缠什么东西——后来我才明白那是量他的血压。

"你看他睁开了眼睛!"她止住了哭声。

真的,L 睁开了眼睛——我最后一次见他睁开了眼睛。那眼睛还像平常一样亮,又大又亮。他看看我,看看同学,看看周围的人,最后目光落在了她的脸上。

她哭着："L哥，L哥，很快就手术了。"

L没有点头，好像什么都听得明白。他嘴角带着微笑。这时我听见有什么在响，我觉得就像太阳在响……真的，到处都是太阳的声音。就在这奇怪的声音里，我看见一个人把走廊里七倒八歪的人撞翻了。一个浑身泥水的老汉出现了——我认出他是老叔！老叔什么也不顾，啪一下挣开了上衣，从口袋里把那个鼓鼓囊囊的纸包撕开来，一下塞到一个穿白衣服的人手里。那个大夫正量血压，吓得往旁一闪。

"押金来了！押金来了！"

量血压的人还没有量出结果来，车子就被我们往前推了。

"快呀，快呀！"老师哭着，到处乱成了一团。有人把走廊上的病床往一边推着。

她尖叫一声——L这会儿又闭上了眼睛。"L，L！"我扑到车子上抱住了他。我发现他的身子正飞快地往一块儿抽。"L，L，L！"我紧紧地抱着他。我看见了"手术室"三个红色的大字。L抽着，抽着。我真的听见了太阳的嘶叫……我看见有什么碎裂了。

老叔一下跪在车子前边……

……

环形街道

那个少年从那条小路上、从那棵野椿树下，拾取了他永生的纪念。当然，他后来不得不走开，远远地走开，走到凄长的苦地，走到陌生的大山和平原，又走到大大小小的城市——最后才走到了一所大学校园。当他从这儿再次走出的时候，胡楂开始变硬，目光变得更为忧郁了。

直到踏上中年的旅途，他仍在寻找那条小路，小路上的野椿树。

是的，长长的旅程，一端是野椿树，另一端还是野椿树。

在那所大学校园，当我第一次与你接吻的一刻，唇边竟然飘过了一股木槿花的气味。那种黏稠的、带着一股清香的木槿花蕊触及双唇。我把手搭在你的肩头。你后颈上柔软的毫发使我惶悚。你询问我的过去，让我讲一个幼年的故事，我于是就提到了那片丛林，与我朝夕相伴的欢快的动物。我还提到了一个久久徘徊的少年、一条灌木丛中的小路。你成熟的身躯充满了诱惑的气息，你深沉而隐晦的话语，一切都让我不知所措。它们叠放在一块儿，让我一时陷入深深的惊惧和惶惑，我不知该接近还是该逃离。我安静下来窥视自己的时候，会发现那团金色的隐秘——它在我心中就像一棵百合花一样绽放，我一刻也未能将其忘却。它连接着一个沾血带肉的故事，我怎敢将其遗忘。

而在大学花坛的这株丁香树下，我却眼看着一只纤细的手把一枝百合花连根拔起——你想彻头彻尾地拥有，可是你不该把它连根拔起……

一晃十几年过去了，亲爱的，甜蜜而庸俗的称谓——我们昨天所有的话语都记下了，并且把它撒在昨天的小路上，用陈旧温煦的海滨沙土将其埋葬。你再不要对我说什么，不要对我无休无止地讲叙。我只在遥遥的归期里，望着你窗户上那遥远的一线灯光，注视和倾听，捕捉声音——冷冷的声音。这是那座城市的声音，你呼吸吐纳的，是它污浊而浓烈的气息。在这座城市冷硬的青石砌成的环形街道上，再没有我与你同行的脚步。多情的我却把无形的回音也深深珍藏。你的微笑如同往昔；你用灰色的时代之丝将自己缠裹，你的目光渐渐被分割与扎束，形成一条纤细的情感之缆……

我从这条小路上走开，我长大了；我渴望战胜所有的邪恶，我渴望走向朴素和纯洁，走向当年的那个童年……那件红方格长裙总是引我抚摸，可是你莫测高深的目光又阻止了我。你在我眼里是一个迷人的长颈姑娘，说话含混不清，动作孟浪生硬。你像连珠炮一样的话语，直把我搅得无心无绪又充满了感激。我坚守着一个中年人的自尊，不愿追逐你的脚步，不愿腰弓腿颤像个小人。再说我已疲惫。我更愿像一个多余人一样，去人海里跌跌撞撞。没有意思，没法忘记。给你拨一个电话，继续这冷漠的诉说——电话接通了总是兴味索然。四十岁的人开始有了苍凉心境，这肯定是一种真实，也肯定不是一个好兆。

有一次我病得快死了，在死亡的威胁下我倒想起了过去的故事。奇怪的是那时候——在病榻上呻吟的时候，我反而变得无比热烈。

不知道她今日何在——在长达二十多年的时间里，她杳无音讯。我没有惊讶也没有失望，好像一切都应该如此。我长期以来几乎从来没有弄懂的是：她和我心爱的老师究竟谁更让我揪心！

我第一眼看到她时，她在老师和琴的旁边；她跟老师学琴；那把琴啊，二十年来不断敲击的，是我的心弦。

树　与　花

现在离天黑还有一段时间，让我们到海边上、丛林里去吧，我们一起走吧……让我们看看这片林子，那是你们经常去的地方……让那里的风把眼泪擦干吧。走吧，过去你总是和 L 在一块儿，我们就到那儿去吧……

是的，你们应该和这片海滩上的植物动物做伴，因为这里的一切都健康向上。你看一片片野花还没有凋谢，浆果又开始生长了；夏天，这里的槐花差不多把枝条都压弯了，芦苇长得黑乌乌，里面藏满各种野鸟。这儿是我们的出生地，我们就该弄清它的由来，亲它爱它。

这里是一片冲积平原，很早以前，河水将南部的丘陵切割出一道道谷地，将沙石和土末推拥到下游；当时这儿水系复杂，近百年才慢慢形成现在的几条河流。这里原来是冲积的砾石滩，沙滩上长着茂密的柳树，那是旱柳，三蕊柳。到现在我们仍可以看到那个时候留下来的独特的植物群落……

那种开小黄花的是黄紫槿，它们可以长得很高；爬在柳条上的、长着深裂的心形叶子的，是裂瓜。翻过不远的那座小山包，可以看到两条河就在山包附近汇流——是那个山包阻碍了它们，所以河床才不像这儿这么宽阔，四周的岩石限制了河道。那个小山包由玄武岩构成，如果走近了就可以看到它的流纹构造，看到像叶片一样形状的枕状节理。山包下面的那片树木是松树、白杨，还有漆树、赤杨，夹杂了一些黑樱桃、山刺梅、狗奶子；山包上则长了不少野葡萄，旁边有五味子，它爬蔓……应该养成采集标本的习惯，这很容易。看到生疏的东西就应该搞懂它的名字：开白花的是虎耳草，旁边的是迷迭香、水松、薄荷……你看它们的名字都很美，也容易记住。那个长得又高又细、开粉红花的，就是普通的缬草。百日草多漂亮啊！到了七月，美丽的萱草花就要开了。萱草属于百合科，如果掘开它的根部，就会看到像蒜瓣一样的球根。大蒜也属于百合科……

走 开 了

从我的藏书中可以找到教授的任何一本著作，包括他主编的多卷哲学史。有一次我商量一位挚友：我想把这些书抱到教授那儿，请老人给签个名以资纪念。他笑笑没有回答。我知道他并不赞赏。现在教授走开了，我长久地站在他的书橱前，感到了深深的遗憾。抚摸这些著作，精装的、平装的……其中一些著作曾给了我多大滋养。

她也一直看着那排书籍，这时说："他以前的书橱上从不摆自己的著作，后来才改变了这个做法。有人可能误解，认为那是一种炫耀。我知道他在不断提醒自己做过了什么，还要做些什么。有时候他打开这些书，对一些地方极不满意。他感到羞愧，说：'那个时候，我怎么能这样写呢？'这些著作有的是从讲义中整理出来的，有些观点讲了十几年、几十年，他自认为这里面已没有多少自己的东西。什么陆九渊，主观唯心主义；古代的庄周，搞唯心主义和相对主义……他说讲了几十年了，讲腻了，讲得自己都烦了。像那个大厚本印得多漂亮，烫了金，他说这里面只有'周敦颐'这章还算满意。他分析'无极而太极'的本体论，'物则不通、神妙万物'的动静观，都有独到见解。他如果继续做下去，还会从'周敦颐'这一章里延伸开去，写出很多崭新的见解，甚至可以独立成书。可惜这一切已经过去了，他大概回不到书桌前了……"

会 仇 恨

我捏拢了拳头又松开，真想一拳把什么捣碎。一时不想回里屋去了，我好像失去了某种耐心。想找一些具体的东西去仇恨——我想起一位了不起的艺术家说过的一句话，"那个人会仇恨"——是的，会仇恨。在人世间，"会仇恨"的人有多少？他们"仇恨"什么？他们找到了多少具体的、切实的东西去"仇恨"？没有，他们除了为一己的私利去仇恨，其他什么也找不到。但这会儿我却清清楚楚感到自己需要仇恨点什么……此刻我好像又闻到了那棵巨大的李子树的气味，它播散出的阵阵药香。我闭上眼睛，想象它的身影，它慈祥的、俯视一切的目光。久违了，大李子树！

在东部平原，我的母亲、外祖母，还有在梦中频频出现的海边号子、赤身裸体的拉鱼人、照得海岸一片通明的巨大火把、闪亮的渔帆、在海浪下颤抖的陈旧鱼铺……拉鱼的号子一阵响似一阵，正透过无边的夜色传递过来。

露滴降下，秋天的星斗啊，照亮了一片高原。在那高原上伫立着一个少女，她齐耳短发，高高的额头，蓝色背带裙子，火红火红的上衣；她那对黑白分明的眼睛，她的目光正透过时空穿射过来……我畏惧这目光，依恋这目光，它隐含了声声呼唤……人们难以拒绝，又难以走近。那片红色高原啊！梦中的高原！你正与东部平原遥遥相对。那个高原少女已经屹立了一千年。可是你永远怀着青春、怀着美丽、怀着温柔，睁大一双充满希望的、生气勃勃的眼睛……

马 兰 花

头一天晚上，我想到了小时候在路旁看到的那一丛丛马兰花。紫色的马兰花，长长的叶片碧绿碧绿，就像翡翠。马兰开花时，正是阳光明媚的春天，阳光照耀下的泥土散发出热烈而芬芳的气息。可惜那只有一个少年和童年的鼻孔才嗅得见。

离我们小茅屋不远有一排枫树，秋天总飘落如晚霞般红艳的枫叶。这枫树下走过一个人，她使我一颗心怦怦直跳。我抬起眼睛，用目光去寻找；透过窗户，我望到的是在阳光下疯长的葡萄藤蔓……

城市地理

秋叶落尽，早晨有了严霜。她约我："他想在这个周末一块儿登山，在外面野餐。如果大家同意，可以带上帐篷、炊具，就在南郊山上过夜，第二天再返回，不骑自行车，步行……"

我心里明白，他们要出发了，这一次不过是一场演练式的辞别。我问都哪些人参加。"他和她、他。还约了一个小姑娘。""是写歌子的那个吧？"她摇头。我想那就是打他耳光的人了，那个志大才疏的所谓"未来的艺术家"。我决定和另一个人一块儿去。

她非常高兴。

一大早，我们几个人带着炊具和饮料，还带着尼龙帐篷走了。他们也带了这样的帐篷，还把裤角扎了一下。

离市区不到十公里，就开始入山。近郊的这座平顶山也属于那个有名的山脉，再往南就开始进入丘陵区——一座连一座的峰头，一直排到险峻的山口。有一条河发源于南部，它流经这座城市；尽管这条河很窄，源头却很好。它一开始向西北流去，然后直接向北，纵穿了这座城市。近十几年河水常常干涸，南部山区的树木越来越稀，加上几次发生火灾，山上的树木已减了大半，河水于是变得污浊。现在只有从上游才能看到透明的河水，水底洁白的沙子……

随着地势的增高，离山岭越近，河水越清。我们一直傍着这条河往南走。

一路上，他一直走在前边，她一直抱怨。小姑娘果然来了，她胖胖

108

的、黑黑的，腿上还套了彩色护膝。我们走到哪儿她跟到哪儿，小嘴翘着，咕咕哝哝。她的一双眼睛纯洁可爱，仅有的一丝拗气却是装出来的。

翻过两道山岭，我们即将登上的那座山叫"鞍子山"，它的走向先是东北，后来又拐向北北东。在这里，鞍子山形成了明显的断层、地垒，有许多地方可见反复发生过山崩。坍塌下来的山土后面积聚着水，形成一片片水洼。鞍子山的北坡非常陡，在此可以发现那条纵向流淌的小河是由许多细小的水流汇成的，它们把地表切割得很厉害。山的北坡树木茂密，使人想不到一翻过分水岭，眼前看到的竟会是光秃秃一片，就连灌木也很少。山阴最多的是油松和侧柏，松树稀疏的地方是杨槐树和毛白杨，偶尔还能看见一些旱柳、几棵糙叶树和壳斗科树木，像抱栎。钻天杨在这儿长不高，河柳也很矮。一些巨大的岩石旁边生着一些常绿灌木，像胶东卫矛、扶芳藤和光果田麻等。

随着往前，河谷分岔越来越多，河床越来越窄，河谷开始变得狭窄。河谷旁的山地受到了严重侵蚀，岩屑堆很多。灰色的岩屑在绿色植物的映衬下，显得格外醒目。

我们在太阳转到正南方的时候登上了鞍子山前的一个小山包。站在这儿可以清楚地看到四周景色。眼前的鞍子山遮住了其他山岭，脚下这条弯弯的山谷向南延伸，消失在群山丛中。鞍子山附近的山都不高，正有浓浓的山雾使它们轮廓模糊。鞍子山由灰色花岗岩、石英斑岩、砂岩和绿色碧石构成。这一带还曾发现过铁矿，但并未开采。

在这个小山包上喘息了一会儿。每个人都汗津津的。大家坐下来，很少说话，因为全部力气已经用来走路了。她喘得很厉害，衣服差不多被汗水湿透，他把她身上的挎包、水壶什么的全接过来，她仍然唉声叹气。小姑娘坐在一边，她和一个小伙子总是离开我们一段距离。很显然，两人已经进入了情况。一个人小声告诉说：小姑娘画得很差，真不知她是怎么考入油画系的；不过，她将来肯定是个贤惠的小媳妇……另一个姑娘一直在我旁边，她说话不多，但她今天很愉快。成天在拥挤的城市里，很少有时间走出来。而眼下我们面前是一个多么清新远阔的天地。城里人都很少走这么远，他们平时顶多到近郊的小山上去玩。

吃了一点食物，由他带头，开始攀登鞍子山顶。登到山的半腰，我们发现了很多遗留的工事：一些水泥铸件，还有石头垒成的东西。很显然，这是战争年代遗留下来的，不过它们大都没有损坏。石砌的枪眼、地堡的入口，都基本完好。好像没有人动过它们，好像那场激烈的战斗并不遥远。它在提醒我们：几十年前争夺这座城市时，这座山有多么重要。关于那场战斗，我们只能从记载中略知一二。为争夺这个山头，差不多死了四千人。这里除一些工事之外什么也没有了。我们很明白，足踏的每一寸土地都可能染过鲜血；但眼下这儿全是一些腐草、落叶和草本植物。

太阳落到树梢时，我们恰好登上了鞍子山顶。大家一阵欢呼。有人跳了一下。山顶光秃秃的，大雨的冲刷下，大石裸露，好大的一片地方一点土都没有。风显然大起来。她喊了一声。顺着她的手势看去，原来我们的城市离这儿是那样近。它就在我们胸前，上面笼着一层浓浓的烟雾，像是为它遮了一层厚幔。原来我们每天就在这厚幔下生活！浓浓的雾障底下，这座城市往东西北三个方向延伸了很远很远，简直看不见边际。这是一座水泥和钢筋砌成的丛林或迷宫。它还像一座神秘的蜂巢。在我们右侧，在鞍子山凸起的一块大岩石上，耸着一座木头支架，那是航标。

接下去就该找一个搭帐篷的地方了。他领我们往鞍子山西侧走去，因为那儿有一个山口。走下山口，我们看到了一条山洪切割的窄谷，在它的打弯处，有一片可爱的山落水，水旁是一片细细的白沙。这儿不但取水方便，而且背风，景色甚好。大家高兴得喊了起来。

我们几个男子动手搭帐篷，她们几个就忙着到旁边去找柴草，又揪来一些野菜。山里厚厚的草屑下面有寒霜洗不掉的绿色，她们把它采了来，又捡来石块砌成灶坑。

太阳将落时，三座帐篷搭起来——一座红的，一座绿的，一座土黄色的。篝火燃起，太阳落尽，老野鸡在旁边一声声啼叫。

她捡起一个石片，往这一片蓝水里投去。一个漂亮的水漂。接着几个人都动手打起了水漂。背后的女人们在那儿奔忙，一会儿涌出了饭菜的香味。

她想起什么，回到帐篷找了一会儿，大嚷起来："你们看！"

我们回过头，都看到她手里举着一瓶白酒。"烈性酒，瓜干酒！想得到吗？"

有人跑过去，从她手中夺下酒瓶。

大家围在篝火边。四周陷入一片黑暗。篝火燃烧的噼啪声越来越响，灰屑不断飞到空中。星星一片，多亮的星星！我们一年里也见不到一次这样的星空……各种各样的野物的叫声传过来，大概不知有多少只眼睛在四周盯视。都喝了一点酒，然后又登上鞍子山顶，往北望自己的城市。

我们的城市变成了一片灯火海洋。它在燃烧，巨大的躯体上，无数孔眼都喷吐出彤红的炭火。如果有风吹去，它就会熊熊燃起，更剧烈地燃烧……

青　　蛙

那天的座谈会快结束时，那孩子跑进去喊了一番话。我问她怎么看。

"他那是疯话，你千万不要信，叔叔。"

"不光是座谈会上，他还跟我讲过几次。他说这是他和那个坏孩子的一个阴谋，因为他参与了这个事情……"

她瞪大了眼睛：

"叔叔，他这是疯话，绝对不是真的。你千万不要信啊！"

"是不是那个坏家伙要做什么，他知道了，没有告诉你们，后来感到了自责？"

"不会。那人很坏，可就是他也做不出这样的事。"

"可他说过苹果掰成两半的事。他说中间放了什么，交给了 L。你记得起来吗？"

她极力回忆。

"那一天我们在 L 家玩，正玩着那个坏蛋去了。他手里拿着苹果，衣兜里装着苹果。L 的爸爸就问他从哪儿搞来的苹果，是不是从树上偷的。他说没有，是从家里带来的。L 爸不信，就翻他的衣服，把所有苹果都翻出来。有一个苹果掉在地上，奇怪的是那个苹果是用小竹条插起来的。苹果的中间挖了一个圆洞，里面包了一个杏子，他大概是想搞个恶作剧，故意让我们吃惊。就是这样一件事。当时我们看了都觉得很可笑。"

"杏子和苹果不是一个季节成熟，他怎么能包上一个杏子？"

"不，有一些早熟的苹果。有一种上面长满了红丝的那种，它和杏子差不多一块儿成熟。"

"那个坏蛋用针捉弄过青蛙吗？"

"我没见过。我是听 L 说的。他告诉我，说那个坏蛋坏极了。那么多青蛙在紫穗槐棵子里蹦啊、蹦啊，那个坏蛋就弄断一根针，放在小飞蛾的肚子里。小飞蛾疼得扑动翅膀，青蛙见了就一口吞下去。它们不知道把断掉的针也吞到肚里去了，用不了多久，那些青蛙就会死去，死得很惨……"

多可怕！

她继续说："他对 L、对我和同学都好极了。我们到他家里玩，听他弹琴。他会弹好几首曲子。他懂的比我们都多，他和 L 形影不离。是 L 的死对他刺激太大了，因为他俩太好了。他现在已经不正常了，他的话没法当真。那天座谈会上，我真想捂住他的嘴。"

我点点头："有人就要利用这个做文章呢。那些参加座谈会的人，其中有的听了他的话就想节外生枝。有人已经提出要重新调查，还要给 L 搞解剖。"

她一声不吭，泪水划过了她的脸庞。我安慰她，她只是无声地哭。

我想尽快离开这个话题，可她全身颤抖，她一副哀求的样子。

"叔叔，让 L 好好睡吧，叔叔！……"

我明白。我从来也没有这样难受过。我想告诉她：这本来是完全做得到的，因为这要尊重死者家属的意见。可现在如果演化成一个案件，就会有人出来硬性干预……"他真不该闯进会场，他真不该。"

"不能责怪他，他病了，他真的病了。"

"是的，他真的该去精神病院了。"

她又哭起来。我后悔说了这句话。她大概想到了自己从精神病院逃走的伯父。直到现在她那个疯伯父还在野地上到处奔走，不知靠什么活下来。我由此还想到了她的爷爷，想象着他遥遥注视那个赤足奔跑的儿子时难以按捺的心情。他们都在默默忍受……我拍拍孩子的肩膀：

"走吧，我们一块儿去看他。"

她同意了。

毒　蛇

他攥紧了一个小布包飞跑。

孩子，你等等我，等等我。这段路，这么远，这么远。它在我脚下像一条毒蛇一样，想把我缠住。它跳动，又拐来拐去，它在我脚下打滑。它一点也不像一条路，它真像一条毒蛇。看这条毒蛇穿过花棵，穿过高粱地，一转眼又钻到苇丛里去了。没办法，我只有揪住这条毒蛇的尾巴才成！这条毒蛇的尾巴让我揪到了。我钻进芦苇棵，又钻进杂树林子里。天，我看见蛇头拱进了那个镇子里，穿进胡同里啦，拐进墙旮旯里啦！

你跑不掉，你这条抖动的长虫，你在我脚下打滑，我就踏着你的脊背往前跑。跑啊跑，我的孩子，你等等我，我正在捉拿一条毒蛇，我把它扯住了，它的尾巴被我按住了，它今生也别想跑掉。我很快就飞到你

113

那里去了，双手捧上救命的押金！

　　我亲生的儿子在哪儿？他在滚动，滚动。我的老伴呀，你这个"L家婶婶"啊，你像怀了孕的笨婆，跑也跑不动，咱的儿子快没了，你还在那儿鼓涌。我等不得了，我不能扯着你的手往前跑了……

1991 年 6 月

第 三 辑

春天的阅读（上篇）

对美追求不倦

这是青年时期读过的作品——我被弥漫于文字之间的美所感动，再也不能忘怀。许多年过去了，在所谓的日渐"成熟"之后，回头再读，仍然获得了一股蓬勃激越的力量。它所描述的少年和湖水，明朗单纯，却又有着让人入迷的魅力。看来真正的好书是不会陈旧的。

人们把书的作者看成一位儿童文学作家，就因为他写了那么多脍炙人口的孩子们的故事、让孩子着迷的故事。但在我的心中，却一直没有成人作家和儿童作家这样清晰的划分，而只有优秀和不那么优秀的作家——他是一位内心燃烧着诗情的、真正优秀的文学作家。在当年，就是在这样的心情和向往中向他学习的。而且在他的影响下，自己的文学道路一直往前延伸，并且也写了一些可称之为"儿童文学"的长短故事。当然还会继续写下去，因为童心几乎等同于诗心，也等同于纯粹的文学之心。

透过那些精湛的文字，我们读到的是一颗对美追求不倦的心。他一直苦寻的就是诗与真。他所谓的儿童文学作品的全部精髓，也就是诗意、诗性和真实、真理的结合。

手边的这部新作将人深深打动。书中所展示的似陌生还熟悉的生活和人物，让人揣摩再三。时代与风气变化迅疾，时至今日，网络斑驳，泥沙俱下，这本书所讲叙的，对于孩子以及稍微年轻一点的人，也许竟成为一个无法相信无法理解的故事。尽管细节是真实的、栩栩如生的，人物也是切近可触的，但是却难以相信在并不遥远的一个村庄曾发生过这样的大迁徙。人生下来还会有这样的奇特遭遇？谁会相信一个满目新鲜的童年，会看到这样不可思议的人生？这真是一出荒诞的戏剧，就在那个年代里真实地上演了——而且从文学的角度来看，这是以现实主义的风格一幕幕呈现的。这就愈加显出了它的荒诞性。今天再看这样的故事，我们会追随书中的人物、他们的命运，将歌哭隐于心中。

记忆对于今天的孩子以及成年人是多么重要。我们许多时候对往昔岁月，甚至是一段椎心的历史表现得淡漠，差不多已经丧失了追溯的兴趣。这是可悲的。昨天的一切，正是当下这棵活树之柢。我们如果是寄生于无本之木的某种稚芽，就不会活下去，更不会成长壮大。这就是我们阅读它的理由。还有一个更为重要的理由，就是它固有的艺术魅力，进入之后难以割舍。

精神的芳邻

诗人在不同的时期都留下了脍炙人口的佳句，思索不倦，探求不息。就因为许多这样的吟唱，诗坛才不寂寞。

一直在寻找诗的兄长。三十余年过去了，我未能写出自己满意的诗章，未能摘取诗歌这颗文学皇冠上的明珠。我知道，仁慈的心和诗人的心是相通的，互相映衬的，所以才有快乐，有不能停止的吟咏。

诗人是精神上的芳邻，生活中的挚友。每一瞬间的诗意都为他所钟爱，让其驻足，流连忘返。他对人的纯洁、对大自然的热爱、对万事万物天真无邪的心情，是最能感动我们的。

打开诗章，享受处处洋溢着的朴素真挚的人间温情。随着时代的变化，物质主义的盛行，这种温情已非随处可觅。而今要保持年轻人的新鲜和锋锐已经很难了，但在诗人这儿却是一个例外。他给人永远年轻的感觉。因为他对生活有一种不倦的爱，有天真，有友谊，有拥抱生活的信心和热情。最好的诗篇会源源不断地从他的心中涌流；无数的友谊，还会随着日月的增加而深入。人生不全是艰苦的拼争，还是一场吟唱，是诗意的向往和寻找。

水上仙子

我喜欢荷。喜欢任何一种花卉都会找出诸多理由，但喜欢荷，理由简直太多了，第一条理由当是"出淤泥而不染"。这句话被人重复了无数次而仍然不能舍弃，就因为它说得太精准太传神了，以至于怎么也找不出另一个说法来替代。人的一生、生存的境况，如果非要找出某种打动人心的比喻不可，那么亭亭荷花的荣与枯就是最好的一例。

这是一种神秘的美丽。它在绿波下孕育，在风浪中积蓄，在污浊的沉淀中结成块根，最终还有一次绚丽的绽放。一个人对生命没有全面而深入的理解，要诠释这样的美、这样的过程是困难的。

我们这样注视它的一生：用纯洁明澈的目光，也用赞美钦羡的目光，最后还有深深的怜悯。它的旁边应该有一首真挚的诗，这是情不自禁的吟唱。一遍遍吟唱，徘徊，走近又退远，围绕着一个水上仙子，一次次激动到不能自已。

我们关注荷的一生，追赶它匆匆的身影，即便是风雨寒霜之中、酷暑隆冬之季，都未曾稍有停歇。它的长叹和呼吸、轻微的一句呢喃，都被小心地捕捉；脉搏和着它的每一次心跳，悲欣相谐，感同身受。

光影斑驳的黎明中，水世界里一盏闪烁夺目的灯。它微微的绿与紫，因为波光的投射而变得水晶般透明的苞瓣，会令人在诧异之中产生一份感激之情。这幅画面将让人沉入长久的回忆和想象，并从心底叹服。

在一种至美面前，一个人常常会失语忘言。我每每陷入这样的境地。它的蓓蕾，它的颜色，它的风韵，它的叶与茎，一切都完美到超越

119

语言所能企及的高度。它的生存自身就是对整个世界的一次响亮的礼赞，在它面前，我们应该对于美的追求抱有更大的信心和决心，还有勇气。

歌颂荷，就是歌颂清洁，歌颂勇敢和伟大的宽容。

它像任何生命一样，要经历冷酷的冰期。可是它总能带着更温柔更灿烂的笑容，重返我们的生活。在寒风呼啸的日子里，面对千里冰封，谁能想到最阴冷最黑暗的深渊，正培植和准备着一次最惊人的绚烂和怒放呢？

荷的一生，是韧忍坚强的一生。

荷的陪伴，是人类最大的幸运。

满目新鲜

散文家以自己过人的勤奋和非凡的才华，赢得了读者的尊敬。几百万言中不乏脍炙人口的篇章，它们不仅仅以迷人的文辞，而且以开阔的视野和激越的情感，打动了他人的心灵。

阅读这些草原和大漠的文字，常常在心里赞叹：一个多么有活力的人、勤奋的人；行路何止万里，纵马放舟，不知疲倦；不是守在书斋里的虚构者，而是一个两襟扑满旅尘的行动者。的确，好的散文家多是这样的人，他们有性情，多豪迈，能奔走。只是呆想神游的那一类，到底不够坐实。也正因为如此，好的文字等于一幅幅活画，翻动纸页时，呼吸生动，满目新鲜。即便是辞章诱人，工于造句，也仍能保持一份自然在那儿。这也是练得文章内功并深谙法度的人：漫漫文路，须得从头走过一遍。

历史上不乏豪迈的散文大家，他们为人津津乐道，成为一道绮丽风景。满溢的才情使他们口吟手书，运思奇异，动辄万言，立等可取。他们不仅十分多产，而且格外放达。从边疆到内陆，从当下到远古，千载名句援引自如，各色掌故随手拈来。作文纵情千里，却又能于细部紧实处见出真性。一些文字来自实感的捕捉和分寸上的把握，虚实相辅，而非随处可见的大路慨叹。

草原上的日出日落、骏马与白云，都是被前人反复抒写和咏叹的。但是到了作家的笔下，却能够新意迭出，词富意丰，并焕发出属于他自己的别致气象。既写故乡的亲切与细婉，又写大江大河的澎湃和浩荡。远如天山，近如邻巷，莫不织入缜密的文思。这种文字具有纵横驰骋一泻千里之势，疾风阔浪呼啸拍击，浩浩滔滔，读来常有一种酣畅淋漓的快感。

从作文描述的技术角度看，我们一般不太喜欢状语部分太过发达。但好的散文家却能将这样的抒写进一步变得天真烂漫，并注入自己的生命，让人在阅读欣赏之中，产生出同步共鸣，从而步出语境，兴致勃勃，乐此不疲，最后是工于砌造之后的某种满足。

喜欢他们

比较起来，还是喜欢这样的写作者：扎实，有责任感，做事认真，风气严整。现在已非过去，名利可以把人逼疯，什么禁忌都没有，什么都敢想，什么都敢做。而另一些人却能背向风头，本分自守。这些说起来容易，做起来极难。什么"生命"啊，"解构"啊，"能指所指"啊，这些堂皇的半通不通的词句他们都不会说。有人用这些词儿引诱他们，鼓励他们，他们还是不会说。他们知道仅有那些词儿是不顶事的。换一副眼光端量他们，就觉得这不是笨拙，而是成熟和自信，是朴实的、代代相传的劳动精神。

他们没有骂过鲁迅。从过去到现在，诚实的人不会骂鲁迅。他们知道该骂什么不该骂什么。他们也没有油嘴滑舌，没有痞子腔。

离得太近是看不清事物的。仔细想想，如果今天没有了这些沉潜坚实的气质，世界会更加浮泛空洞。一个人或许没有做出什么值得声张的业绩，但一代一代累积的精神总是宝贵的。

这个时期最需要读的就是鲁迅的书，看看鲁迅先生当年是怎么说的，因为现在出现的许多事情当年也都出现过。

奇迹发生之地

这些散文大多是写西部的，细腻的文笔描述和记录的，是粗粝的自然背景，以及这个背景下发生的一些故事。我阅读这些文字，时常感受到作者那颗特别的心灵，对事物体贴入微的、柔善的、长而又长的牵挂。我知道在当今，这并不是一种司空见惯的抒写，不是一种随处可遇的情感祖露。真挚和质朴的文字与心情一道，已经远离了这个时代的种种喧嚣。就此而言，它们即是难得的个人写作。

作者所体验的日常生活，在我们东部沿海人看起来真是新奇。我至今没有去过西部，却对西部写下了不少想象和向往：那里对许多人来说一直充满了梦想。在我的心底，西部是各种奇迹的发生之地，是向东部低地发出召唤的一片高原。如果说"人往高处走，水往低处流"，那么西部将是人生行走的一个远大的目的地。就是受诸种想象的牵引，我对有关高原的文字总是非常留意，手边收藏了许多这样的书籍。这次仔细阅读的篇章，同样收获了一份愉悦和感动。这些风景让我神往，让我感悟着不同的生存。

收藏在作者心屏上的映象，不仅是它粗犷的外部形态，还有它的内心与褶皱。这些画面和情愫，无法使人无动于衷。我们会思索和沉湎许久，在永恒的循环和莫测的命运面前忍住一声惊叹。西藏的音乐，西藏的蓝天，西藏的云与湖，当这一切记忆之絮飘过现代都市的水泥丛林时，会闪烁出格外醒目的光泽。

作者怀念爱的往昔，战友，亲人；一株小草一盆小花都引起她的无比怜惜，让其寄予深情。在难眠的午夜，她历数过去，喃喃细语。

一切善良的诉说都是珍贵的。

所有的心声都是留给自己的。

拽它不动

2003 年下半年至 2004 年上半年写了四种文字：一是关于万松浦书院，这些文字带有更多的体温，且很感性；二是叙事散文和读书笔记等；三是对文学和思想的议论；四是一年来接受的提问和采访记录，这部分文字涉及了许多现场问题。

散文写作对我来说是越来越难了。我发现自己已经不能"洋洋洒洒"了。随着年龄的增加，一支笔变得沉了，有时甚至觉得有点拽它不动。

但我今天却更加喜欢这种文体了。

滋生诗情

自 1975 年开始发表诗，屈指算来，不知不觉过去了三十年。这许多年来一直在写，有时写得多一些，有时少一些，但总全力以赴。西方一位艺术家做过这样的判断：真正的艺术家没有"业余"的。他在说艺术需要全力以赴的意思。常常感到自己的愚钝，却有一种不间断地从事写作的欲望。随着年龄的增长和写作时间的延续，对大自然的热爱、对劳动使人安宁的原理的理解，都进一步加深了。

这许多年里常常住在南山，或龙口海滨林中一个叫万松浦的地方。在这里写出了长篇以及短章。这里使人心中滋生诗情，使人安宁。

安宁才是最重要的。安宁下来人会沉浸于劳动，会有想象，有艺术赐予的幸福。

猫是经典动物

有人说真正的画家和诗人是转达者、传达者，而不是表现者、表达者。这仿佛说出了艺术内在的神秘性，但实际上也是一种十分质朴的理解。读一部画集也有这样的感触。作者如此自由放松地歌唱，用色块和笔触，用光，用透明的水汽，以及强光达不到的阴郁。几乎都是纯色，是强烈对比的涂与抹。生命纵横就是胡涂乱抹，是画布上见，是童年的稚声与哈哈大笑。仿佛作者使用了机灵挑逗的文字，任性和创造，探求和探试，拘谨和放肆，胆大妄为和有所忌惮，都熔在了一体。

转达和传达的本源是蓬勃的存在本身，是没有离体的神的欢舞与隐喻。作者感知的是有灵的物性，是内美和惊奇，是他者无声的嘀咕，是本来就没有的怪癖和突然而至的灵机。延长到此的声音、思绪、幻想、叹息、哀歌、放纵，等等一切的综合，在这斑斓中滞留下来，悬挂或装订成册或张口能诵。

表达和表现则需要更充足的工艺理想，需要嗜好和匠心，需要门内修行，需要忘我。遗失了本性的功力是非常强大的，它可以通行四方而不知疲惫。它还可以诲人不倦，以身作则，可以跟随也可以师承。作为一种专业的光荣和秘籍般的设定，一种绵延千里的香火，一般的风气是吹不息的。

我惊奇于传达而敬重于表达。我希望于二者之间认下真谛。我甚至期望着一个沉默的来者，从表达之门走入，从传达之门走出。这样的人是归来者，是满面欢欣的新人。

听这些鲜亮的声音，看这些斑驳的光色。有一幅画上一猫一鱼，再就是静物。猫是经典动物，百画不厌，流俗最易。可这回来的是憨胖之物，激尾高竖，双腿强壮，笨如泥虎，急急乎于缸内红鱼。还有一幅真是烂漫，粉红翠绿及茅屋小篱、影影绰绰肚兜小儿，硬是把天然情境化为一大幅最和谐的窗外一眺。花、山与月、树、天籁，这些都是虚长朴直的情诗，让人激生出一些遥望和念想。

而作者却热衷于画单纯的女孩。她们与大猫在一起时正襟危坐，她们走上街头则小心翼翼。但是她们或者需要满面欢欣的，同时又是沉着于艺术世故的新人去引领，或者干脆就这么稚稚可人地生存着。她们如果变小，变成一个背影、一抹远迹，于天地间大放欢声，那又是另一番境界了。

作者如此歌唱下去，正没有个终了。我们不仅是期待，还有同乐，并在同乐中被感动被熏染。这些大幅的歌声一旦像星月一样披挂起来，就有了同声号唱的欢乐。

为吟唱而生

诗人也许天生就属于这个别样的世界：为吟唱而生，并将终生如此。他敏感多悟，对事物常有独到的视角。不记得从什么时候开始，他能够随时吟哦。他的举止做派很有一些豪放文人的特征。他常有一些激动，一些低吟。他从来都是真挚的，炽热的，一群人总是因为他的存在而变得活泼。

岁月中大家各奔东西，每个人的志向都在匆促漫长的时光中或多或少地落实着。生活其实很累，这是人人都有的体会。在那些独处的日子里最忘不了的，就是我们的诗人。那些日子在整个人生经历中最是独特，它让人历久难忘。那时的生活清苦也单纯，朴素而执着。一种向上的精神贯穿始终。几乎所有将那个时期的热情保存下来的人，都能够在事业上取得成功。他还像当年那样，可以说是变化最少的一个。这真是给人惊喜的一个现象、一个事实。相聚一起，大家都会不由自主地寻找过去的痕迹。然而它们常常隐匿和消失。它们被生活的沙子和水流冲刷磨损之后，已经所剩无几了。我们怀念往昔，怀念关于美好青春的一切。所以我们不由得要感谢那些能够帮助追忆的人，感谢他们所呈现出的一些细节，包括一句话、一个动作、一声提醒。

诗人再次吟唱。它们是真正的半岛之歌，明朗通透，火热烤人，没有一点倦意和阴郁。它们在表露不安和痛苦时，也大大有别于其他地方的寂寞文人。他写得是如此的具体、踏实、真切。他的诗在感染大家，他的精神在激发大家。我们不由得想，如果自己在面对生活中的一切困顿不安时能够像诗人一样不畏不惧，意气风发，那该是多么令人钦佩。

他不是一个在吟唱中虚幻作兴的人，而是一个真正的强者。他那并不伟岸高大的身躯内，的确潜藏着一种过人的力量。在超负荷的工作之中，在可怕的病魔纠缠之下，他最终都能够做一个胜者，一个大步向前的人。在今天，也许只有这样的人才更有权利吟唱。我们这一代人几乎在猝不及防中迎来了一个全球一体化时代，身不由己地挣扎于精神和商业的纵横大潮之中，真是需要一个顽强的灵魂。而我们的诗人就是这样的一个人。

他的诗章中没有现代主义的癔病，没有挖空心思的比喻和着魔一样的猜想，更没有普遍的颓废无聊。他对自然有一种持久的迷恋，有一份终生依伴的情愫。他对世间万物的怜悯和感叹有时是这般深沉动人，他让我们注意刚刚从冬天苏醒的那只青蛙的眼睛，还让我们去理解和体味一只蝉的振翅。

诗人对于身边的这个世界有着多么善良的期待。他总是用最美好的心情去理解生活中的人和事，以至于愤慨和欢悦都跃然纸上。这就是通常说的"赤子之心"。

一个深深执着于诗意的生命，无论被多少琐细缠住，心中的火焰也仍然不会熄灭，而只能熊熊燃烧。这是千真万确的。

深深地爱着

1982 年令人难忘。短篇小说第一次在如此大的范围内被阅读和传诵。八十年代上半期，大多数活跃的作家主要倾情于短篇，而许多刊物也用主要的篇幅来刊登短篇。好的短篇作品会引起广泛的注意。这不仅是因为八十年代文学作品的影响大，还因为一份刊物所具有的权威性。

那时候朋友见面，常常会问一句：你看到刚出来的某某刊物了吗？他们在说其中的一部短篇。

作者和读者如果都同时信赖一个刊物，是十分不易的一件事。

126

任何事物，一旦有了公信力，就变得有了力量。公信力靠坚持力，靠信心，靠无私的劳动，靠对事业的爱与知，靠气度和胸襟——这一切建立起来。在一个物质主义时代，深深地爱着文学是很难的。但好的作者和读者，更有好的刊物，似乎都别无选择。

丹心谱和风情录

一位在实际工作中付出了许多心血、长期兢兢业业做事、拥有深长阅历和丰富经验的人进入了写作生涯，当是别具意义。这些文字的朴实和健康、从中透出的人格力量，不是一般的职业书写所能具备的。它囊括的是从未付诸文字描述和渲染的人生，其中的蕴含和蓄积格外巨大。从这个视角来观察和理解，会有更多的悟想：我们读到的其实是一部异常丰厚的生活之书。

这是一些实用文字、思絮断想，是平实的记叙和议论。它们综合起来就有了特别的丰实感和开阔感，有了时间的纵深和空间的广延，终成浑然一体和丝缕相连的心书：在不同侧面的展现和辉映中，完成了统一完整的人生表述。

给人印象深刻的是记述童年的一页。这样的场景或许并不陌生，因为许多人都有类似的记忆，但不同的是深度有异，表述有别。我们这里看到的是另一片乡野的淳厚风土，感受的是那片黄土对人的塑造力：经受了那片水土的哺育，形成了自己特有的性格与行为方式。在这里，祖辈父辈的亲情之爱深浓至无法言说，记忆中某些特别的细部和节点，极简极精地绘制出一幅幅旧时农家风情画、辛苦劳作相濡以沫的动人场景。

另一页是大学生活的记录。这样的生活环境对我们有一种特别的亲切感，其中的一部分熟悉，另一部分则十分陌生。比如六十年代的饥饿校园，除非是亲历者而不能详述。那时的苦许多人说过了，但乐并没有多少人提起。可是我们知道痛苦和欢乐在许多时候是并生的，而且由一位从僻地他乡来到城市的青年说出——在那样的境遇之下，他也拥有自己诸多的憧憬、美好的希望和独特的欢愉。这些记忆的图片逼真鲜明，让人过目难忘。大学时期同属于人生的重要关节，许多人都由此走向各自的明天，进而展现生命的斑斓色彩。因为对母校的一往情深，那支笔稍一触及，立刻就使人感到了真挚和灼热。

只有心书才质朴无华，诚实无欺。它没有卖弄辞藻的倾向，而是有一说一有二说二，如实地记忆，本色地讲述。没有煽情，没有隐喻，没有夸张。这是人与文的同一。这样的文章看起来踏实，字里行间生出的说服力也是强大的。

我们称其为：一个人的丹心谱，一个时代的风情录。

原汁原味的民间艺人

他是当代文学史上某一流派的代表，四十年代的作品就获得极高的声誉。他的创作可分为建国前与建国后两个时期，一般认为他建国前的作品更为自然流畅、无拘无束，具有更高的艺术价值。

在整个解放区的革命作家当中，这算是一个异数。他因为不是从外部进入农民内部和底层的那种知识分子作家，所以不需要刻意地去体验民间生活，而直接就是民间艺人的身份，传统的乡下说书人的身份。他经受了深厚的民间艺术的滋养，所以他的创作就能够更深入地植根于土地。他的视角是农民的、乡村的，也是大众的。他的作品形式，正是农民最容易理解和最容易接受的，其淳朴和真实是天然形成的，因而更具有经得起时间磨损的魅力和品质。他四十年代创作的作品，与革命政治意识形态之间的冲突并不大，因而能够较好地保留个人创造的自由空间。他对于生活的淳朴认识、真实体现生活的愿望，也较为符合当时解放区所推动的农村变革的要求。总之这时在创作上是如鱼得水，可以自由地、最大限度地发挥他作为一个作家的全部优长。基层生活的错综复杂、人物性格的纷纭特异、各种矛盾的纵横交织，还有山西民间的风情俚俗、趣闻逸事，都得到了淋漓尽致的表达。这一切鲜活的生活与艺术的内容，在当时并没有受到政治意识形态的框束，于是就可以不打折扣地得到全面呈现。

他的作品中，很难看到一个十全十美的所谓英雄人物。这与解放区的许多作家作品都是有所不同的。尤其是他四十年代的创作，其中的正面形象都是那么有趣和平易近人，充满了人间烟火气息，有着生活中的真实人物才有的丰富性，以及充实饱满的人性内容。这正好体现了一个优秀作家才能具有的对于人性的极大的好奇心。而这种好奇心一旦被政治理念所制约，作家就要收敛起来，就必须按照一定的规范去塑造人物和表现生活，想象力再也得不到舒展。事实上，到了五十年代，他的创作与建设新社会的政治理念即不能高度一致了，因为其底层经验和淳朴的民间艺术品质，已经不能完全适应当时越来越高的政治意识形态要求了。所以在这个时期，来自当时较权威的文学评论，对他的创作也不像过去评价得那么高了。但是，即便是他五十年代以后的作品，其中的正面人物都不是理想主义的英雄人物，而仍然在尽力忠实于生活，保持一个来自生活底层的艺术家的丰富性和真实性。

作者在一种写新的时代英雄、新的时代精神蔚成风气的大气候下，为什么能顽强地坚持自己的艺术观念，为什么具有不可思议的免疫力，这正是他留给文学史的一个最值得探讨的命题。他的文学自觉其实正是来自一种深厚的底层文化土壤，植根越深，越能够抵抗时代的风吹雨摧。他的求真求实的个人品格、民间艺术培养起来的审美趣味，也是支持他坚持下去的重要因素。当时要求作家写"农村两条路线的激烈斗争"，大批作家的创作都被约束在这一政治框架内，很少有人能够例外，但是这个时期的作者，其创作的兴奋点却仍然是按生活的实际去刻画有个性的活人。这些人饱含了生活的原生内容，并没有人为地加以提纯，没有按时政的要求去贴上概念的标签。政治上的条条框框并没有使他丧失一个优秀作家对人性的不可遏止的好奇心，这表现了他艺术上的清醒，但更说明了他作为一个人性探索者的强大生命力、一个杰出艺术家的本质属性和过人的才华。生命力和才华，在很大的程度上可以帮助作家战胜平庸的依附性。当我们研究文学史上的创作现象时，特别不能忽略作家个人的生命力量和性格因素，不能忽略这些与真正的才华深入结合而形成的一种品质。

总之，四十年代以前，他留下了更自由更自然更本色的创作；五十年代以后，他留下了顽强坚持自己的真实见解和艺术趣味的创作。他为我们的当代文学史留下了意味深长的话题，也留下了发人深省的案例；他的整个文学生涯，都是留给我们的宝贵遗产。他的许多方面令人想起另一个来自解放区的优秀作家，但二者又有极大的区别。他更具有底层性和民间性，是一个更本色的、更多地保存了原汁原味的民间艺人。

有了好的开端

这部记述日常生活之书，语言上不太朴实。有的句子长，读起来憋气，中间缺逗号。另外，"他说"二字用得太多，其实大多应该去掉。对话单独一行，加上引号，就简练多了。这样就沉闷、琐碎，有些絮絮叨叨。

偶尔不加引号的对话也允许，服从某种语境的需要。但读起来一别扭，应赶紧恢复规范文法。自然朴实是为文的要义。

有的篇目单薄，而且有不洁的描写和内容。在这个放纵的时代，金钱和性已经太多，写作者有志气，就要分外小心地对待，不能投世俗所好。这些裸露的描写不洁，趣味不高。

值得赞扬的是书的主题和主要内容：关心他人疾苦，对基层的无聊和弊端给予了揭露。这些生活似乎"一般"，但有意志坚持写这些，而不是猎奇，从中可以看出对生活的熟悉，明白其中的细微奥妙。这是一份宝贵的贮藏。有了它，就可以有更大的发现和升华。这是写作的根。生活的具体、底层情状、日常岁月推进……这对于一个将来要"浪漫"、要"哲学"、要"博古通今"、要"惊心动魄"、要"学贯中西"

的写作者太重要了。这样无论怎样进步，都不至于中空。现在不少作品花哨非常，写了许多"奇特"的感觉，实际上空洞无物。

"画鬼容易画狗难。"这本书在画狗，画大家都熟知的东西。这里没有时代流行的病症：一开始就画鬼。谁也没有见过鬼，所以怎么画都行。但那是无用的。

写得比较扎实、有内容。偶尔也受时文的影响，比如缺标点、不加引号等，但大致朴实。

稍有可惜的是，这些内容还不太吸引人，应该更有趣一些。比如说，应该把更重要的发现告诉读者。现在的"发现"还小，还不够令人振作和战栗。这就有个值不值得写这么多的问题了。篇幅长，发现就要多、要大，要与字数相称。

写了看似平凡的生活，但细细一读，或兴奋得不能自已，或感到特别的温暖，或增加了莫名的羞愧，或长久地挥之不去，或有了很奇怪的思悟，或增加了新鲜的欣悦，或浮想联翩，或跃跃欲试，或激愤难忍，或浑身一震……总之要有个像样的结果。

这当然很难，不难怎么会是创作？既不能写有害的耸人听闻的东西，又不能写谁也不需要看的味同嚼蜡之物。

有了好的开端，就要不厌其烦。学习写作是极其令人厌烦的，但烦到寻找捷径之地，损失会更大。

倏然闪过的一念

要说的话太多，一时不知从何说起。

这些文字让人想起了八十年代初，想起了那时的灿烂风景。当年活跃的青年今天都过了中年，正往老年的路上走着。一代代人来来往往，构成了所谓的时代。

可是在记忆中，那样意气风发的青年是不会老去的。大家尽管风格不同，志趣不同，却有着同样的文学心情，即在攀登之路上无比执着、苦苦追求。那时候，大家对于生活、对于新的作品和新的文风是如此地敏感。多少热望，多少不眠之夜，写满了一页页稿纸。

这就是昨天，生气勃勃，清新健康：无数的争论之声犹在耳侧，无数的激动聚会刚刚散去……

不过一切毕竟都是过去了，一个始料不及的物质时代说来就来。物质压抑精神，消磨精神。要重现过去的时光，大概只在梦里，在倏然闪过的一念之中。时过境迁，物是人非或物非人亦非。我们如果稍稍正视就会发现：文学也变得苍老了。

哪怕是最时髦的文字装扮一新，脂粉也仍旧掩不住一道道深皱。

有哪些不曾甘心的中年和青年热血奔流，在为心中的理想奋力一搏？他们在哪里？

这是难忍的、多少有些廉价的伤感。不过我们还会时不时地抬眼寻找——如果我们还有足够的冷静、不那么意气用事和一味颓丧的话，那就不得不承认：即便在这样的一个时代，类似于当年那样的文学青春、那样的真挚和热烈，也同样是存在的。

其实蓬勃的生命力永远不会消亡殆尽。追求完美的信念和力量依旧在支撑着这个世界。

这里拿文学做一个衡量指标，做一个观察，令人精神振作的人与事依然显现。比如，那些纯粹的坚持者、自我苛刻者，那些在精神上执着如一的人，正在一如既往地走来。

也许他只是这其中的一个。在如垃圾般堆积的文字荒野里，他能够处变不惊，小心翼翼地种植，勤勤恳恳地开拓，一丝不苟，永志不移。他的文字多么干净，意境多么深远，描述多么生动，气息多么浓烈。他笔下的大平原上，一切都生气勃发，人喊马嘶，水汽氤氲。而今，他的健康和质朴已经生出根须，扎入泥土，茂盛为树，结出了至为感人的艺术之果。

这种向上的气概和积极的心情，让人如同回到了过去，好像再次置身于上个世纪八十年代的初期或中期。这就是我们面对这些文字时，总是不能平静的原因。

它让我们回忆起另一个文学时代，并对当下滋生出美好的希望。

农 事 诗

我喜欢这样的散文家：文章像人一样敦厚、深沉、质朴，文字给人格外的温暖和特殊的安慰。如果写到了乡村——那是有别于我们熟悉的胶东乡村，是另一番情致、另一个天地。可她们又是相同的：同样的淳朴、亲切和安详。作家如果没有深深植根于一片土地，而只凭一支生花妙笔，无论如何也无法感动读者，无法传递如此深切和复杂的意蕴。乡村情感和乡村经验在许多有过农村生活经历的人读来，既似曾相识又极为新奇。其中给人最大异样感和新鲜感的，就是记忆中那些不能忘怀不可重复的细节——连带血肉深情，如同回忆母亲。

从这个意义上说，写作是没有尽头的，道路无比长远，前方就像人的感情一样辽阔。

这些篇章与一般的记述散文有所不同的，即它们因为细部的丰盈和生动，几乎常常让人想到是在读一篇篇虚构的小说。然而文章中的一切却又是真实发生的，并且大多是作者的目击和亲历。这就说明作者对他所触及的现实有一种深入身心的紧密，是绝对不能分离的关系。

我们平时读到的散文是各种各样的，其中有相当一部分是比较华丽的，文辞飘逸，所谓的浪漫才情——这里似乎是不多见的。然而这才是成熟和灿烂的风景，是真性情与文章内功紧实结合才有的气息与格调。

如果我们遇到了一位乡土诗人，或许期待那种激情澎湃一泻千里之势，时而意气冲动的文辞。可是更有可能是一切都被内在的自信力给多多少少地遏制了。作者所表达的，是另一种安稳和落定，是一颗沉沉跳动的原野之心。这才是真正的诗，农事诗。

来自区邑的作品

强烈的地方色彩，浓厚的乡土意味，独特的区邑文化——这样的创作将因为它的自主自为性、显而易见的类型性，而得到流传和保存。

诚然，这一类作品并非齐整划一、质量均衡，但其中的优秀者，即有着如上的性质。

一个根植于民间艺术土壤的写作者，必将突破表层的芜杂和平俗，进入兼收并蓄的宽容和宏阔之中。表面看无节制无选择，雅俗界限、表现形式、主旨倾向，诸方面混淆朦胧，实际上则包孕多方，内藏丘壑。这样的创作比起一些照本宣科的"弄潮儿"，倒要深刻有力得多。

立足于一个区域、一种地方文化的作家，实际上是极其需要勇气的。这勇气即在于坚持的韧性、不怕误解的胸襟、自甘寂寞的气度。在各个时期的所谓"前卫艺术""先锋艺术"的一班喝彩者眼里，往往是没有区邑地方艺术家的位置的。

这就是对文化与艺术的误解。因为"前卫艺术"模仿的是时髦和习尚，它的本质是跟随，是貌似倔强，实际骨子里先自有了一次妥协；而一些优秀的地方艺术，却是直接萌发自传统的土壤；地方艺术的模仿也有，但首先是源于民间艺术。这种源流将使其变得厚重和博大，要有根柢得多。

艺术沉浸于民间乡土，于机智、奇趣、村野之中，透露出稍稍的悲凉。其作品形象，是从民间繁复而简约的思想形象中提炼而来，因而绝不单薄。民间的理解方式、表达方式、永恒而多变的道德意识，深刻地影响和塑造了创作，它们在作品中总是得到了一以贯之的体现。

地方艺术谨依据自己对民间文化的深味和忠诚，来获取自尊。比起那些令人眼花缭乱的时尚，地方艺术显得陈旧和迂缓，有时甚至表现出拒绝和隔膜。被庙堂文化冲击得七零八落的地方艺术将是最尴尬最悲哀的艺术；但即便如此，它的音响色泽也仍然具有特异的风韵。它如果能够坚定固守自己，就会透出原有的伟力——民间的开阔自由和悠长无边。

这样的作品在漫长的时代风气变化中，有改易，有浸染，但总的看还是遵从了自己的心灵。这些作品也载道，但也任由心性，既言大又言小，于乡野俚俗的幽默之中表述了自我。这大概是此类创作最成功的方面了。

面对来自区邑的作品，常常为其间丰富浓郁的乡土情调赞叹击节。那种特别的睿智、从容、淳朴、憨厚，犹如观赏一幅幅乡村剪纸。它们也的确类似于地方刺绣、泥塑、风筝等等工艺品，凝聚和沉淀了一块土地的文化神韵，深入了风习的大层，流动着难以消失的传统。也正是这样的作品，才能激活地方的历史，并使狭窄的区邑精神得以升华。它的生命力即在于此；它的不被所谓的"高雅艺术"淹没和替代的原因也在于此。

它们突出的是一种不彷徨不犹疑的纯粹之美、自然之美、执拗之美。

感情和心愫

这些文章一般都比较短小，所以集中在一起显得层次繁多，有点光影交错。但它们由此也构成了一本比较丰厚的书，一本别致的、色彩斑斓的书。作者在表达自己的观念、情感和心愫时，用心专注，并稍稍含有一点执拗。这就有可能使之离开一些俗见，拥有自己的内容。

它们在独立成篇时，稍嫌浅近单薄。但由于作者一以贯之的分析能力、顽强好胜的心性，全部文字也就笼罩在这种统一的韵律之下，使它们能够相互折射和补充，宛如一章一节。

时下的随笔常给人肤浅凌乱之感，往往有过多情感夸张和即兴的冲动。如果一个写作者没有能力遏制泛浮的激情，一味任性，不但难以避免浅薄，而且还会留下许多有害的文字。率性、诚恳、敏思、慎言，它们在好文章中总是统括一体。在一个发言抒意相对自由的时代，在匆忙表演无所顾忌的时代，真正的艺术家和思想者反而要三缄其口。也只有在充分的自我把握之中，在慎重的选择之中，才能表现出真正的勇敢和识见。无论在任何时候，一份笃定的心情，一种坚毅的立场，都是弥足珍贵的。

劣章俗文，再包裹以华丽辞藻，就会愈加劣俗。它构不成语言和文字的河流，而仅仅是泡沫。将这一切拂开，展露一片激越和汹涌，创造生气勃勃的意象，才是真正意义上的创作。我们常常在写作中倡扬一种真性情，其实也是基本而艰难的要求。这本书庶乎做到了这一点，它无论是批判还是赞颂，都敢于流露自己真实的心情。它的目光比较朴实、自信和明亮。

书中的许多篇章是读书手记之类，写得放松、从容，乘兴谈去，或能深得要旨。这些文字有时还嫌过于简略，但却时有悟想。它们如果是谈同一篇文章同一部书，能让读者在阅读中去系统、综合，也就接近了应有的深邃圆通。这就是好的读书文字。与此相反的是，现在丛生茂长的这一类文字中，不着边际的恣意妄论太多了。本书作者在这些小文中使用谨慎的、温情的口吻议论人文物事，表述着一份心得，转达着自我的体味。

从写作状态而言，洒脱松弛与严谨庄重是一对矛盾。僵硬的辞章不好，但过分的嬉戏更不好。这其中的分寸感不是由技艺所决定的，而是作者的理念、判断力在起作用。内心清明而苛刻的人，对待这个世界上的某些东西是绝不敢嬉戏的。谬误与琐屑，真理与永恒，当然存在着无法弥合的巨大分野。人面对一个复杂难言的世界，茫然不知所措时有发生，但总的说来，人仍然还应该有朴素的向往，有不间断的追求。这才是人的常态，也是对人的基本要求。也正是在这些方面，这本书令人赞赏。

阅读中，会发现书中偶有一些伤感。这似乎使其变得平凡了一些。有相当经历的人生和书籍是来不及伤感的。

这也许是过于苛刻，也许还需要别人心悟。伤感、慨叹、沉吟、低回，它们之间也当有区别。往往是廉价的艺术才有最多的伤感。

有些文字纤细而敏感，这既是一部分作者所独有的，也构成了这本书的一个重要特色。作者由此进发，当能进入一个更开阔、更旷远的艺术世界。

回忆的芬芳

这些散文随笔是在工作之余写成，是个人心迹的流露，所以让人珍视和爱惜。其实散文这一类文字并非是专业作家才写得好的，在我们漫长的文学史上，那些散文名篇大都是作者于日常生活中留下的。自由、真性、淳朴，这才是散文最好的品质。一个专业的散文作家，有时会让人觉得难为。因为散文往往不需要过多的心机，而只是记录，是抒怀，是个人生活中留下的文字备考。

散文如果不真实，就是很有害的文体。以前我们读过的范文中有许多虚假的编造，它们卖弄辞藻，夸张情感，以此博得浮名。这部散文显然与那种道路界限分明。无论是议论还是记叙，一眼望上去就是真。一份真实的情，一段难忘的事，一种可以交流的生活，成为一部书中最主要也是最可贵的内容。解剖自己，记叙友谊，回顾往事，摹写风物，无一不是口吻清新，一派真挚。

一些未能返璞的专业文学作者常有的文笔气味，这儿是没有的。过多的修饰、言过其实，在行文中也是不见的。文章的真正华美不是巧妙的构思和新异的词汇，而是意气和性情的高阔超拔。人的全部修养，人的品质倾向，会从根本上决定文章的格调。所以，一个作者仅仅从文海中求得妙文，实在有失偏颇，因为坎坷文路上毕竟有比读书更重要的事情需要去做。这是长久的，有时甚至是默默不察的一个过程。这个过程其实就是日常的生活，也就是生命的过程。

文学说到底是属于回忆的。散文中的回忆常常是感人至深的。有人用散文告诉我们近在眼前的事情，这当然很重要，可是我们也需要去触动往昔岁月。一些隽永之作，常透着回忆的芬芳。

鲜凉的潮水

这本书的作者是个诗人，他曾为读者写下了优美动人的诗章。现在他贡献的，是另一副笔墨。

诗与叙事作品在形式上的差异较大，但其内在之核却往往一致。从这部叙述节奏多变、语言相当流畅自由的小说中，仍可见往昔诗作的风韵。初看，作品似乎重叠堆砌，通读之后，这种感觉即消融于和谐之中。小说有浓重的即兴色彩，可以看作是一个诗人的手记、自语、流浪见闻之类。

所以，这样一来作者在叙述和阐发上，也就获得了较大的自主性。他正充分利用了这种优长和便利，文笔得以铺展，有时甚至有些恣肆不羁。这给整部书的文风带来了新的因素，生成了别样意蕴。

小说的叙述一旦进入作者熟悉的领域，比如乡间生活、村野故事，都写得生动逼真，令人喟叹。一些民间独有的意趣、掌故，在作者笔下尽意流泻。人生的欣悦、折磨和痛苦，得到了令人难忘的表述。具有民间生活经历的读者将会受到感动，因为他们能找到共鸣。读者会从开阔无边的民间、隐秘四伏的民间找到自己的急需，补偿心灵。一部书能起到这样的作用，也就是成功了。

中国的"流浪汉小说"并不发达，这可能受到了文化的制约。儒学中的一部分思想有碍人的流浪精神，但儒学的创始人孔丘则是一个浪迹天涯、周游不息的人。所以孔丘严整而肃穆的入世思维，与放浪的行迹并非水火不容。为什么流浪？为什么满脸哀凄远走他方？人的回答也将不同，但总要有个回答。

此书即做了类似的回答。当然，这种回答更多的不是直接做出，而是诗化了的，不免时有隐喻，甚至是疯迷痴唱……

要诚恳朴实地写出一种真实的、当代身与心的流浪是非常之难的，因为这很容易跌入油滑嬉戏的泥淖。时代风气中有一些虚假和矫情的潇洒，它先是毁坏艺术，复又毁坏生活。流浪的人生远未那么洒脱，它原是充满了苦痛和磨难的。人在流浪中歌唱，是因为愁絮的缠裹。这歌声之凄切、之悲凉，恰是最难以传递的。

透过技法的阻障，我们看到了诗人笔下的哀歌。

有许多真正不朽的书，都在写这哀歌。这可不仅是时代的哀歌，而是人类的哀歌。这也不是消沉，而是生命走向奋发不屈的过程。

书中那些可爱的不幸者，有的死去了，有的身遭不测和污浊。他们是我们的兄妹手足，让人无法忘记。正因为有这样一些人在陌生或熟悉的异地存在过，所以我们自身的境遇也就生出了参照。这种联系对比之重要，即在于它能让人的心灵产生出难以承受之物。我们相当谨慎地对待、注视和抚摸。

透过这本书，人们会进一步关切急剧变动的生活给一部分人带来的艰辛。这部分人是正在成长的青年。他们惯于寻找榜样，但时风吹送的榜样或不被他们认同，或不足为训。于是剩下的就只有怀疑中的远游，背井离乡。这"井"也是滋润心灵的精神活泉，而不仅是实指。

为了抵御时尚的创伤，他们踏上陌路，裹紧衣衫，寻找温情。一有机会他们就彼此投入，相互安慰。这就有了作者写出的许多故事。美好的青春，可怕的伤害，无以言喻的折损，他们都一起拥有了。作者的确在写通常意义上的悲剧，可是角色已然改变，背景也在置换。这哀歌、这悲声，掺在风中吹拂，如何令人忍受。

这里以不太收敛的笔触记录了二十余万言，读后如一排鲜凉的潮水迎面涌过，留下了复杂的感受。书中的一些人物遭际，以及作者对美好光阴的留恋，使人过目不忘。

生活纪事

这本书是一个家庭的通信集，记录的是一对夫妇的情感和劳动，他们的日常生活，他们的孩子，他们对世界的看法，种种喜悦和忧虑等等。这本书给人生气勃勃的感觉，而全然没有一些时下流行的无聊和颓丧。被书中明亮的阳光所打动，也就一口气读下来。

书中写到的细节有许多是感到陌生的，如公司的事情。但其中的主要部分是我们人人都能理解的，这就是辛苦劳作中三口之家的温情，这用以支撑人生长途的至为宝贵的东西。全书直接抒写情感的文字也许不多，但浓烈的情感却又溢满了纸页。

作者在一个海角上的城市里工作，丈夫却在遥远的京城公司创业。二者的生活内容差距很大，不同的记录却又统一交织在一本书中。这中间还有独生女儿的介入，孩子的稚嫩之声时而环绕，就像彤云上有了一道金色的镶边。

我们在说到书籍时总要强调其认识价值。而这本书对于时代的特殊记录方法，是那些惯常的书所不能取代的。因为真实、具体，几乎没有什么情感的粉饰，故而也就特别珍贵。后来人或他乡人可以从这些文字中，得知一个家庭在世纪之交的中国怎样生存，怎样希望和奋斗，特别是他们对于国家民族以至于自己社区的良好愿望和祝福。十三亿人口如果丧失了这样的祝福心，一个民族也就没有了希望。这使我们理解了一个消耗巨大的国度是怎样维持和生长的，理解我们正因为有了无数这样善良和美好的家庭，才有了今天。

这本书带给我们的是另一种深刻。它的细致或者繁琐，是真正的生活纪事难以回避的部分。它是日记，是通信，是情书，也是一份当代家庭通报。它在爽声言说和相诉之间，那么准确地表达了一种生活，那么清晰地辉映了自己的时代。

在海滨吟诵不息

通过诗才认识了一个来自高原的人，并与之交流诗章。诗人在这个时期不免常常沮丧和激动，情绪起伏动荡，于是一切就不停地从笔中流泻出来。诗人是高原性格，定居平原后又努力适应这里的环境，但效果一般。他的诗仍然是高原血性，铿铿锵锵，没有过多的低吟。

我们这个时期更喜欢小夜曲，偏爱缠绵。其实两种都好。他在诗中文中混淆了西部与大海，让二者交集起来，浑然一体。南音太稠，多有靡靡；北方凄冷，需要慰藉。所以整个江北都唱起了软歌。这些歌不停地欢爱和泣哭，等待，沉沦。男人不愿劳动，躺在地上。无边的胡思乱想，终于让人有些怀疑。他则没有这么多毛病，他比那些人干脆许多，他写男人的站立、愤怒，还有怀念和感动。

半岛的风比预料的还要湿冷。他在此地生活呼吸，过滤着风中的盐，心中多有悟想。他一次次摆弄从西部带来的刀、羚羊角，还有酥油茶砖之类。他想标榜自己的西部传统，稍稍怀旧，并以此傲世。结果他还是尽快化入了当地民俗，喜食鱼粮果蔬，啖些海边茶饭。与此同时，他的诗文刚柔相济，渐入佳境。常有粗粝骨骼，下手武断，然事后修葺，总能工巧。

诗文为人生的呼吸吐纳，不可杜绝。我们袖中有诗，宛若杯中添酒。在海滨吟诵不息的男人，是最能抵挡寒风的生命。

平原的吟咏

这些散文气象颇大，于深邃处运思，文气通畅，情怀热烈。这些篇章中有许多写了故乡原野，但不入套路，也毫无常见的逼仄和拘谨，而是视界大开，把目光投向了高远。

作者是一片大平原上的吟咏者，是滔滔黄河的和声。与山地和半岛的写作者皆不相同处，是他的辽阔奔放。他的文字既具体真切，又悠长远逸。他发现了平原上日常存在的神奇，比如孤寂男人的酒，盲人的笛音，古堡和僧人。与这些对应的，是手推车和石磨，树与沙，是艰辛的日月。

一般的写作者，会将神奇事物写得飘忽、中空和虚脱，会把平凡生活写得陈旧、停滞和琐屑。我们翻开的这本书，却全无这些流弊，而是中气十足，意象新颖，开笔即能走远。他的议论往往用情很重，口气沉郁，一直牵挂到最后。这是十分不易的。

我曾在那片大平原上走过，为这里的坦荡无垠和坚实质朴所感动。这样的一种生活，一片土地，必会涵养精神，孕育思想，生发诗意。于是我们不止一次读到了美文。

翻开这些篇章，会听到苍茫的呼应之声，它在呼应平原的历史。文章写到了往昔，追忆了过去；但这里说的呼应，是更深层的精神关照和意境联结。轻轻掘一下这里的文化沉积，就会发出压抑不住的惊叹。

长 路 吟

如果有一个沉默的作家，在某一个时刻里，因为某一个原因引起你的注目，那么这种注视常常会是长久的。像那些创作态度颇严谨的作家一样，那种自我苛刻的创作不仅没有使其艺术显得贫瘠，而呈现出一种丰饶。

他留给读者的不是一个"作家"后继创作的悬念，而是信任与期待，是多种的可能性。

值得庆幸，他不属于那种下笔千言一泻千里的作家。"下笔千言"的下一句也很可能是"离题万里"，离生命的求索之题又何止万里。在目前的这样一种情形之下，能够自我苛刻实在是一种了不起的品质。

置身文学之河会发现，那些语言的魔术大师们曾怎样令我们眼花缭乱，他们仿佛有着不竭的创作力，一生都处于艺术的"喷发期"。但这样的大师在人类历史上总是寥寥无几。也正是在他们的光焰照耀之下，我们的躬耕才不舍昼夜。回顾文字和文学的历史，可以发现物欲横流的特别时刻，往往出现一些语言垃圾中的沾沾自喜。让人感动的是，我们面前的作家早已用自己的创作表达了一种时代的觉悟，他从一开头就划出了那道区别的刻度。

另一个区别可能还有，在如此"时髦"的一个时期，他竟然至今仍是一位"乡土作家"，一位不少写作者羞于如此自我判定，而在他却是感到莫大光荣的作家。

　　是的，在我们看来，更多的光荣总是属于"乡土作家"。这其实并非什么奥秘，而是由文学的属性所决定。"乡土"更多的不是一种外在修饰，而是一种血脉。基于这样的理解，到现在为止，他没有在自己的创作活动中去做一件危险的事情：动手割断自己的血脉。而时下有一个误解，好像一个生命既然处于技术主义盛行的世纪之交，那么生命的维持和诞生就不再需要泥土了，倒完全可以改用化纤及集成电路块合成。很不幸，这种认识仍然只能停留在幻想中，现代时空仍然会拒绝这样的生命，文学的殿堂里就尤其拒绝这样的生命。

　　也正因为是一位"乡土作家"，所以更能够在自己的创作中贯彻现代精神。

　　我们面前的作家有时也流露出潮流中的痛苦，只好从头索起，做一个底层的记录者，一个自泥土上萌发的器官。他的沉重乃至于"笨重"，倒是最为吸引人之处。他的全部希望也正在于他深扎泥土的、不能抽脱的根须。他在创作实践中偶然性地尝试过"抽脱"，结果总也不能。于是他就有了希望也有了力量。他正以扎扎实实的写作，以这种千年不变的人类苦役，充实自己和鉴定自己。

　　他的劳动几乎没有喧哗之声，而是十几年如一日地默默劳作。劳动姿态有时也决定着劳动的性质。他的朴素显示了他的自信，他的非常肯定的选择。

　　正因为他选择的是这样一条路，所以就显得太长了。

　　长长的一条路有什么不好？短短的一条路就好吗？长长的路，长长的吟唱，就不会令人感动吗？

　　文学的力量来自"乡土"。人世间哪里的路最长？回答是"乡间"；哪里的歌最悠长？回答还是"乡间"。

　　当然，我们所说的文学"乡土"不会是一种实指，也不再是一种具象。因为长期以来对于"乡土"两个字误解得太多了。这儿我们必须指出：看一位作家称不称得上是一位"乡土作家"，绝不在于他是否一直写着"乡村乡野"，而在于他能否一直坚守自己的那片"心土"。

自己上路

作者从大西北来到东部沿海，在这里继续自己的文字生涯。这期间他还在另一个世界闯荡过，那就是南方。

行路难，长旅难，漫长的文路更难。一切刚刚开始，好像都在期待之中，第一步更要走好。现在的人有时偏偏不是失于长路，而是迷于起步。一起步，就踩在了名利场的泥淖上。

他对文学的挚爱比较明显。可是渐渐他会因为对正义的忘我追求，而更加走入文学的内部。在此让我们一起重复一句老话：一个真正的作家应是声音，是表达底层和自底层而生的器官——是的，舍弃了这样的文学之途，就会变为怅然若失的无聊者，而且必有那么一天。

文学是一条长路，如果他就此立志的话。然而并没有几个人能够真的走下去，尽管初踏此路者差不多个个自信。

文字是什么，也并没有太多的人懂得。不懂得，其实并没有上路。文字对人是相当苛酷的，它基本上没有什么情面。它可不像看上去的那么简单：一些符号，一些墨迹。它时刻都在揭示和袒露，无论你愿意与否。

一个生命的性质难以侥幸地隐入文字之后。不管文字以什么方式组合，不管是小说、散文、理论、戏剧和诗，都会显示各种各样的灵魂。

这个世界变得比过去更为芜杂，用文字来表达自我的判断就更困难，更危险。但总要判断，总要写出自己的文字。这就是人生的难题。

想到了自己从很早走入文字生涯，真有些后怕。

带着这样的目光和心情来看待一个更年轻者，是因为意识到自己已不年轻。还有，也因为太多痛苦的经历。这种种痛苦，可不是世俗的折磨，而是来自自我的检视。回眸，从头，一寸一寸鉴别，这样的时刻总要来临，只要你还想向前。

　　所有的文字都要自己存活，自己说明，自己上路。

第 四 辑

春天的阅读（下篇）

诗章引领抵达

这些诗章使我在海边居住的日子里变得充实而幸福。我一遍遍读着，将其携到了林中。这些不知看过多少次的树与草，还有洁白的沙地，仿佛都在滋生诗句。我知道是那些刚刚读过的诗章在浸漫淹流。诗在一切之中，诗在土壤中生长，也在阳光中飞翔。我们伸出双手，有时能感到诗就在十指间自由穿行；如果我们适时用力，它们就会被我们抓住。

自然美妙的、不可言喻的情与境，还有其他，渗透和联结着他人的经验，闪动灼人之美。我在吟味山楂花，听马的鼻息，享受时间的果实，它的甘味。我知道这一切只有诗才能够引领，引领我抵达。

诗集中更多的是人的忧愤和惊心——于一瞬间的触碰而引起的怵栗和恐惧。还有悲欣交集，缅怀慨叹。这儿淤积了多少绝望和伤创，这里碰破了多少新结的瘢痂。是诗人的长吟召集了生命的云霓，使这个干枯的世界得到一次播雨。可是众生不知感激诗人，因为诗人就在他们中间。

这是长达几十年的吟咏，诗人已变得苍劲含蓄。一般来说，双手大举的呼号在他那儿是没有的，他只是一个平安质朴的朋友。可是我知道这样的诗人心底埋下的弦更粗韧也更深沉，只不轻易弹拨。弦在体内，共鸣有期。几年前诗人来荒野踟蹰几日，不曾写过一句诗。他在大海边观鸥眺浪，心寄邈远，那在海风吹拂下稍稍变紫的嘴唇时而翕动，引而不发。更多的是谈平常话语、远近消息，玩得高兴时，就饮几杯。

打开这些诗章吧。

诗人写得并不多。人们从来尊敬少言谨语、掷地有声的人。平凡的生活，不平凡的思想；不，一切都不平凡。诗人是这个时代里真正的奇迹。当我于日常中遇到诗人时，并不知道他头脑中正激荡着闪电一样的诗句。实际上他存在诗就存在，他生来就是为了与诗同行。

我在这里看到了妩媚动人的句子，令人心碎的句子，还有其他一些句子。我收拾我需要的、我动心的、我不愿遗忘的；我的目光掠过通常的赞美，再掠过其他一些句子。我最后注视着这本书，就像注视着诗人。

半生心事

一个治学严谨、博学多才的人；一个歌者，一个诗人和一个散文能手。

一切都与他诚实谦逊的品格分不开。我很少见到这样质朴和勤勉的人，能够在工作中一丝不苟地学习、寻觅、比较和借鉴，以书为友，以人为师；既平和达观，洞察社会百态，又始终怀抱良知，坚守责任。

在商品经济时代，人的浮躁在所难免，可是他却能潜心学问，孜孜不倦。他的散文和诗何等浪漫飘逸，可是他笔下的记录文字却又翔实可亲，触手可及。能文能书，且能安于日常事务，这才是不可多得的人物。与他一起共事者都有一个共同的体会，就是一旦将工作事项托付与他，即可放心。

这本书薄薄一册，却是凝聚了作者诸多心血。文分三辑，意有多重，折叠成书，半生心事。

琐碎隐秘的生活

创作之活跃、笔力之雄健、个性之独特，每每让人感到惊讶——这里当然是写农村题材的居多，但几年来仍然没有令人耳目一新的力作出现，不能有更多的发力深长的后起之秀。如今在极大的程度上弥补了这个缺憾。坚守执着的精神，蓬勃旺盛的生命力，显示了新的希望。

长期以来，我们在写作学上总是强调"怎么写"，而多多少少忽视了"写什么"。纵观许久以来的写作实践，我们终于发现"写什么"也是非常重要的。因为我们从一些好的榜样身上，看到了一个事实，即他们的笔很少涉猎或从来就不曾沾染过某一些领域。在"写什么"的选择上，在选取的对象上，恰好表明了一个作家的自尊。而这种自尊，从来都伴随着一个人的远行。

写作者可以扎实用力，却并非个个都具有这种自尊。

这些文字让人想起了美国的福克纳：专注于邮票大小的一块地方，从平凡的乡邻生活中孕育出现代传奇。这是独一无二的生活，琐碎而又隐秘。这种生活包含了一个时代的全部信息，甚至是整整一个时代的软肋。从这里，我们既感到了自己所熟悉的那片土地与之差异巨大，简直是迥然不同；同时又觉得对方描叙的这一切，已足以托举当今生活的全部不幸、怪诞、奇异和华丽。

这样说是指写出了当代中国生活——千变万化和光怪陆离的依据和基础。

这里已经出现了倔强有力、卓尔不群的青年人。他们没有沾染这个时期的浮躁病，正一步一个脚印地往前。

自然温婉的叙说

有些散文给人一种出乎意料的享受。这种愉悦感只有文学阅读才能给予。质朴流畅的文字、自然温婉的叙说，很快将读者带入了另一个天地、另一种想象。这些篇章如同大自然抖落下来的叶片与花瓣，存留了她的芬芳和色泽。

一些描述田野的篇目就给人这样的印象。大山脚下的风光、劳作和收获，各种生活情状，都传达出天然别致的音韵，分外动人心弦。这样的文字因为饱含了情感，并葆有鲜活的现场属性，故能够活泼激扬起来。没有这样的生活根柢，就没有旺盛的萌发，且极容易流于浮泛。唱颂劳动和故乡，抒写田野情怀，是文章中最常见也最不易出错的，然而对于作者却有极大的风险。原因是泛泛而谈反而会淹没个性，华丽辞藻也将增添额外的俗腻。作家需要一方自己的土地，因为自己的土地与他人的土地毕竟是不同的，自己的土地即情感浸透之地、常常入梦之地。他以这片土地作为基础，写出的文章才能落实，才有纹理，所涉之一草一木，皆出神采——哪怕是向西一望、一瞥，哪怕是对茫茫秋野的一次顾盼，都会产生出真挚之情，都会有具体的、非同凡响的发现和喟叹。

另有一些描述生存世态之类的篇章，也都写得真切入里。细节之绵密，情愫之揣度，人情之常态，世相之特征，都把握得极其准确。阅读这些文字偶尔如同小说，有情节，有故事，有起伏，但又给人以散文的记述实感，也就与一般的虚构作品有了区别。目前报刊上这一类散文远比写景抒情为少，原因就是它似乎需要更强劲的文笔，更长期的训练，更多的生活积累和人生阅历，也需要比学生时代的作文练习走得更远。

没有时下副刊散文的痕迹，没有流行腔，已是至难。文章中，一个时期的某些流行词汇出现多少，往往也成为衡量写作能力的一个指标。对这些耳熟能详的腻词和八股腔具有了免疫力，对惯常的一些文章套路能够疏远，才算踏上了文章初步。

网络时代的众声喧哗，并不一定有利于散文的繁荣，但真正的大散文家仍会出世。

艰辛流转于苦难大地

　　剧烈变动的时代可以湮灭显赫的痕迹。比如曾经在现代文学史上占有显著地位的一些作家，而今竟没有多少人知晓。有过风靡一时的长篇小说创作，身兼教授、诗人、编辑家、记者和评论家，可以说做过了文化界的诸项功课，且每项皆有可观之绩，并与当年的鲁迅等文坛巨擘过往频繁——拥有这般传奇的经历，只由于大半时光在海外度过，再加上时过境迁，其名字已为大陆读书界渐渐淡漠。

　　也有的在现代文学史著作中占据了很小的篇章，或对其甚至只字未提。这并非是个别的现象。

　　也正因为这样的缘由，另一些研究也就具备了重要的意义。那些活跃在当代文坛上的、别具洞见的著名批评家需要做这样的挖掘。他们应该以同时具备的清晰的理性、生动的文笔，以及展示丰赡细节的能力和潜入钩沉的耐心，对人性与历史做一次双重穿越，抵达一个相当圆融的、具有深刻说服力和感染力的学术与艺术的目标。

　　一位重要和特异的文化人物，必然与孕育他的那个时代胞体紧密相连。我们在阅读中会不时地听到一颗诗心的激越跳动，看到奔波于艰难时世的那个清瘦的身影。有的足迹遍及大江南北、欧美南亚，从祖居地开始了漫长的人生起步。有的情感起伏，文弱而顽强，矜持更诗狂。他们的经历已经构成那个特殊时代的一部文坛风云录，这其中有文人间的曲折交往、笔债和掌故，更有恩怨源起、旧时情事，抚今挽昔，从头道来。如果文笔始终追随了他们的行踪，以时为序，以纵揽横，丰实而不冗赘，特别是写到艰辛流转于苦难大地的那些篇章，后人读来就会如同亲历，细节俱在，声气可闻，领略浓烈的彼时气息。

　　写文学人物，在传与评的比例和关系上，有时会纠缠一体难分难解，它们随时随地相互依存，不可分开和剥离。只有潜入研究和描述对象的人生与心境，才有可能做出这样的化解和诠释。一言可中肯綮，却又掩映于流畅的叙述之河，正可谓游刃有余，在纷繁人事与瞬息光阴之间思绪翩翩，一翔万里。

这样的书写似乎是朴素平易的，但是其中囊括的妙结、细致的拆解方式，又需要显示别样功力和匠心：俭言探微却又溢于言表的精准。这就是安静外表与激越内心的结合，是与评述对象在气质上的一次高度契合。

阅读之快，即是阅人之快。挖掘那些不为人知的历史、历史中某一个不可忽略的心情，该是多么重要和有趣的事。

日久功圆

在大喧嚣大热闹的时代，反而会有一些认真冷静的人。这些人潜在寂处，埋头做事，十年经营，最终或许成就起一份伟业。这样的人在任何时候都是少而又少的，但任何时候，又总是由他们展现了一个时代的气色。

其实没有哪个时期是不嘈杂的，关键是这嘈杂能否迷乱人的心性。一切都取决于人的内在品质，而真正美好的资质却不会随水流逝。

这个人本来偏嗜热闹，爱动，率性，喜欢酒水相伴。他从艺之前习武，打拳击球，无一不精。但后来到底还是关上门户，走向了无边的苦修。

人们都说这个人不时地失踪，而且一连数年音信全无。

直到这个夏季的某一天，他从密室走出，一路笑声朗朗，看上去好不快活。悉知底细的人明白，因为他刚刚完成了工笔几十幅，励精图治十余载，硕果捧在了手里。可是细细打量，又会发现他脚步踉跄，泪水涟涟，顽童般的双眼不敢迎视阳光。

这是一个出来"放风"的"囚徒"。供他享用的户外光阴并非太多，转瞬间又将遁入。他被诗所囚，为五彩所困，终日沉浸而不分四季，日夜吟哦而不辨旦夕。他伏于案前，灯昏目迷，手动色生，绢帛上

154

一片斑斓。困顿中一觉睡了三天，醒来正是午夜。他持灯来到画前，发出微微叹息，顺手又给画中人物添上一绺长须，于是纸上精灵更加诡秘。

统观此一题材的绘画杰作，总是艺术的反叛绘制了反叛的历史。这是民间精神的飞扬，更是山野气息的流灌。

人届中年，纵笔狂涂的激情已经收敛，而今更多的是细细打磨的耐性。十年心血，千百人物，宛若梦中画了一幅万里长卷，滔滔豪情如水泊淹向蓬山。有许多时候，他已经不说今人语汇，而是操着古腔，比如将"零钱"叫成"碎银"，语调刻板且抑扬顿挫。这就是沉湎的结果。在漫长的艺术生涯中，他由世俗的成人变成了纯稚的孩童。

人们眼中的画家极为爽直明快。他微微上扬的眼角透着顽皮和机警，还有聪颖。但是我想他心灵深处时时感到的却是人类的悲苦、时间的渺茫。没有这样的认知，就不会忍受那样的自我煎磨。让岁月砥砺心志，才能日久功圆。所以他要常常销声匿迹，闭门思过；所以他要饱览长河之书，圈点宋人笔记，触摸人类文明史上浩如烟海的典籍。对画家近观细察，会发现他动时欢悦，静时沉郁，远视前方则惆怅满怀。

画中人物，无一不于大幽默中透出古典气息，也无一不从亦庄亦谐间泛出画家的神采。

其间该凝聚持笔者多少汗水、多少劳绩。

由此反观时下画坛，一挥而就的所谓"大写意"泛滥成灾。胸襟从来没有蓄过正气、文气、浩然之气者，却格外偏好"写意"，不知意从何来。草率的笔触恰好画出了空泛的心路。没有缜密的思维，没有严格的逻辑，就不会有笔笔求工的心情。从某种意义上可以说，一切真正的艺术家——包括诗人、音乐家，都必须首先拥有一支工笔。他最后一直依靠的，也仅是这支工笔而已。

他正是以工笔取胜，绘出了一个灿烂的大世界。

小小一帧

如此精美的工笔人物画，浓缩为小小一帧，是确凿无疑的艺术珍品。它让我们抚摸、叹赏、爱不释手。

作为这些艺术品的创造者，有理由骄傲和欣慰。熟悉这种艺术的人，会将他的工笔人物、水墨山水和青花瓷绘视为三宝。我对画家极为钦佩，一直惊异于他不竭的创造力、怪僻的思维与触目的个性。

就这些工笔画而言，它们印成了小小一帧（邮票），更是质地如锦缎，绚丽如丝绒，熠熠生辉，实在是光彩夺目。它们丝毫不因其小而显得单薄纤弱，相反却是如此的丰腴和富丽。在这里，令人神往的浪漫主义又一次得到了张扬，古典的情愫则给予了细致的诠释。

我偏爱工细严谨的艺术，并认为这是所有巨制的基础和根柢。艺术家的匠心与能力，都会在这个过程中纤毫毕现地渗透出来。

画家是一个唯美主义者，一个艺术大匠。他能抑狂放于凝神一瞬，纵幻想于方寸之间。天地鬼神尽收笔底，人马古树齐欢共舞。繁中有约，简中含富。宁静里可闻刀枪鸣响，斗室间可感边塞风寒；大历史与小情趣俱在，华丽与朴拙共存。

比起某一类潦草的纸上涂抹，我更喜欢这一丝不苟、笔笔求工、发力深长的精心绘制，并将它们看成宝物。

也许正是有了这样的宝物，才有了其余二宝：水墨山水和青花瓷绘。

展开这一册，等于打开了一盒晶莹璀璨的宝石。

书是什么

这个世界就是这样：有人能够思想、怀念、激动和幻想，而有人却不能——不知从什么时候丧失了这种能力。后一种人觉得前一种人脆弱而又奇特，甚至还有些费解；而前一种人却认为自己拥有的一切都是自然而然的，并葆有一种充实的幸福。

复杂的世界的确可以用两分法一直分下去，比如形形色色茫茫人海其实也可以分为如上的两类。

现在到处都是书，可是那些书的作者却不尽是前一种人写出来的。书是什么？书是真正的人才有的心事，是他的副本，他滚烫的投影。

然而许多书并没有感情，或者说没有真切朴实的感情。这样的书也能算得上书吗？如果仅仅是印上满纸的花言巧语、卖弄、粗鄙的发泄，装订得再好，在我看来都不能算是真正的书。我们应该被一个人的心事牵引，走向很远。我们于是会在这时候想起自己的一些事情，咀嚼生活，过滤流逝的时光。是的，在极为有限的生命历程之中，假如没有这样的回顾和思念，没有情感之水循环往复的浸洗，将是多么可怕。所以我们常常感谢那些真诚待人的文字，那些真正意义上的书。

作者关于童年、田野、小院、那一束不能忘记的小花，还有从来如此的敬仰和欣悦、与别人相似的叹息，以及悄藏起来的温暖……这些既是永恒的东西，又是他自己的东西。我们在阅读中不由自主地将自己内心的一切与之交换，从而获得特别的欢乐。

当然，如果堆在面前的是一些虚假赝品，我们是不会与之交换的。

看来我们，他们，世上所有的文字，最重要的还是一个"真"字。只要真就会诚，就会亲近和亲切。苍茫人世，渺渺光阴，我们还是需要这样的一份感觉——只要是给人这种感觉的，无论多么稚嫩的文字我们都欣然接受；而另一类文字，无论多么高深我们都将本能地拒斥。

这本书中有许多文字是读外国作家诗人的感触，写他与他们心灵上的沟通。这是感人的，并有一种向上的力量。在拜金时代和数字时代理应有这样的心灵和声音，并以此去寻找和召唤。我们不能眼睁睁看着自己的时代被作价卖掉，或被浅薄生硬的技术主义分割禁锢。我们必须向往"诗意地栖居"。

作为一位极年轻作家的书，其中较少涉及自己民族的诗哲，较少共鸣传统。这也是时代的通症，使人稍有遗憾和某种不满足感。

也许我们进一步挨紧自己五千年的文明，才会真正取得与世界对话的权利。这个时代必要承接自己古老而伟大的文明，因为无论对于物质还是精神，这在今天看来都是别无选择的。任何一种当代文明都有自己的基础，我们哪怕稍稍失去了这个基础，都不会获得稳固的地位。

但是我们还会读到他的另一本书。

他还会写许多书。

山石之爱

这部书是拍摄下来的石头形象。各种各样的石头，任人想象。人自古就容易被石头打动，也容易被水打动。比如"高山仰止"的情怀，比如江海之前的浩叹。打动人的往往只是很大的石头和水，小的石头和水，人就不太感动，而只是玩味它们。

喜欢和好奇是人的天性，所以人们到处寻找"巧石"。摄影家的眼睛，就常常捕捉这种奇巧之美。这是一种情趣，它由健康的心灵滋生。不过这也是比较普通的情感。真正的艺术家，优秀和杰出的艺术家，却始终会保持更为强大的感动力。

爱甚于喜欢，所以爱只能是感动的结果。

我看过的不少所谓自然风光摄影家，仅仅怀着寻找"巧石"的心情去拍摄作品。那些拍摄其他题材的，也有这种心情。这就难以产生真正的艺术。真正的艺术，无论是诗、画、音乐，必得来自生命的感动。

竞相比试"点子"，比试"巧思"，终究是小时代的艺术特征。

浑然淳朴的作品太少了。有一些经常受到赞扬的摄影作品，偏偏扭捏作态，既没有大欣悦，也没有大痛苦，思想苍白。

这部专门拍摄山石的图片书，倒令我大开眼界。摄影家安心丘山，目不斜视，可谓匠心独运。他倚靠一座山，骄傲而痴迷。许多年之后，他差不多已为一座山峰编出了一部内容周备的石头志。这里当然也不乏

"巧石篇"，可是毕竟要复杂得多了。

这些图片给人一种神秘之感。苍茫大地上，时光竟留下了如此不可思议的结晶。这对于那些无缘亲历胜境的人，尤其会造成某种惊叹的效果。作者较少放眼浑莽大川、高峦险壑，而专情于一山的局部，细笔镂刻它的姿容。在他看来，这些石头之所以显得弥足珍贵，主要是因为它们各自像些什么。其实这样过于主观化、过于以人类为中心的艺术思维，容易显得逼仄；好在作者运用自己独有的语言方式，不断重复了一些疑虑重重的质询，这样才留下了余地，也有了深度。

人类是被一些更为永恒更为坚硬的东西所塑造，比如石头。人类在它面前理应有一些畏惧感。过多地玩味它们，倒显出了人类自身的滑稽。我在展读这些图片时，常常被一种肃穆所笼罩。我想，这恰是作者当时的情境作用于我的缘故。

另外我还想到，一个人能够长久地、几十年如一日地厮守一座山，进入忘我之境，又是何等感人。我仿佛看到，在作者无数次的抚摸亲近之下，那些顽石也变得光可鉴人，许多部位还留下了一处处指纹。因此，我由此又增添了一份对于劳动、对于劳动者本身的敬重。

一个生命在大千世界里发现了特殊的形象、特殊的美，这样的美无须命名。因为人们会在这些发现面前，想象倍生。

源于文心

商业时代，书画风行。弄书画者一天天多起来，化雅为俗，叫卖街市。如此情形下的一个书法艺术家也就难做了。其实任何时代、任何门类里的真正艺术，害怕的都是这种畸形的繁荣，因为我们不得不花费双倍的力气去维护、去坚守，既示以区别，又贯彻劳动。当然，这是一个自然而然的过程，艺术家们也正是在这种劳作和墨守中成长起来的。

展读一册南方之书：文笔清淳，流利多情。此帖一直让人心向往之。我像读书一样读他的字，从一撇一捺中感受心情。他的苍与稚、立与依、逸与拙、浑与清，尽可让人领会。这种从心中涌出的墨色，性情真，有口吻，能听能看。青春的气息在书中洋溢，文质彬彬。

人的性情既是先天铸就又是后天形成，这是无可争议的常理。所以一个艺术家总是从自身出发，再加以修行。这好比园艺学中的"就树留形"。如果书者作为一个生命的质地是粗率的，那就不会有今天的细腻。如果他不去学习和汲取，也不会有现在的温文。

文心绝非一日养成，攻读不可稍有偏废。现在摆弄书与画者，一般不做读书的功夫。他们误以为纸面上的东西尽在效仿，全是技艺。其实这才是荒唐大谬。所以走上市场，尽可以看到满眼狂涂，却没有半点法度，没有自矜自羞。刺目的狂躁叫嚣，自以为是的游戏，不堪卒读的矫情，几近常态。这样污浊的空气在一个时期的弥漫是令人惊悚的，也可能是社会转型间的世相一种。

无论是书画还是其他艺术，我们已经看到了太多的"新"。以"新"为是，唯"新"是求，造成了一种极为浅薄的风气。实际上"新"中所包含的往往会是最陈旧不堪的东西；即便是真正的新，也不一定就是好的，这是一个常识。而在许多人那里，对于新的追逐可以急切到放弃品格、丢掉操守的地步，更可以全然不顾基本的训练。我们从艺术史上不难体味：所有的艺术门类，其所以成立的一个原因，很大的程度上正是依赖于传统的维护。失去了传统，即失去了这门艺术。一门艺术的时代精神，它的先锋意味，是深藏于创作者心中的，而绝不是刻意罗列的表层之物。因此从这个意义上讲，每个时期最好的艺术家，往往都是一些感时命笔的恪守者，而绝不会是一些无根无柢的狂躁客。

一切皆出文心。沉潜下去，一如既往，就会走向自己的完美。

出走与归来

国画已经画尽了传统：传统的师承、传统的技法、传统的意境、传统的完美。这一切逼得后来者无路可走，他们必须想尽办法突围。这情

160

形有点像西方绘画——整整一部现代西方绘画艺术的历史，就是一部油画艺术的突围史。细读下来我们还可以发现，在东西方的这两场突围中，恰是两种不同的审美理想相互补充和交融的过程。两种文化，两片大陆，都从彼此身上找到了自己的兴奋点。他们开始互相靠拢，取对方之"长"补自己之"短"。他们都在传统的世界里完成了一次反叛和出走。

当代画家已经是"突围"之后了。这一代在传统内外的徘徊、在回归与出走中的矛盾状态，都表现得空前严重和强烈。无论是变革还是守旧，两个方面的遗产都足够丰厚满盈。其次，一个民族到了全球一体化的前期，到了数字时代，新思维新艺术的大交汇，使这一代面临了极大的不同于前人的选择机会。今天的中国艺术家有可能比前一代人更多地张大视野，同时也更多地经受喧嚣和聒噪。

比起一般的中国传统画家，今人似乎不再那么倚重笔墨。这种原则性的背弃在整个的现代绘画中已变得不再新奇。国画被携到一个临界点上，画出了西画印象派后期的意味。水粉、蛋彩画、油画、工笔画，是这一切的糅合。但是绘画的取材内容却更多地靠近国粹，如陶俑、宫女、宗教、古屋。似乎可以说笔触逾越了国画的疆界，也可以说拓宽了它的领域。这是内容与形式的一次冲突、一次交织，并在这个过程中显现出新的、很强盛的张力。当然，这其中也充满了撕裂的痛苦，一种破碎组合中的无奈和窘迫。为了避免苍白，追求情感的饱满和酣畅淋漓的表达，在构图经营中已是煞费苦心。这种种努力都得到了丰厚的回报。

其中深得韵致之作，用心工细，精神沉入，唯美而不虚脱。另一些则表现了一种沧桑浑茫的意绪。这里的精神气质不仅是东方的，而且是中国的，是对于中国文化、对于这种文化命运的一次次叩问。这些作品色调的斑斓与内在的沉郁，似乎构成了一对矛盾、一种冲突。它们由此而更加洋溢着生命的强力，传递出土地的大音，又似有隐约可辨的宿命的惶恐和悲悯。

另一些好像过分倚重了形式感，但作者同时也非常警醒，他们正提防心力的耗散、精神的飘忽，避免这些在不知不觉中折伤自己的艺术。一件作品的致密或中空，首先是君临艺术的绘画者在那一刻的生命质地所决定的。只有保留一个探索者的清晰和力度，保留可贵的勇气，心理境遇才能深沉开阔。

完全是个人爱好的原因，我非常希望能看到当代国画作者通圆精到的笔墨，看到深透膝理的斯文气和高古的情怀。我还希望看到对国画艺术传统的顽强维护：不仅在出走，而且还在归来。新世纪的中国绘画艺术，有可能是属于归来者的。

不同凡俗的质地

这部大著作真是让我找到了读书的快乐。很长时间，我一直为没有好书读而寂寞。因为我平时不太看电视，所以很依赖读书。我只能把更多的时间花在旧书上，可是总读旧书也不行。

这个大部头比我所能预料的还要好。它写得非常从容，真不像是这个年头的人写的。现在许多人都在写小书，写松软的、带俏皮意味的书，或者是写小品气很重的书、全力模仿洋人的书。总之都是行市快书。我想不出作者花了多长时间写下了这样的书。我不信这部书仅写了两年。因为没有十年八年的积累，不可能有这样的火候，不可能有这样的底气。

多年来，写大家族的书都模仿《红楼梦》。写多了，我们都熟悉的那种小说气太重，就俗了。有许多很用力的书，实际上成了通俗作品，没能进入当代雅文学的行列。当代的智慧，审美的苛刻，不动声色间流露的强烈个性，更有伸向这个时代的敏感触角，随时间而舞的语言狂欢——这一切并不会因为选择了历史题材而被忽略、被迁就或被原谅、被降格以求。也正是因为如上的一点做得好，才让我赞叹。

作者的语言张力、掌控局面的能力，令人叹服。写历史，研究的功夫不能没有，可是能做这么深透，耐住了心性的，还一时没有看到。

这种旁若无人的写作启示了什么？我想，无论中外，只要是商业社会，平庸的写作总是：行文时尽量把视点放低，成书后再加上恶炒，力争畅销，先赚下第一笔。其实从长远看，先不说文学的思想的意义，仅仅论长销不衰这一条，作者也得志存高远。好作家在时间与空间的关系上并不一致，如鲁迅，当年著作印千百册，几乎谈不上多大的空间；卡夫卡，简直就没有空间。可是几十年下来，很少有书比他们印得多。当然也有例外，如雨果和歌德、托尔斯泰，在当年的空间就很大。从这个角度说，是指作者不应太过迁就读者。数字时代，商业潮涌，西风紧逼，人心惶惶。如今的创作和评论，不看众人脸色的是越来越少了。所以我想，这会是留下来的一本书，这不仅指它难以替代地、酣畅淋漓地写了一方水土，还因为它不同流俗的质地、它文学上所达到的指标。

马拉松的胜者

文学不是一种赛事，但对于一个人所热爱的写作生涯而言，仍可以看成是一场马拉松。一次长跑，长到没有尽头。这实际上是一个人面对自己的较量，盯住的是自己的意志、耐心，耗去的是自己的激情。一种对于完美的不能抑制的渴望，使其生命不止，劳作不息。

在八十年代初成名的写作者，今天仍能在文学之路上长跑的，是越来越少了。他需要一直充满青春的朝气，这是一种文学的青春。他的激情要化为漫远的跋涉，不倦不怠，一直向前。

刚开始写了清丽明媚的短篇，后来就是脍炙人口的中篇。这些中篇小说的故事、人物、语言，都标示着一个成熟作家的非凡造诣。

凡有写作经验的人都会知道，一个人在有了一定的质和量的创作之后，每前进一步都是极为困难的。一个天才也不可能佳作连连。所谓的"大匠"，也仅仅是一部分作品令人称绝。所以我们常常将一个能够长久保持创造力的作家，将其不断更新的艺术生命，视为一种奇异。

这样的作家由于离我们太近而容易被人忽略：看上去一切都那么平

易，随和温煦，朴素自然。不知从什么时候起，人们对于艺术界的杰出人物有了概念化的理解：他们必得狂妄怪倔，傲气冲天。实际上一切恰好相反——真正杰出的人也是质朴勤恳的人，这几乎没有个例外。

作家步入中年之后为我们捧出了一件厚礼，一部中国知识分子的良知良作。它的厚重坚实、无私无畏，不仅超过了作者本人以前所有的创作，而且在中国的长篇领域留下了沉重的一笔。

世纪末的时髦文学是令人厌恶的。作家以自己实践的勇气表达了自己的厌恶，从容写来，不费奢华，闳闳然犹如巨石落地。

看水浒绣像书

画家揣摩《水浒》多年。读一本书与读一万本书是一回事：深入肤理，得其精髓。这是读书的野心和志向，更是披览的大趣。读书破万卷的人会把其中的一本装到灵魂里。他不是第一个将梁山文字化为形象的画家，但他是当代视野内少见的水浒造像人。他的腕力与心性结合，悟想与工细并存，一笔一画，极尽能事。梁山泊野人豪杰个个放浪，浑脸粗人，眉眼怪异。这真是非深入者而不能为，率性自然，异趣逼人。看水浒绣像，成商业时代一大快事。

本土诗章

不断涌现本土诗章，是自然而然的事情。几十年来诗人以各种形式记录自己对于一方水土的感情、悟想和慨叹，缕缕不绝，情真意切。这可以是中国与世界诗史上动人的一页。其不同凡响之处，是它的质朴所掩蕴之下的灼人的热烈。这里没有喧哗与浮夸，也没有时下通行的晦涩呓语，作者把一片诗情如此稳重而深沉地托举起来，实在令人钦羡。

此部诗章当之无愧地构成了一部当地诗史。这是它的卓越和功勋。诗与史的结合从来都是文学的至境，是精神劳作的刻苦索求。试问有什么比一部诗情写就的历史更加令人感佩？这里的诗须是真正的诗，而非形式上的韵句；这里的史须是由局部到全体的把握，而非一般流水账式的冗繁或轻浮的点染。对于诗和史的认识并非没有争执，也并非是一件早已达成共识的事物。特别是当代诗史该怎么写，该确立一个什么标准，需要许多实践和探讨才能稍稍接近一点。也正是在这个意义上，我肯定并激赏此类诗章的努力。

一般的诗是紧紧追赶潮流的，而非凡的诗则是独立自守的。这部诗由心随性，诚实感动，既没有他人的时髦投影，也没有艺术克隆和洋泾浜式的学舌，更没有眼花缭乱的现代诗坛怪技。它更像山地一样本色厚重，沉稳大气，自然和熨帖。一棵苦楝树、一场雨、一头牛、一声吁叹，都让诗人久久注目而难能释怀。文字之间，一种深长不测之牵挂，一种千绕百回之留恋，都是无法掩藏的。

我对于貌似拙讷的艺术从来都是另眼相看，心向往之；我对于扬扬自得的时新总是心存犹疑，有所拒斥。这类诗章正是那种貌似拙讷之作，所以引我喜爱，并让我从中发掘和寻找它的内力。在精神之域，情感与认识的保守态度，往往是一切好的艺术家的明显徽章。虚妄与滥情，追逐与攀附，常常会成为某一些时期的风尚。而在这里，作者依靠一种朴实和诚恳、一种本色，几乎毫不费力地就与之画上了一道绝线。我们经常说艺术与生活这个老而又老的命题，可见它是至难解决的。我们所谓艺术的表达和表达的艺术，通常偏重的只是有目共睹的那一部分，是大处着眼的那一部分，而总是忽视和简化其内部的奥秘与曲折。因为这样做不仅省力，而且更容易被认可，被一些业内人士所激赏。可怕的是如此下去，会陈陈相因没有终了，真正的认识和真正的艺术又哪里会有自己的位置？生活的最细部，它的腠理与底层，又有谁去发现与辨析？而缺少了这些深入的探究和实验，我们也就很难区别什么才是真正的生活和艺术了。

写诗弄文者写出一些时文是不难的，难的是写出自己独辟蹊径的洞见。遥远的探求之路上有许多东西难免背时，但它们却不改珍贵的本质。所以我重视背时的艺术和思想。望遍诗坛，像这样的本土之诗有人是不会理解的，其主要原因可能正是因为它平易切近到了陌生的地步。我们所说的表达日常生活，很容易就变成那种通常被首肯的习惯性表达，而不是自己的表达。表达方法会在不知不觉之中演变成一种标准和模式，去约束和改造写作者，使他的写作变成一种无聊的游戏，一种纯技法的事情。即便是现在的商业时代，写作说到底还仍然是一种情感，一种爱，一种不可以放弃的权利和欲望。诗在许多时候是不被冠以"乡土"二字的，但真正的乡土之诗必是一个时代的强音，是永远不会被淹没的、有自尊有内容之物。有人读了一些洋书，就开始鼓励背叛乡土的写作，其实这是既无聊也无济于事的。乡土才是永恒不灭的，是最富于生命力的。

人们从这些诗章中读到了自己熟悉的东西，尽管他们并非来自那里，可见一种扎根泥土的诗章是通行四方的。这样的诗句会始终拥有一种自信，它是不会羞愧的。这是由民歌演变而来的诗行，是由说唱艺术形成的特殊规范。如果没有深远的民间功底，就很难有这样的韵致。这里的诗句没有一行是古怪拗口的，也没有一字是赘饰，这种冶炼的自觉和自然恰恰也是民间文学的特征。

说到新诗的方向，艺术人士讨论得足够多了。这到底是一个无诗的年代，还是一个销蚀诗人的年代？这二者是不可以混淆的。无论拖延多久，对于一个民族而言，诗是必要振兴的。我以为楚辞是一个大方向，民歌是一个大方向。二者也可以结合，但毕竟是两条道路。它们都可能产生出伟大的诗和不朽的诗。

现代主义艺术并未获得一种赦免权。现代的无聊也仍然只是一种无聊，今天，这种种无聊已经比比皆是了。现代诗尤其容易走向无聊。

本土诗章是走向民歌方向的艺术实践，它坚实的内容使它获得了真正的成功。它有一种民间的纯洁和干净，一种显而易见的天真。保持这种天真的气质，在今天的中年写作是非常之难的，可以说价抵千金。今天，狡狯的写作和没有廉耻的写作倒是容易的，而唯有纯洁的写作和天真的写作是困难的。这种艺术与人的品质即便被粗糙的阅读给忽略了，最终也还是会长期存在。

心吟手写的气度

一个有信仰的作家，比起那些没有信仰的作家更加让人肃然起敬。有信仰的作家在竞争激烈的商业时代，在纷乱斑驳的生活中，都往往具备另一种神情。他们即便在惶惑的应对中，在匆忙的酬答间，也会有一双不同于世俗的目光在大睁着。这是一种既能够击打时世也能够回顾往昔的、时而痛苦时而怜惜的目光。有时这样的目光会被忽略过去，有时它仅仅是一闪而过，但却会让我们又一次感到了、记住了。

当一个作家和一个人有许多故事和话语要说的时候，他是不屑于去使用那些拿捏文字的。他将变得相当直爽和干净。当情感的水流把浮屑赶开，剩下的就是真实的冲荡，是非常完整的一条镌刻的河床。岁月、日子、生存和苦难，人的笔下无非就是这些不必掩饰不必夸张的东西。但这些生活在作者那儿可以说是不加雕琢的原生状态的呈现，是真正称得上质朴和真实的展示。读者会忘记自己在面对一种虚构文体。也正是因为这些文字具备了这种性质，它们在阅读中才有了非同寻常的打动力。

真实是文学中一句永久的强调。有人以为艺术的真实就是用另一种形式诠释报刊，也有人以为真实无非是对于痛苦和艰辛的集中表达，还有人以为真实就是生活情状的自然而然的直接记述。这样的阅读，也许会让我们对时下的艺术真实有一点更深的理解。比如，真实是否还可以是一种深深植根于记录和描述对象之中的质朴之情，是它们的一部分；这一部分由于不可以剥离和分开，所以每当它要出场的时候，就必要连带出生活本身的血肉。至此，一个写作者的心情、感受，一切的慨叹和悟想，皆不能独自存在下去了。这可能就是我们看到的一种真实。

然而这样的作品也并非不是浪漫的。一个写了大平原大草原的人，不可能完全回避那一声婉转的长调。于是我们惊讶地发现，一个对于皮货生意十分专注的牧人之子，会拉那么好的马头琴。而且他给我们讲了这种琴的来历、其中的凄美故事。常年跋涉在贩卖皮货之路上的生活透出一种芒硝的苦涩气息，父子之情，夫妻之情，都被一种悠扬的琴声给笼罩起来。这种生活所透出的情调和魅力，恰是当今无所不包的网络消息的盲角。

同样让人神往的还有一代代追赶黄河的故事。黄河对于农民来说应该是爱恨交加的一条河。它的水是滋润，它的冲决是毁灭，那么它的淤积土呢？一代代农民为了一点淤积土上的播种机会，每到了一个季节就携家带口赶往荒凉的大河。这是一个多么苍凉激烈的故事，同时又是一个多么迷人的故事。作者没有使用一点渲染气氛的文字，可是我们却在他文字的流动中被浓烈的氛围包裹和熏染。他只是不加宣扬地告诉，这个过程中，所有的为文之技都如数舍弃，换来的却是真感动和大喟叹。

读着作者的文字，有时不免陷于一种奇怪的迷惑。好像这是一股与时下形形色色传媒绝缘、与当代各路艺术法门无涉的空穴来风。因为没有让人熟悉的因袭，没有语言套路，甚至没有你传我递的词汇。但换一个角度看，它们不时髦，却又绝无半点闭塞背时的晦气，而更多的是一种自信天然，一种心吟手写的气度。

于是，这里我们不得不又一次说到作家的信仰。大概只有信仰才能让一个作家安定专注。有信仰的人不会轻易被时代弄得心乱如麻，也不会随随便便感染一些时代疾患。他们在面对生活中的一些煎磨时，会有一种格外强大的理解力和忍受力。同时，当他们回叙自己的种种经历、同胞的各种往事时，将有更多充盈着感激的忆想和沉浸其中的吟味。

我们面前的这部作品就是最好的例证。

一支坚韧的理性之笔

在流动的生活当中，我们常常呼唤"沉默的大多数"，呼唤他们的声音。这些声音是一度沉默之后的发声，而不是饶舌和喧哗。可惜沉默者总是沉默，而喧哗者愈加喧哗。从沉默到有声，从忍受到行动，需要的是希望和勇气。我每一次看到一个发声的沉默者，总是有难言的感动。

真正的沉默之声，生活的水流难以将其淹没，众声喧哗也不会将其覆盖，他仍然存在着，凝视生活，冷静岿然。他的声音犀利而温婉，尖锐而怜悯，有深长的讥讽，更有殷殷的劝慰。这是时代的提醒者，一腔热血，长夜无眠。如果茫茫夜色里有更多这样不熄的阅读之光，更多这样的披览和思索，有血有肉的文字就会茂盛生长起来。

一个人在纵横交织的声色光影之下，在相互冲荡的时尚潮流之间，要取得一份坚定和自信是难而又难的。一支纤笔，可以掷于无声的尘埃，也可以化为弦上的利箭。当它风干脆弱的时候，要折断是很容易的；它还会腐朽和霉烂；可是它在心血的沤制之下又极可能变得相当坚韧，变得百折不挠。当年鲁迅先生把自己的一支笔称为"金不换"。我们在"沉默的大多数"里寻找的，就是一支又一支闪光的笔，不会腐烂的笔，不会折断的笔。相形之下，那些生花妙笔对我们而言就不那么迫切了。时代需要的不是装扮，而是正义和力量，是思辨之光，是为人为文的倔强和正直。

杂文的说理和议论，是为文的基柢。可是杂文的洞察和透彻，它的理性，它决不与平庸调和与妥协的精神力量，更是它立身的根本。文字背后是这样一个形象：十分顽固倔强，总是伸出手指，指点真实，辨析驳正。如今杂文者，巧言欺世和婉曲附和者不在少数；貌似针砭，实则献媚者不在少数。杂不等于芜杂，文不等于粉饰，鲁迅的传统与笔法，仍然是今天杂文艺术的坦然大道。我所看到的美文，没有一篇不是针刺时弊，也没有一篇不是正气充沛。这就是文品的珍贵。当然，文品后面是人品。

作为一个杂文家，本钱应当是充足的：运筹谋篇之间思绪万端，神游四极，博古通今，信手拈来。他们有夯实的国学根基，因为而今崇洋

169

者比比皆是，弄文学的人一开口就是洋人奇术，直做到让人烦腻的地步。只有双足紧抵民族文化之基，才得以坚实地站立。他可以从我们自己的历史中找出一面又一面镜子，将光影投射到现实的土壤之上。这是多么重要的工作。我们五千年的文化积壤厚比海洋，一个文化人的淘洗和搜寻才刚刚开始。对于一个步入全球化时代的民族而言，此刻坚守自己的民族个性，也许比任何时候都显得更为急切和重要。这正是我们取得胜利的基础。说到一个当代作家的贫血症，一方面指对于人类全部文化遗产的接受和吸纳不足，另一方面也指对民族经典的忽视和无知。当代文学真正繁荣的最重要条件，仍然是对于中国典籍的吸取；唯有从此出发，才能走向一个辉煌灿烂的明天。说到杂文的复兴，也就尤其如此。

杂文作为一门艺术品类，当代性是它的显著特征。我们不需要无关时代疼痒的所谓博学之文，它们必然不会是好的杂文。当代性是否强烈，已经成为判断杂文优劣的重要标准。当代性不仅仅指它批判的辛厉，它的讽喻心机，更重要的还要看它所包含的时代智慧，它的不同于凡俗的真知灼见，它所具有的真理性。

游走和顾盼之间

有一个喜欢游历的人，到过很多国家。她在旅途上变得更加生气勃勃，活泼兴奋，所以感触敏锐。她的散文作品中，记游的文字占了很大比重。我们通过她的这些篇章，可以领略异国风情，获得不同的意趣。

她到西方多，所以更多的文字是写欧美国家的。这次写了印度，向我们展示了一条神秘的东方河流。一提到印度这个文明古国，我们马上会想到西天取经的玄奘，想到大诗人泰戈尔。

如果写一下泰戈尔的故居、他生活的一些往昔痕迹，那该多么好。每个人都带着自己的心情行走，选择自己的心灵摄像，所以读者又不能对他人的游记过于苛求。作者对异国的食物多有记载，比如咖啡和酒。

旅行者当然会引起读者的强烈羡慕，并在这羡慕中开卷掩卷。会有人想象异族人的生活、他们的情怀与志趣、他们的风景和历史。作者去看西班牙斗牛、听爵士乐、吹拂伦敦的凉风，还有，英格兰湖区的雨、半杯奇昂蒂红酒的微醉，都会引人心生小小的嫉妒。

她让我们在此岸观望，雾里看花，隔海听音，心潮起伏。

转过眼就是故乡的沙与土，是那条半干的小河。小河上老牛不再，水车无痕，往事如烟。

于是我们又想在她的笔下看到更多的"在场"——你在这里，你听这片古老的泥泞的呻吟，于午夜响起，直至黎明……仁善的眸子抚摸这一切，关怀这一切。

纸页就是土地，写作就是笔耕。

她曾经长期从事新闻工作，习惯于现场的记录与发现。在她的众多散文作品中，我们常常读到的是别致的思维、欣悦的叹赏，还有单纯的心绪。

她将朴实与善良的品质，稍稍掩护在时尚的游走和顾盼之间。

这本新作一如过去，却有了进一步的开拓和发现。她的文字源源不断，让我们再次倾听她的言说。

被希望之手轻轻叩击

读了这些短小的文章，竟无法不动心。它们没有什么现代时髦的形式与主题，甚至也没有那样的口吻，但却是如此地吸引我们，让人一口气读到底，并在心底生出感动。

近一两年来读了不少学生作文，并且大多是由出版部门或学校推荐的范文。在读的过程中我常常想：究竟是我的鉴别力出了问题，还是他们？这样犹豫着，以致无法下笔。我很难违心地写下一些赞语，因为还想有一点点责任心。

被那些人强烈推荐，甚至发出惊叫的"天才少年"的作文，其中起码有一部分，在我看来是廉价的东西。这是每个时代都有的劣质品：追风趋时、矫情、油滑，或者干脆直接就是放肆的嘲弄和可怕的放荡。小小年纪，却写下了满纸的荒唐，流露着出人意料的恶意。我心里充满了哀痛和悲伤。少年的明朗单纯，柔情淳朴，还有做人的最基本的正直，都跑到哪里去了？

只有不怀好意的大人，才有狂妄乖张的少年。

现在面对的是一沓从小学到初中的作文，它们由她的父亲辑起并加以评点。父亲的爱心分外感人，女儿的灵秀引人赞许。这甚至不仅仅是一篇篇作文集锦，而是一幅连续不绝的爱与思、情与意的知识家庭的生活长卷。

我从文字中看到了做人的责任，向善的力量，更看到了父女之间的真爱。

许多患了现代病的家庭，特别是那些一心追逐时髦的成人，在这样的文字所表露的情与境面前，会感到羞愧的。多么朴素多么健康，多么美好多么诚实。孩子不经意间流露的，是她生活其中的那个环境的一次综合呈现，是那里面至为感人的东西。

她的文字因为纯真而使人难忘。看了这些文字，我们会被希望之手轻轻叩击。就像走在长长的阴霾里，一步跃入了晴空白云的天地。这是儿童的、少年的情愫与真善美。

从文中我们可以知道一个小女孩的日常生活，特别是她怎样看电视、怎样读书、怎样看待文体热闹——本来一个儿童正处于最能模仿的时期，我们却惊讶地发现，她一点都不时髦，并且——颇有主见。

她所乐于感知的，并且是极为敏感的方面，都是接连人生本原的、最有意义的事物。比如，她听到羊的叫声，就忍不住走上前去摸一摸羊的身体，并结论说：它起伏，柔滑。看到流水下的沙子，就要伸进手去，认为它"像绸缎，像皮肤"。三岁时在书店，看到后门外有黄色的银杏叶子，就感到新奇，要求到跟前看一看、摸一摸。楼梯上安装了声控开关，她就跺脚，说要把它"吓亮"。更有意思的是她发现了邻居家的那条狗用叫声不断地开灯。

精彩处比比皆是。最使我不能忘怀的，是她对大自然本能的好奇与眷恋。一蝶一蚁，一花一草，甚至是黑圆的羊粪，都让她长久注目，深以为异。这就是童心童趣，儿时的善良无欺，对世界长久不息的追问力的发端。

文学的村庄

许久以来没有听到新的乡村故事了。新的城市故事我们听到了不少，因为我们所处的时代是一个急于奔向城市化的时代，讲叙城市故事或许更受青睐。今天的小说作者似乎有更多的理由渲染这个时期的城市病，如现代的焦灼、现代的畸形、现代的空寂无聊。不过这类故事听多了，总也让人生疑，疑惑到底是生活中的这类故事太多还是讲叙这类故事的人太多。

于是我们偶尔也在切盼一个好的乡村故事高手。这个讲叙者最好不那么时髦，而只要忠实、淳朴、理所当然地有趣和绘声绘色。结果这样的讲叙者出现了：他们借重的地气不同，口吻有别，却同样能吸引我。

作者长期专心写他的那片故土，一个村庄，几个互有关联的人物。像中外文学史上的许多例子一样，这个文学的“村庄”对于一个作家来说不是太小，而是阔大无边。这里面可以有大气象、大格局、大蕴藏和大境界。关键是故事的讲叙者要有一种独到的眼光，有情怀；而且还要有耐性，能用心。这些，他都做到了。令我高兴的是，他所写的都是最基本不过的，是土地上的生长之物，如玉米、鱼和羊，还有与它们难以分离的人物，如村长、手艺青年、村姑、乡长文书等。

这儿的故事每天都在发生，意趣盎然。在我读来，这像生活一样，有无法诠释的厚度，有其流畅性与隐秘性。看上去无一陌生，实际上则别有匠心。这里绝没有那些耸人听闻的奇事，没有大淫大盗。如此写作，除非有大自信不可。因为这是个喧嚣浮躁到了一个极限的时期，人

173

们常常失去期待，好像再也没有津津乐道的作家了。

我对作者的自信感到了多多少少的惊讶。创作上能够自主自为，这样的写作才是不会重复的，有一个是一个，生长着，挺拔着，秀外慧中。

他把乡村的底层与细部舒展给我们看。他能将一件事的发生发展讲叙得极为简约、清晰和幽默。更可贵的是他不做夸张，情感、关节、幽默度，一切都不做夸张。这样就有一种内在的力量生出，左右你，浸润你，让你思而再思。手持这样的小说，离开乡村的可以重温，身处乡村的更能会意。我们的土地万象、民俗风情，构成了最基本的现实。这就是文化的土地，是民族的缩影，任何的可能性都源自它。我们如果能够展开想象，那么这片土地所提供的思维材料是足够多的了。我从中看到的是政治和文化，是现实和未来，是某些事物的总和与起源，是各种各样的可能性与不可更移的命运。

这些小说给人深刻印象的正是它的内敛性。我不能说在文学长廊中所有的好小说都具有内敛的品质，但可以说绝大部分好小说是拥有这种品质的。这当然不可能仅仅是一种风格而已，而更多的是由一个写作者的心态所规定的，是由一个人的内在质地所决定的。无节制的宣扬，唯恐读者不注意，聒噪，外在的一点华丽，这些都是小道。有人可能会把后一种等同于浪漫主义，其实这与它更不沾边。浪漫主义只能是真性情的另一种表达。作者在画一种"铅笔画"，他用一支铅笔画出的乡村素描初一看够不上斑斓，实际上却是墨分五色，缤纷多彩。

现在很少看到好的铅笔素描了。它所需要的功力，镂刻传神，素雅真挚，都是不能取代的。反过来，现在下笔千里的大写意又太多，油色横涂的疯画就更多。以画比文都是一样，我们这里的作者是"铅笔素描"的高手。

随海风流传

翻动一些报刊上的文学作品，以感受文学的潮汐。新人来而复去，鲜有心铭久驻。然而有一个作家常写海边风情，其中人物特异怪倔，比如常常背一杆老枪在海滩上转悠的守滩护林人、手艺超绝的纸匠、孤独的赶海者……这就引起了我的注意。一直写这个半岛犄角，把当地方言运用得娴熟圆润，不能不撩拨刺激人的味蕾。

他与内地作家的不同，在于字里行间没有那片干燥大陆的风貌，而是充满了渤海湾畔的腥鲜。二者的区别是那样明显，虽然同样执着、内向，顽强而自信。他的语言是典型的半岛风味，略有夸张、辛辣、幽默。除此而外，他所赋予的语言个性还有非同一般的坚韧、拙讷和沉着。这使他的作品无一例外具有了一种引而不发的较大张力。这正是时下文章所缺少的，真正属于背着风气而行的一种。能够这么做的，除了要有艺术勇气，还要有过人的天赋。

从四五十年代至今，半岛地区已经出了不少作家，后来者正尝试着把前人的基础进一步夯实，重塑自我。他们的这个努力在作品中处处可见，并在很大程度上取得了成功。比如说，他们的半岛小说再没有了以前常有的那种弱点，没有了那样的虚空不实，也没有了时尚表层的泛浮热情。以前的半岛文学，优点不必多言，缺点是离时势过近，偶尔缺乏自己的独见，不免流露出一丝平庸气。还有，半岛文化独有的那种空灵缥缈、亦仙亦幻意味，也每每被夸大了。这些在五十余年的文学实践中不仅没有给予纠正，反而被进一步发展了。这是一个地方的文学逐步失去内容和活力的一种表现。至此，这样的文学不仅没有了进步与创造，而且还会被虚假的乐观所淹没。粉饰与矫情，这里时有发生。

不必讳言，半岛是一片独特的土地，这里是东夷文化的核心地带。今天将半岛文学比一下内地，或者比一下西部，区别非常明显。半岛有大水，但与南方的水乡又有不同。南方水乡小而秀，半岛大水阔而渺。半岛亦粗犷，但这就不是西北的粗粝了，这种粗犷是被水润湿了的。所以我们常常要谈到这片土地的灵气。当然，这儿是北方，四季分明，特别是有冬天的严厉。于是在粗与细、硬与柔、直与曲的种种矛盾组合中，呈现出半岛地区独有的文化特征。

今天的作品不必说成是对半岛文化的自觉诠释，但却是它不可规避的表现者。我们从其中海与人的不可分离中，从海滩人的狂放与野性中，更有天人合一的秀丽气质中，窥见它不可仿制的韵律。这片天地给予一个作家的恩惠，现在看是非常明显的。作家出身于富饶的海角，然而并没有停留在一种据地自夸、沾沾自喜的小格局中，这在我看来也是难能可贵之处。

不断揭示半岛人的特质与灵魂，发掘其本质性的文化内涵，这是过去与将来一切好的半岛小说所为。

半岛地区的小说具有较强的诗性。与一般作家不同的是，他们总能在叙述中弥散出什么，总能够给读者保留旷阔的想象空间。这是大多数胸有成竹的小说家所不愿或不能做到的，竹已成，型已定，思维直抵。但是具有诗人情怀的作家则不然，他们视这种想象的空间为艺术生命。故事中的一切都说尽了、白了、透了，一切也就凝固了死亡了，再也不能生长了。

新的半岛小说正在生长着，而且十分茁壮，生机盎然。

无可隐匿的心史

这是质朴而有内容的诗章，是在阅读中给人以深层快感的文字。它并非来自文学专业人士，来自我们所熟知和期待的文苑妙手。

它的作者是一位业余人士。忙碌的日常工作没有妨碍他的情感，也没有妨碍他的表达，这在我看来至少是一件怪事。那么质朴，质朴得让人想到许久之前，我们的一些朋友曾经有过的表述。这些文字里有真切的爱情，有源于底层的痛苦——仅此一条，它的作者就让人分外感动。我得说，这正是我们的诗章和诗意。

说到这里，我们很容易想到那些无法与时代对话的写作者，想到他们在艺术与才思方面的鲁钝与苦寂。他们那儿没有诗意，当然更没有浪漫，有的只是粗浅的感叹，以及没有根柢的卖弄。但我们现在所读到的却是另一种文字。我们必须说，这种质朴是真正的质朴，是不打折扣的。他的哀伤与他的感谢一样有力，他的痛苦与他的愤怒同等深长。

我们都身处流动的生活中，所以我们不会不知道要做到这一点有多么难。我们常常说的一句话是"存在决定意识"，那么我们存在于何时何地，我们又意识到了什么？非常简单的几个问号，要回答也并不简单。那就请读一下这本诗章吧，他用一支笔做了出色的回答。

在他的家乡有一群造反的好汉（水浒英雄），他们的故事已经流传天下，并且还将流传下去。从这本书中，我感到了作者心中萦回着他们的声音，而且经久不息。这一点，我并非是从他对这些人物的镂刻中感知的，而是从他所有诗篇的韵律中掌握的。这是一种脉动，一股气息，是无法消除的印记。

在那些生猛的人物身上，我读到的是作者所投入的柔细的情感。他对岁月喟叹，对生命敬畏，对土地感恩。一个好儿子无论被投放到哪里，执行何等使命，都会有善意和善举。这些文字正是心灵的记录，是他无可隐匿的心史。

一条界线

这些文章都是他自己的。看到这样的文章，就会一下被吸引住，因为满目新鲜。

现在书刊成堆，更不用说影视网络数字传播潮起潮涌。这样，一个人只要识字，只要能看能读，就得被这些东西埋起来。那么一个写作者想要守住自己的见解，保持自己的语气，大概是很难了。

奇怪的是，现在越是活活埋了自己的，就越是受到推举。

写一点朴素的，自己亲眼看到并引发了自己思想的事物，才是真正的作家所为。

他写了人的死亡、婚配、下雨，是这些基本的永恒的东西。但这都是他自己看到并深长思之的东西。多么结实的思维材料，多么质朴安静的表达。他的感想与记录是独一份的，别人无法重复。

这一切，与街市上风行的花花绿绿的纸片真是界限分明。今天，哪怕是一个稍有自尊稍有希望的写作者，大概一开始要做的，就是首先与它们划上一条界线。

花　鸟

作为一个女画家，她画了很多美丽的花，还写了不少精致的文字。这些文字都是谈自然、艺术和人生的雅章。

读她的文章，就想到了那些画。它们给人的感受是相似的。她的作品有一种稍稍掩敛了的奔放和浓烈，显出一片安静、清洁。事物在激越跳动之中偶有的一瞬停滞，被她捕捉到了。于是读者会拥有再一次的想象。

想象中一切变得更加绚丽。

好的艺术可以滋润和安定人的生活。她的作品离这个时代的精神多么遥远——唯其遥远，才更为人珍视和追索。我们在细细品味这些作品的时候，先留意一下作者的声气口吻。你会听到一种和缓的、爱护的、小心照料和丝丝规劝的声音。

如果说这种声音源于一种艺术的特质，还不如说它源于一种心地。这样的心地是充分女性化了的，柔细、善良、纤韧、多思。

她在这样的心地上培育着自己的艺术，等待着新的收获。那种意义是双重的，既有平常所谓的成功，又有着对自我的清晰确认。于是一份完整的艺术生活就这样开始了。

一个人能在时下握紧一支纤笔，并非不需要勇气。任何时代，人们都往往更注重那些顺应潮流的冲击者，而忽视了独守个性、一意探求的人。非常自信、自尊，强调自己作为一个生命不可替代的力量，恰是一切创造者的共同特征。

她努力提示人们注意身边的奇迹，因为的确有人对这些奇迹视而不见。她领略了自然万物那种奇特的心灵，触及了它们的脉动，互通了心语，获得了非同一般的愉快。这愉快常常令她发出会心的微笑，她除了要将这一刻的心绪记录下来而外，还要轻轻压抑着奔走相告的冲动。

于是我们认真而谨慎地观察了一遍她钟情过的东西，若有所悟，进而也会走进感动。她的文章叙说着画笔流泻的故事，并进一步描述了自己的花鸟世界：鸟在天地间飞翔，双翅如同长空虹霓；花在含苞怒放，苞朵闪动着神秘的荧光。鸡冠花浓浓的红艳令人怦然心动，还有那千回百转的曲折、难以言说的纠缠……一个人沉醉于花鸟之中是再自然不过的了。

这些短章是对花鸟世界的再次注释。她写过了一些艺术家，男女老少，差不多也都是一些"花鸟"。她像理解花鸟一样理解身边的艺术家，感想真切自如。尽管我们会觉得这些文字太短了一点，但它们像一片花瓣、一根羽毛。这是随笔，是提要，是画余小记，是酒后的茶。

我们惯常领受的艺术作品中的冲突波澜在她这儿消失了。一切归于简单、恬淡。人生经历了繁琐之后就需要这些，她的所感所思所述，正是老年人不期而遇的歌。

她想编织一些童话，梦见静谧空旷、洁白无瑕。她记下了梦想，流露着天真稚拙。这童话这梦想只适合交给两眼明亮的儿童，交给须发银白的老人。

除了他们，还有花鸟般的艺术家——他们一忽儿是稚童，一忽儿是老翁……应该有专门给艺术家讲述的故事，话语款款。那故事可长可短，人人听了都受用。

我很希望她写下很多，而不仅是画下很多。两副笔墨，同样心灵，图文并茂。

心蕾的怒放

最杰出的艺术应该有最杰出的接受者。这二者的相逢会有怎样的结局？必是一场盛大的心灵欢宴，一次久违的冲动和会意、神往和滞留，还有长长的感激。艺术品在这个奇特的过程中存在、生长，并把自己的生命力强化到极致。

眼前的绘画艺术即是如此。谁有幸置身于这些斑斓中间？谁能领受一种自然而神秘的开启？温暖、念想、回忆和激越，更有瞬间奔涌的滔滔诗流，会把人整个簇拥起来。

我常常听到这样的遗憾之声：我们走向了孱弱的末世，再也看不到激动人心的大艺术。可是我想说，当大艺术真的走进视野的那一刻，我们具有相应的识别力吗？比如说，你将如何面对这些绘画？

它让人想到一种生命的绽放——不——是怒放。一株心蕾，无声地吐纳、生长，于一个默默的时刻突然展放开来，周围的世界立刻变得灿烂、浓烈、芬芳，闪烁出逼人的生机。

作为一个天才的艺术家，对外部世界具有极敏锐的探幽入微的能力，但又远远不止于此。比一般化的艺术家多出一份的，是她那种感知世界的方式和状态：新奇、欣悦、稍稍的惊悚、无法穷尽的悲伤，以至于常常袭来某种愤怒感——对生命的无奈，失测的人生，迅逝的光阴……长期以来，我们对艺术家的创造生涯给予各种理解，常常对漾在他们心头的感动说了许多，愤怒却少有提及。其实没有愤怒就没有抗争，没有报恩，也不会有过人的温柔。这是一个生命深深领悟的结果。

当这些绚丽的画幅簇在那儿，与你相互注视时，就会有一种不可遏止的心潮涨起。你闭上眼睛，像倾听，又像回避从无数窗口射入的强光。淋漓的浇泼，大力的投掷，而后是涓细的环流。这声与色、光与影的交织，终于在心界里汇成一道巨大的卷波，冲击过来，覆盖过来。

画家在创作的一刻抵紧了精神的燃点，于是才有一场炽烈的火焰。庸常和陈识全部打碎，再给以焚烧和蒸发。她焕发出令人惊奇的心力，纵涂横抹，将如数的陶醉温婉撞击撕扯和依偎，将大到苍茫宇宙小到丝丝屑微的一切，都括进画幅之中了。

真正的艺术让人无言。真正的诗行无法诠释。

我在这样的呈现和创造面前，只有深深的惊讶……

1995 年 6 月 8 日—2009 年 9 月 17 日，文学笔记辑录

第 五 辑

学习马一浮

一

痛感现在正是认真读书的时候，这对于当代人非常迫切。不做个好的读书人，即不能接近他所置身的这个时代所生成的重大命题，当然也无助于这个时代。

现在似乎很浮躁，这就容易把事情搞错。其实处于一个剧烈变动的时期，人更需要读书。一个不读书的作家，当然也包括其他专业的人物，是非常靠不住的。

前几年读了一本关于儒学大师马一浮的传记，最近又读新的一本，深受启迪和感动。马一浮的一生既是读书的一生，又是以身报国的一生。要报国就得读书，这是难以分解之义。今天做一个浮躁的人、急切的人（常说遇事不能急，要慢慢来），会比什么都有害。

马一浮年轻时豪情万丈，专于西学，接近中年却埋头于国粹。他办复性书院，深山刻书，原计划刻一百一十四家六百二十七卷，"使天地间能多留一粒种子"，这是一份何等笃定的心情。

而今深感，做人一怕志大才疏，二怕心神不宁。应该学习马一浮。对任何一个人而言，大概精神太分散了不行，那样只会劳而无功。

二

马一浮的专注性在今天看来简直像个谜语。他身处乱世，长时间居无定所，可是他仍然能拥有一个庞大的计划：学习的计划，工作的计划。身外之事不由己，心内之事早笃定。他的所有行为皆突出表明了一个人的学有根柢和强大自信。有自信心始有自制力，从容不迫的人生即由此开始。

今天的社会转型期的匆促，对人的干扰力，比起昨天又何止差上十倍。所以关键还是看每个人自己，要从人的内心寻找根据。

他是一个相当自主的人。自主者才能自为。一个人往往以身负的多种责任为由，推脱自己不能自主的大责。其实人的要义是推动人世间的幸福，不能完成自己的独有的工作，就没有任何所谓负责任可言。

一个有自信心的人在纵横交织的时代潮流中可以坚如磐石。小小泥丸在冲刷之后不复再现，而大石巨垒则岿然不动。

人的倔强不能视为一种脾性，而是一种心的质地。人的倔强如果不能面向时代，面向历史，就不能称之为倔强。顽皮的人是极多的，因顽皮而丢疏要义，就是平时所说的意气用事。顽皮绝不等同于倔强。

倔强非常具有重量，一个人的重量。

三

九十年代的许多人专注于写什么，而不是读什么。今后几年可能也是这样。这并不是一个吉兆。一个时期极有可能出现一大批盲目的书写者。这些行为完全偏离了心灵之需。即便是读，出发点也有极大不同。究其底，读书与写作无非是生命需要而已，不能功利性太强。读书不能像翻字典，它应该是一种嗜好。嗜好从来都很难讲功利。

以前有人强调"带着问题学""急用先学""学以致用"，其用意绝不在于培养好的读书人。读书既是人心的一种要求，那就必会逐渐化为自己的日常生活。

带着很强的功利性去读书，几近于有人所倡的"体验生活"。其实真正的体验只在于日常之中，在于日常生活中的有原则、认真、不苟且。

读书写作，坚持不辍，既能葆有平常之心，又能具备守恒之志。这些看似容易，实际很难。它讲究一个"日久功圆"。一切都在一种积累之中，道德、学问、劳动，都在于积累。积累需要缄默，并且时间短了不行。二十年，也太短。马一浮如此做了一辈子。

1996 年 12 月

作家讲故事

在作家中，一个极会讲故事的人常常让人羡慕。因为小说家没有不为故事发愁的，虽然许多人都说故事不太重要。实际上写作者常常是被故事所牵引，进而又被激动。一个好故事可以让一个作者夜不能寐，而一个意象一个主题，却大多没有这样的力量。看某些人的小说，我们会觉得故事在他那儿根本不成问题，它们可以像河水一样汩汩奔流，永不干涸。

我们在阅读中琢磨其中的奥妙，会发现这样的写作者胆大而又心细。有时候纯文学作家的忌讳是很多的，甚至有一点偏执的诗性，不敢说不敢动，生怕让故事给害了。其实再往前走，自然流畅起来，对故事即不再畏惧。纯粹的作家心思缜密，一般情况下并不会让故事毁掉自己。

比如一位作家出生于半岛地区，那里仙气缭绕，本来是大可以谈论"怪力乱神"的。这是一种难得的地域优长。有这样的文化气脉，有完整而奇特的人生，就是极珍贵的条件。这样的作家即使编出惊险的故事，也要可信得多。实际上所有的好故事都需要淳朴的精神，并要依赖一方水土的滋润，缺少了这些，读者就会产生出抗斥心理。我们愿意读那些奇妙的故事，主要是相信作者所立足的那片土地。

一些人竟然讲了许多荒诞不经的故事，真正称得上千奇百怪。这样的故事非常难讲，因为我们听到的耸人听闻的东西实在是太多了。而在他们这里却讲得一片新鲜，无所顾忌地自由。有人把这些归功于特别迷人的语言技巧。的确，故事需要语言艺术的传达，让故事迷人，讲述者的口吻必要迷人。那种流畅自如、随意从容、煞有介事，读来确是一种享受。不过这也并非最主要的原因，因为有些作品虽然语言相当娴熟巧妙，读来却未必有这样的效果。剥开薄薄的语言之壳即现出作者的文心：平常的心，不欺的心，与人为善的心。就像优良的土壤，能够培植出各种美苗。这些美苗中有语言，有意境，有主题，有故事，也有其他种种。

现在能讲一些好故事的人不是那么多了，因为不够安静，也就不能享受自己的讲述。人非草木，免不了要在时代风气中受熏，在激烈的竞争中，在相互的攀比中，常常会害上急躁症。时代的病症无人幸免。强抑着急躁去讲故事，就会聒噪和粗俗。我们有时候求一个好故事，首先必得求一个好心情。谁把我们的心情给弄坏了？是紊乱与恶俗的时代风气。弄坏了，就要一点一点修复，大概那些有着强大修复能力的人就是最好的作家了。

兴致勃勃和有滋有味的讲述给人一种生命力旺盛的感觉，这在当代作家中是不多见的。没有枯竭感，没有中空感，也没有放肆地一路写下去，是很不易的。人人心中都会有些激情，但它们总是被消耗掉；好在认认真真地生活，又会产生出新的激情。作家难以掩饰激情的缺失，尽管掩饰的办法会有很多，比如不管不顾地大写一番，再比如把故事讲得昏天黑地。可惜这也仍然无济于事，它最终还是难以使人着迷。只要拥有激情，写远古，写战争，写海洋，写鸟兽虫鱼，都会投射出生命的热力，凸显出一个特异的灵魂。我们所熟悉的故事好手都是认真生活的人，他们朴素而又正义。这样，就有了不绝的激情。

一个人能够安静下来，能够淳朴，那么心中的爱力就会满溢，激情就会大得不可思议。这是作家讲述的动力和源泉。

也许他们最初的故事并没有多么惊天动地，没有特别地引人注目，但努力和尝试一直在继续。经过不断地自我完善、调整，最后变得丰腴起来。作为一个劳动者，他们十分有韧性，有自我咀嚼的习惯。就这样坚持下来，积累下来，沉浸其中，乐此不疲。对于任何人而言，劳动的积累都是至关重要的。能够积累是一种品质，而不是一种能力和技巧。许多年之后再来看这些创作，就会有一种脉络清晰的求索痕迹。大概所有的好作家都有类似的特征。只可惜我们太讲求一时一地的得失，过分看重眼前。如果转而着眼于一个漫长的不间断的过程，很可能是一种更值得重视的心智。

但比起一般的积累型作家，有的故事能手可能又多了一些灵动和机警。这使他们在创作中或有转向，时有变法。在整个创作过程中，他们的节奏感既强，又呈现出分明的阶段性。他们常常在不同时期讲出不同的故事。

作家眼下最擅长写中篇，因为无论实际年龄还是心理年龄都处于中年。前些年他们最擅长写短篇，因为那时的心理状态还是青年。他们的老年可能来得比较迟缓，不过一旦来临，就必定会奉献出长长的好故事。

优秀作家在生命的任何一个阶段，都会拥有讲述的青春。

1996 年 12 月 5 日

批评的个人情境

张业松是一个认真执着的当代文学批评家。他的朴素的文风、善良的心情，都让读者尊重和珍惜。在活跃的文场上，他像一个沉默而敏感的注视者。

评论与创作当然有别，但都是以笔发言。作家往往像看叙事作品一样看批评文章，这是对的。评论者不自觉中塑造了一个形象，即论者自己。而作家也在不察中、在描绘一系列的形象中确立了自身形象。写作者的全部或大部文字，已不可能遮掩他的本真。

一个成功的文评者自然需要诸多条件，但我想才华再加上固有的善意，才能在时间中长存，在读者中取信。时间是坚实的、无情的，文字要经得住时间的磨洗与浸泡，绝非易事。而张业松许久前写下的批评文字，今天看仍旧是一片真诚、富有见地。而且他正在一如既往地做下去。

当代文学批评之难，在于它经常纠缠于时风物利之间。做现代和古代文学批评也有现实的禁忌，也需要论者有独立的学术品格与勇气，但毕竟不如当代文学批评来得更切。

仅仅有聪慧、有良好的学养，这够用吗？

在一个当代文评者所必将面临的一大堆复杂难言的问题面前，张业松似乎已经选择了。他抓住的是简单而重要的大问题，即首先使自己有个立场，有一份公正而淳朴的心情。

比如说，对于道德、写实、寻根、状态、现代、后、新，诸种被反

191

复提起的话题、名义，他都有自己的见解，并同时尽力地去理解生活本身、人本身、生存本身，而不仅满足于一种语言游戏。这样做的结果会使他渐渐独立出来，最终成为一个旁若无人的、说话算数的论者。

在任何时代，仅仅是热衷于语言游戏者也许仍不失其可爱。但实际情形是，这游戏往往会让操作者丢掉至为重要的东西，比如良知。许多评论者和作家一样，在痛苦地寻找着自己的"语调"，反而轻视了内容。他会忘记自己是谁、今天要说什么。

我想，只有成熟和坚定的性格才会摆脱那些不祥的魔圈。人要有勇气撩开语言的枝蔓，变得简洁、直接起来。

从张业松的文字中，我似乎看到了一些隐隐的痛苦。他对已成定式的当代文评充满了怀疑，虽然暂时还没有发出自己的质询。如果说张业松的批评文字有最能打动我的地方，那么不是文采与学识，而是这其中渗流的怀疑的痛苦。

在别处，我看到最多的，却是无知的陶醉。

他在文路上跋涉得还不够长久，时常让人感到一个徘徊者的忧伤。这忧伤必由人的"内美"规定着。

他的文章写得认真、刻苦，多有动人心魄之处。从文中可察，他研读了许多学术著作，纵横交织的思想和理念总试图牵引他。然而最后他总能沉着笃定，写下自己的文字。这些文字将一点一点突出和发散他的"内美"。

现在他的精力是分散的，这是生命发展的一个阶段。活跃和好奇、移动和神往，都表明了创造的潜力。精力是会慢慢凝聚的，那时就有了更坚硬的质地、更深邃的思悟；但那时或将缺失眼下的斑驳灿烂。

这是个风声雨声大作的时刻，有血性的男儿也将歌泣相随。

我们注视着世界，伴它一起消融于夜色。"我们"包括了世上所有的"有心人"。

"有心人"即是在嘈杂热闹嬉戏之中，还仍然愿意认真追求真理的人。

因为对命数的无知，"我们"有时也难免失于轻率，但"我们"总应有人的热情。有了这热情，才会葆住一份真诚和朴素。就此而言，人有理由恐惧于某一天会丧失了淳朴，因为那样就会走向无义。而无义即无真正的学术和艺术，也无助于人生。

我们正给文字的广漠再添一些微粒，以获取劳作的欢乐。抚摸着业松君的墨迹，常回想自己的写作。平凡而神秘的写作，总是刻下两种不同的痕迹：手迹与心迹。

1996 年 7 月 22 日，《张业松评论集》序

智者之诗

　　孔孚先生是一个才子，这已经得到公认。他灵秀的山水诗、独树一帜的书法都可以证明。真正的才子并不多，因为要予以证明常常是困难的。而孔孚的内美却溢于言表，其豪情与逸致简直随处可见。中国文苑一直缺少真正的浪漫主义者，齐鲁更甚；所以有一个孔孚在山东大地上行吟，真可谓鲁殿灵光，也就理所当然地吸引了众多目光。

　　他的诗字少而意蕴丰富，情境开阔。他创立倡导"减法"说，并多次与我探讨，令我钦佩折服。这种方法运用于艺术需要悟想，没有深长的悟力，一味地减去，非但不能受益，而且还会走向单薄。我正在悟中求解，想不到先生乘鹤而去。

　　现在有很多人喜爱他，也理解他和他的艺术，所以说他并不寂寞。但我总觉得应该有更多的人去爱他，非常真实地爱他，爱得更具体一些。这样就会助长他的美，扩大他的美。他最后是在爱中离去的，但从近处看，这爱还嫌简单了些。

　　一个诗人进入老境之后，一般都走向了纯美。不寂寞的寂寞，总要跟住一些纯美的人。年轻人为他们做得太少，有时又做得太多。年轻人在学习老年人、注视老年人的时候，往往缺乏深情的目光。当我后来懂得这样做时，已经太晚了。

　　孔孚先生离去之后，我长久地无语。不是觉得突然，而是其他，是从心底泛上来的深憾与悲酸。

　　因为他不单单是一个浪漫的人，因为仅仅这样就太简单了；他还是一个智者。我们知道，生活中的许多东西都止于智者。而真正的智者，又总是爱着很多很多人，爱着生活。熟悉孔孚的人都同意这样向周围发问一句：谁比他更爱生活？

爱生活并不容易，爱生活是很难的。

爱才会珍惜和品咂，才会有个大留恋。爱生活的人首先是去奉献，然后才和生活一起微笑。说到奉献，理解尚难，更不必说去做了。人其实最不能妄谈奉献。

孔孚先生一生敏感纤细，半生坎坷多艰。他从少年到青年，再到中年，最后是老年，所经受的苦难非常人所能想象。但他一直做的，却是一有机会就倾吐自己从生活中咀嚼出来的甘味。他的诗几乎全是对大自然的礼赞，几乎总是沉醉；最后弄到了与美相拥一体，难解难分，口不能言手不能书的地步。为寻求这美，簇拥这美，他不畏年迈多病，足迹远达天涯海角，天山之遥。

多年来，他除了写酒一样的诗，写诗一样的字，其余全是安静了。他不寻找热闹，不跟从时尚，满足于神交，来往于故友。漫长的人生经历已使其变得如此热情又如此矜持。不虚言，不轻言，对人事物理，一概安然笃定。这就是智者。

他留下的文字不多。因为那些浪漫的诗人或者剧烈而短促地燃烧，或者干脆泥沙俱下；而他既非前者又非后者。他在审美趣味上太高古，太洁净，太追求完美。他的睿智又时刻提醒手中的笔，使之从浪漫的恣肆回到简约。这对于一个文字垃圾成堆的世界而言，当然是最好的警示。

他的一生结束了。从他身上，人们又一次感受了一个老艺术家的温暖，他们的单纯和美，正直和觉悟，蕴藏于不言之中的对清与浊的判断，倔强却恍若无察的分寸感。这样的老人很多吗？很少吗？他们真是人类中的至宝，但愿夕阳多驻。

四月里，大约仅仅是孔孚先生仙逝前十几天的一个上午，我们之间有过一次畅谈。当时先生病卧在床，长咳不止，我几次不忍再留下去。

但他谈兴正浓，情绪极好，有许多话要说。他与我一起说天山，话南国，回忆了美好的往事。他那天的回忆我永远不会忘记，因为回忆中包含了太多的温馨和幸福。

今天的回想，首先就是那一天，是他从心的深处溢出的笑容。这微笑凝在了我的心中。

那一天我们带去了一大束鲜花。我知道没有多少比先生更爱花、更懂得花的人了。

恋恋不舍地分手。先生与我约定：五月里一起去枣庄石榴园看花。

石榴花并未爽约，它在自己的月份里绚丽开放了。只是这个春天的赏花者中间没有我们，更没有了一位最爱花的老诗人，而且永远也不会有了。

1997 年 5 月 31 日

有书的长旅

从很早的时候起，我就知道：人这一生没有书会是很苦的。在未来的日子里，谁如果不怕苦，那他就拒绝书好了。人的一生好比一次长长的旅行——这个比喻差不多人人都会。人的一生有多少欢乐、多少困苦，又从中获取了多少思想和感悟——有人把这一切写下来，就是所谓的书。读书，就是读许多许多的人生。每个人因为只有一生，他要在一生中解决那么多的困惑，迎接那么多的挑战，进行那么多的尝试，时间不够了，于是只有读书。

我有幸比较早地得到了许多书，而且被强烈吸引。从过去到现在，世界上的事物，比书更能够吸引我的，好像不太多了；比书具有更长久的魅力的，好像就更没有了。书真的是人，是人的历史和灵魂。既然如此，那么世界上还有什么比人更有魅力呢？我十几岁即开始一个人生活，在这样孤寂的时光中，幸亏有了书。我把所有珍爱的书都放在了背囊中，它们数量不多，但一本本都是层层包裹了的。那些书不同于后来的书，它们都是我最贴近的亲人和朋友。由于走远路不能带许多东西，所以随身携带的书都是非常喜爱的、一遍又一遍读过的、差不多已能逐句背诵的。后来我年纪渐大，居有定所，书也越来越多。但我最为珍视的，还是原来背囊中的那几本。

过去读书的时候，只是读那满页的文字；因为还没有能力透过文字的栅栏，看到作者的身影。而现在重新去读小时候读过的那些书，结果就看到了一个个不同的、可爱可敬的身影。原来是他们陪伴了我的童年，我会一生念想他们，感谢他们。

我现在存了很多书，家里越来越像个书店。不过只要遇到喜欢的书，还是一定要买下来。我的手见了书总是发痒。我从来认为，书是世界上最美的（当然，也有一些极坏的东西要扮成最美的模样，比如说扮成书）。

我不太看电视，因为书远远比电视吸引人。书更能让人去思想。书所给予人的深层的欢乐，电视总是极少给予。一般而言，电视是对于书的简单的图解，那么要理解更复杂的问题、更深广的问题，就非看书不可。电视自有它可爱的方面，比如从它那儿寻找一般性的娱乐。有人预言在这个声像化了的现代世界上，终有一天书籍会被完全地取代。我不相信。如果真有那么一天，我们人类一定是进入了最为可悲的一个时期；到了那个时候，我们人类所热爱了千万年的这个世界，还会存在吗？我真的不知道了。

1997 年 3 月 10 日

走出梦呓

一

每个时期都是这样：一类书非常行市，而另一类书却有点背运。所以我们长时间看不到一部使用另一种语调写成的著作。在同一个时期里，大家都趋向于同一种语言趣味。今天呢？好像缺少客观现实主义的作品。

新时期文学的复兴期，客观性的作品有许多；到了中期，这种作品就少了。而到了1995年之后，具有代表性的主流文学几乎全都是主观性非常强的作品。这对于中国文学而言，实在是一个了不起的历史性进步。但也的确有一大批文学作品就此走入了无聊的梦呓。

而一部书如果有勇气从梦呓中走出，就会从语言的黑夜走向语言的黎明。全书由亮闪闪的、明朗的语言组成，这该多好。

多年来炽热的文坛反而缺少某些题材的大制作。一部大制作是指其规模、力度，以及它所达到的诗性深度，而绝非它的大而无当的形式和外壳。

我们不难看到新出现的一些创作显示了非凡的才能。但往往也很可惜，它们都是过分被语言所牵引的作品；让心灵面对现实，并且丝毫没有因此而折损诗意的，可以说绝无仅有。

二

　　在人类社会的一些特殊时期，艺术家比起一般人来，并非就一定会有更多的勇气去坚持真理。误识可以形成一股非常强大的力量，它们只在无形中去改变你、左右你。你在思想上意识上，也许更为缺少独立的胆识。从事艺术探索之路上，盲从往往是一种非常愉快的事情。盲从有时也可以给人力量，给人极好的感觉。

　　一部书能在一个方面说出它自己的东西就很了不起；如果能在诸多方面表达出自己不同凡俗的见解，那简直就成了不朽的创作。一部引人注目的作品由于它在许多重要问题上的执拗、不妥协，而常常要忍受加倍的攻讦。有时候，一个时代里达成的所谓"共识"，却是非常可鄙的东西。当艺术家，就是去当一个冲破"共识"的专门家。

　　一部好书也可能真的是颇有中庸之气的，但是你如果仔细辨析，却必会发现它贮于内里的一些不可多得的宝物。这就是它那掩在表层之下的冲撞之气、不愿屈服之气。

　　而反过来，有些书表面上看颇有新趣，也很能标榜新异，骨子里却乖巧得很。

三

　　现在往往对一本书的内向性做出机械的理解。这不应只看成是一种外部色彩，也不是形式，尤其不是什么语调。内向性是一个生命对客观世界做出的极其独特的思悟所造成的。这种思悟必是诗人的，而诗人必有其内向性。

　　口吐呓语的写作者就有了内向性吗？呓语就一定是独具别趣的吗？我们知道这是十分靠不住的。呓语与自语是不同的，今天应该指出这种不同。艺术家的大部分时间是自语的，而无能的伪艺术家却在大多数时间里喜欢呓语。

　　艺术家对于这个世界要做出表述，而只要是勇敢有力的表述，其声音无论传播得多么遥远，都不能耗损其内在的诗性。

1997 年 4 月

自 画 像

　　我觉得中年这条线非常关键，人一到了中年，也就有了许多变化，这变化大得足以让自己惊讶。以前的许多激动，激动中的创作，现在都能让我平静下来了。只是没有多少后悔，一方面是后悔没用，另一方面是我基本上在做那个年龄段的人一直做着的事情。再说，人也的确应该珍视青春。

　　匆匆忙忙地走过来，草率而充实。争取中年之后有个大的改变，即做得充实而不草率。

　　一个人越来越不喜欢自己，这是很可怕的事情。一切都要慢慢来，慢慢觉悟。

　　觉悟会增加勇气，而不是相反。人有了深沉的勇气，才是真勇。

　　有时觉得自己像一匹奔跑的马。马太美了，人比马只会自羞。可也果真是一路奔跑下来……

1997 年 3 月 12 日

窗　前

　　山里人的生活，有人可以回忆，有人可以好奇。做过山里人的人，会看得双眼发热。

　　一面黑色的木格窗，再简单不过，它是从旧屋上拆下来的。它安在新垒的石墙上，显得很不协调。然而山里人是不会轻易抛却过去的。他们珍惜往日的一草一木、一砖一石。上面挂带着昨日烟火气的东西，他们尤其喜欢。山里人与平原人不同，与城里人更为不同。山里人比平原人更为珍惜木头，比城里人更为强调来路。人有来路，所有的东西也都要有来路。眼前的这个小小的木格窗可有许多的故事，讲不讲它们都存在，都凝聚在它的上面，渗透在木质之中。

　　窄窄的石头窗台上摆了两双鞋子、一盆海棠花。

　　一双鞋子大一点，是男式；另一双鞋子小一些，是女式。可以想象这儿住了一对年轻的夫妇，想象他们的辛苦和操劳、他们的幸福。那盆海棠花代表了他们美好的想念。他和她，有一处巢，有劳动，这就足够了。可见这种生活的简单和清贫，不过也清澈。清澈的生活，这在所有的生活之中，往往也是最好的生活。在城市，的确就有许多浪漫青年向往这种生活。他们有时甚至要不顾一切地挣脱，为拥有这种生活而奋斗。结果是求而不得，或者是得而不悦。真有勇气过这种生活的城里人，倒也需要一些真勇。

　　新垒起的石屋多么坚固，因为这石屋所代表的生活，是更广大的生活的基础。基础当然要稳固。没有山区就没有平原，没有平原就没有城市。大建筑的基础往往是石头或类似的坚硬之物做成的。

1997 年 3 月 12 日

兼　谈

　　中国大陆新时期文学从七十年代末开始，至今已有近二十年的历史。在我看来，这二十年至少经历了最初的复兴（1976—1985），后来的全面高涨（1985—1995），以及近年来的冷静与成熟（1995）三个阶段。

　　我除了在 1975 年发表过一首诗以外，1980 年以前基本上没有发表过作品。一般认为，大陆新时期文学的复兴期自七十年代末开始，至八十年代中期结束。而它的高潮期是从八十年代中期开始的，而后走入今天的成熟。我在新时期文学复兴的前期没有做出什么贡献，复兴的后期，则可以算个参与者。我 1980 年开始发表小说，1982 年和 1984 年两次获得全国短篇小说奖和其他一些奖项，出版了几本小说集。这个时期我的作品稍有影响的，是所谓的"芦青河系列"。这是一些描述胶东半岛芦青河两岸风土人情的中短篇小说。其中较有代表性的是《声音》《一潭清水》《看野枣》《冬景》《玉米》《海边的雪》等。

　　1986 年我发表了长篇小说《古船》。这对于我的写作生涯来说，当是非常重要的一部书。它虽然仍在写那个半岛与那条河流，但评论界和读者都似乎不再把它（包括它以后的小说）看作是"芦青河系列"了。这部长篇的影响超过了我以往所有的作品。它发表不久即引发了激烈争论，并且延续至今。但文坛与读者对它始终给予热情的维护，他们普遍把它看成是我的小说代表作之一（另外被看作代表作的还有长篇小说《九月寓言》）。

活跃在中国新时期文坛的，比较早的是"复出作家"和"知青代作家"，尔后则是"新生代作家"。"复出作家"是指中国对外开放以来恢复创作的中老年作家，他们在过去的政治运动中被迫中断创作，七十年代末重新复出，并再次成为中国的重要作家。"知青代作家"是伴随上一代作家的"复出"走上文坛的一批青年作家，因他们当中的一大部分经历过"上山下乡"运动而得名。这批作家的创作贯穿整个新时期文学，其风格日渐成熟，年龄已届中年。而"新生代作家"特指八十年代末以来产生影响的中青年作家，他们当中的一部分出生于五十年代，其余大多出生在六十年代。

我没有做过知青，通常却被评论者界定为"知青代作家"。

由于中国大陆的逐步开放，市场经济的发展，视听文化制品的大批涌现，中国作家所受到的冲击巨大而突兀。他们正面临新的政治经济环境，适应和经受种种考验。中国作家的精神背景极其复杂，其中的优异者迅速成长。因为相对昨天而言，今天似乎较有可能进行复杂而艰辛的思想和艺术探索，作家队伍也在加快分流和归属。在长达二十年的"文学马拉松"之后，中国大陆文坛的确出现了一批相当重要的作家。

自 1987 年 11 月起，我长期在胶东半岛收集研究民间文学资料，创作并出版了长篇小说《九月寓言》《柏慧》等。几部作品是进入中年后人生和艺术的总结，花去了我近十年的时光。它们所产生的影响较过去更大，也更为广泛；在我的创作历程中，无疑也显得非常重要。特别是《九月寓言》，它是我个人艺术探索之路上，首次运用长篇小说的形式，表述了对苍茫大地的猜悟与理解。正是它的完成，才使我的创作进入了一个新的阶段。

这期间我还创作了长诗《皈依之路》《梦意》和《拐杖》。它们与散文《融入野地》《羞涩和温柔》等一起，构成我小说之外较有影响的作品。

近三年来中国大陆开展的"新人文精神"讨论中，我的作品一直处于争论的旋涡。但我并未直接参与这场讨论。其中被激烈争论的有长篇小说《柏慧》和文论《诗人，你为什么不愤怒?》。《柏慧》由于探讨了中国社会转型期知识分子的独特地位、责任及精神状态，与一系列传统价值观念发生冲突，引起了始料不及的争执。但我始终认为它是我面向这个时代的、理应留下的声音。

关于"人文精神"的讨论对于中国文化界无疑是非常重要的，它尽管掺杂了许多非学术非学理的扯皮、个人恩怨之憾，也仍然是几十年来的思想和文学论争中最具有实际内容的一次。目前这场论争还在继续，并转向深度发展。

中国是一个具有古老文化的东方大国，她开放的进程只要能够保持下去，思想和创作的巨大张力就会存在，最优秀的当代文学就会产生。这是无须怀疑的。

就一个国家一个地区从事文学的人数而言，中国大陆无疑是世界上最多的。这首先是因为中国大陆文学拥有众多的读者，十三亿人口中，有相当多的一批读者渴望阅读深刻高雅的当代文学著作。近十年来，大陆作家与海外作家、世界各国作家直接间接的交流日益增多，也提升了新时期文学的品质。所以中国文学长期保持一种活力，一种激活状态，已经具备条件。

中国文学界对于"复出作家""知青代作家"和"新生代作家"都寄予了厚望。他们各有优势，且互为弥补。他们都拥有自己相对稳定的读者，并产生了各自的顶尖作家，取得了文坛和读者的双重信赖。

未来中国文学的代表者会是把整个生命投入其中的创作者。他们的成就将是资质、品格和才华等诸种因素的全部综合，其作品将越来越等同于他们的生命和灵魂。

1997 年 2 月 9 日，答《美国文摘》

怀旧与反思

关于《老照片》

它是一本单纯的刊物，初看起来内容比较集中，话题也切近。但这些内容和话题都十分有利于开掘和延伸。这就有可能使其变得既有深度又有广度，变得非常厚重。看图说话，指图议事，这从来都是人们所喜欢做的。现在的人比过去更忙，或者说比过去更急躁，时间切得更碎，那么这种书就很适合他们。

关键是这种书有保存价值。这么多照片，印得又清晰，不可多得。那些很老的照片做假的可能性反而不大了，一般都是逼真地再现。将历史凝固起来，往往更能"保鲜"，这就比简单的复制有意义。表演和创作历史题材，那就很不可靠了，那是另一种东西。

有些历史图片看起来总是让人吃惊。"真不信当年会是这样"——首先就是这样的感觉抓住了我们。我们的先人、我们自己、我们的过去，竟然还经历了这么一段，真不可思议。可又分明是真的，因为有照片为证。

看《老照片》有一种探险般的快乐，这里面有大欣喜、大哀伤。

如上只是简单的列举和分析。不过仅从这几条看，有这样功效和力量的当代读物又有多少？

那段历史

从照片上看，反映了我经历过的那段历史的，对我没有特别大的吸引力。我非常仔细地翻看那些很久很久以前（我出生以前）的图片，因为它们对我完全陌生。很久以前的政治、人心、风俗、自然等等，这一切当然对今天的人很重要。

一般读者，看文字描叙的东西已经很多了，而看照片的机会却要少得多。文字要表述的，图片做不到；但图片却有自己独到的优长。有时它所凸显的内容，文字完全无法表述。文字更多的时候是局限人的想象力，图片却可以刺激和开发它。图片不动声色地存在着，让你去认识。你有什么能力，就会认识到什么深度。

我非常看重的，是那些表达了情节的照片。这样的照片似乎自己会动，它们有更大的活力和张力。有的照片发死，不生动，没有情节，就不太好看。我说的"情节"，准确点说是指"细节"。这就不仅是指一些场景照片。历史场景也可以牵引出情节，但远远不如一幅图片所表达的细节更为动人。

过去的（图片中的）人在干什么、怎么干，特别让人神往。

比如关于辫子（第三辑）的那几幅照片中，有一幅是一个人为另一个人编辫子——被编的人和正在编的人都在吸烟。男性，长长的辫子，吸烟，耐心地、郑重地编，有趣。也不仅仅是有趣。

比如，这幅照片还让我深深地感到了隐在时光中的忧愁。

总之，吸引我的大都是"正在做"的照片。纪念性的"留影"，差一些。

其中我所写的

我写的，照片并不为主。这些照片让我想起了什么，感到了什么，这才是主要的。我选这些照片不过是做文章的插图。这样的文与图，不会是这本刊物的主流。

熟悉了外国的一个人物，了解了他们不凡的事业，再看看他们长的样子，这简直是一种幸运。人的内容会从身上泛出来。有时，一个人的内容一眼就能看出来。看一个有成就的、有意思的人的脸，他的神色，仔细地看，这多么重要。有的人说：某某人听起来多么了不起，多么让人惊叹；可是一看他本人（或照片），也不过就那样！

他们想看到一个三头六臂的怪人吗？难道真要长成了那样，除非是长成了那样，他们才觉得过瘾吗？

其实是他们不会看，是他们自己太平庸了。庸人是看不到奇迹的。他们在真正的奇迹面前往往是睁眼瞎，什么也看不见。其实一切无不写在人的脸上，写在眉宇之间。这几乎没有什么例外。

貌似平凡的人，让我神往。

人们的怀旧情绪

人总要怀旧，这是必然的。但是在多元状态下，在价值观念混乱的时候，也未必就会有更多的人怀旧。怀旧者总是一部分，这部分永远不会消失，不过是一个时期多些，一个时期少些罢了。现在真的多了吗？看不出。我觉得有许多人只是看新奇，凑热闹。"怀旧"这个词不可轻用，因为怀旧是深沉的，它有不难察觉的重量。能够怀旧就能够反思，而反思者就是思想者了。一个时代，正在思想的人有多少呢？

不过老照片好就好在，它可以引发和刺激人的思想，将更多的人引上思想之路。这是它的价值和功德。我也因为这个拥护它。

我特别不希望它加重自身的消遣色彩，因为现在的消遣读物已经太多了。

不少人赞扬它的巧思和创意——所谓的"点子好"。真是这样吗？我想，大多数时候，好的东西看上去总是简单的、单纯的。岂不知这只是一个结果；为此，正不知有多少积累呢。在浮躁的时代，人们已经不习惯于从成功的事业（事物）中去寻找更坚实的依据，比如学术和伦理的因素。

最近的创作

还没有写新东西。主要是读书和走路。有合适的，他们喜欢的，我也会写，不能勉强为之。

受《老照片》启发，我也很想看图写作——小时候都做过这个，现在却不敢保证做得更好。

这本刊物图少了。我倒希望它在介绍图片时，文字再"干"一些。讲清楚就行，力戒发挥。非要发挥不可的，就得有思想，有文采；但类似的多了也不好。中间状态的文章多了不行。

作品改编影视

我的作品很少改编影视。过去有一部中篇被改编拍摄，大多数人，包括我，都没看过，不知怎样。文学作品与影视是两回事，文学仅是语言艺术，而电影更综合一些。

在这种综合中，我重视文学性很强的影视作品。

1997 年 8 月 22 日，答《华商报》

文学讨论会

童年以及河流

这些小说是业余写作的积累，只发表了一部分。以前发过诗，直到1980年才发表第一篇小说。没有发表的主要是散文和短篇小说，也有几部中篇和长篇。

回头看这些东西十分幼稚。发表出来的作品是这其中较好的一部分，还要继续写下去，争取比以前好一点——只在一个方面有进展就好。写作的艰苦，总是到后来才知道，哪怕把语言写得没有多少毛病都很难。现在越来越觉得写作是艰难的事业。回想刚刚学习写作的时候，写得又快又多，感觉良好。那时认为写东西是新鲜的、有趣的事情，兴味很多，疲惫很少。

现在做档案资料编纂研究工作，很安定，可以接触大量资料。有时看着看着，就沉浸到过去的那个生活场景中去了。它可以对照眼前的生活，帮助认识。还有，虽然现在不能直接消化处理它们，但将来一定会用得上。

已经读了上千万字的档案资料，感到这是一笔财富。其中的内容有的记不清了，但留下的感受还在，有时印象强烈。待在档案库房里，一干就是一个上午、下午，出来时两手陈灰、满襟土末。看完那些奇怪的、各种各样的文字，要过好长时间才能返回现实生活中来，也要费更大的劲才能进入小说创作中。但一旦返回现实，进入写作，就会觉得写在纸面上的语言特别鲜亮。

不少人谈到了芦青河，指出它是所有小说中都要出现的一条河。因为童年就在离河不远的地方生活，回忆中就是关于河的一切，声音、故事等等。那条河在胶东西北部小平原上，在那儿入海。印象中它非常宽大，秋天夏天水很旺；也有平静的时候，但一般都在冬季、春季。总之它一年到头有水。芦苇茂密，蒲草、荻草很多，所以给它取名芦青河。

回想一下什么时候取了这个名字，记不起了。翻翻旧稿，发现很多小说、散文中用了这三个字。不过那时河的名字还不确定，有时随便用上一个。相信当时所有的河名实际上都指同一条河，它就是童年的河。

后来又见过了烟台的夹河、济南的黄河，知道一条河比一条河更宽，于是在作品中悄悄给记忆中穿过树林的那条童年的河加宽了。写到现在，一提到那条河的名字，脑子里就立刻出现了关于它的一切……

有人认为《天蓝色的木屐》中的姑娘穿木屐有些牵强，为了追求一种意味而忘记了生活实际，胶东一带很少有人穿它。可是记忆中的确有很多人穿，就是木头的，走起路来咯嗒嗒响，特别是晚上。有一个村的姑娘愿一块儿在夜间活动，她们穿着它去看野外电影，还到园艺场去偷苹果。记得在夏天的夜晚，只要大家一听到咯嗒嗒的声音，就一齐嚷："她们又来了！"

这篇小说如果现在写，相信境界会高一点。它在这批小说中当然是较好的。不过它留下的遗憾，当时还没有能力解决。有时看上去思想和艺术的水准只是相差一丝一寸，可要解决这样的"小"问题却要耗上十年八年的时间。还有《声音》，也是这个问题。

正像朋友们说的，这些作品的自然背景比较集中，而且看起来还会延续一段时间。倒不仅仅是因为作者在别的地方生活的时间太短，不完全是——在那个小平原生活的时间也不过十来年，但那却是整个的童年和少年时期。人的一生中，没有什么可以抹杀这两个宝贵年龄段的强烈印象。创作差不多总是回忆过去的事情，这种回忆让人激动，让眼前的各种懊恼飞个精光，使人获得了另一种满足。

会一直这样写下去，因为童年和少年是写不完的。偶尔也担心写完了，全部创作都会失去活力。不过想得更多的是，这一辈子都写不完它。有人担心这样写会失去时代的主旋律——过去和现在都有人这样讲，这是多年来一直被提到的话题。

主旋律一定是十分强大的，因为它是主旋律。常常想：既然是主旋律，那就一定有很多人去表现和追求了，那条道路一定是十分拥挤了，那么就让我稍微偏离一点吧，写一些自己更擅长的东西，只要它们同样有益和健康就行。这种想法以前没有说过。不过事情是明摆着的了，他们说的那种"主旋律"与我的河边回忆是不同的。但是通过这些作品也能了解一些"主旋律"，所以总的来说也没有完全离开，也算是"主旋律"，这是感到安慰之处。

有人在讨论中还指出：《山楂林》这一篇不错，火红的山楂给人很好的意象，不过山楂林是不多见的。可是我记忆中的大山楂林很难忘掉——后来见过的山楂树都比较小，在梯田上一小棵一小棵，当然也是成林了。在小平原上见过的林子，树都比较大，长得很苗壮。当然从面积上看那片林子还不够大，不像后来在山区见过的那么大。

很难忘记童年生活过的那一片片大树林子，那个大果园。那里属于国营园艺场，离园艺场不远还有一个大林场。差不多每天都在园子里、林子中活动，因为我们的房子就在果林深处。还能回忆起扑鼻的花香、耳边嗡嗡的蜂子鸣叫声。每年春天都是盛大的节日。春天的魅力是深深领教过的，那就是海滨平原的春天。到了春天，积雪一化，阳光晒着沙滩，万物一点点苏醒过来。一望无际的灌木丛开始改变模样，世界一下全变了。接着是一片野花，各种颜色看得人眼花缭乱。果林的情况更让人感动。记得离我们屋子最近处有一棵大李子树，是这辈子所能看到的最大的李子树了。它最上部的枝丫已经有人的手臂粗，巨大的树冠呈圆形，大约有两三幢房屋的空间大。这真是大自然的一个奇迹。万分可惜的是几年前它被人砍伐了——那里要盖楼房、工厂。我在那个很大的树墩面前停留了很久，心情恶劣到了极点。我至今想起来还有一种极其愤怒的情绪。

那棵大李子树如果不砍伐，也只得迁移。要迁移会十分困难，因为必须在冬季，趁着它睡眠的时候。还要有很大的起重设备，并要为它仔细修枝。如果用大拖盘卡车把它运走，小心翼翼地搬开，精心地栽下，赶在春天来临之前在新落脚处浇上水，相信它一定会活下来。要知道这是一件大事，大得不得了！因为大自然要培养这样一棵大树，不知费了多少工夫。这不是三年四年的事情，也不是十年八年的事情。太可惜也太可怕了，当时居然没有人阻止一下砍伐它的人。当然了，那片果园后来差不多砍掉了一半。

我恍恍惚惚觉得自己内心深处的什么东西给毁了，毁得很惨，一辈子也没法忘记这个大创伤。这一切让我心里有话说，说不完。到现在为止，我觉得这支笔只讲出了很少的一点。内心深处贮藏的东西能写很多——必须花上一万张两万张纸才能说清楚一点……现在看写过的东西，好像与真正要说的话题还差得很远，有时简直是不太沾边。当然不会一直这样写下去，而是要往前走，走进一个理想的境界。接下去到底要写些什么，现在一下也讲不清，不过大致知道，就是写大李子树被砍伐前后的心情、心里的万般感触……

话题越扯越远。不过我的意思是，总有一天会拓展题材，变换一下自然背景，写出更多的生活、更新的生活。现在还不行，现在有一股力量拽住了我，一时离不开。讨论中大家认为写得不太好的几篇，就是试图挣脱这股力量的结果。其实也熟悉别的生活领域，像大学、中小学生活，像山区生活、工厂……都算熟悉。也熟悉机关，因为就在省直机关工作。可是要写这些是不容易的，因为对童年、少年的那一段生活印象太深，那时候的一切永难忘怀，特别是大李子树被砍伐前后的情形、河边……情绪缠在上边，一时转不回来。这样就写不好其他的题材，也写不好其他的故事。

如果写上更久，可能会渐渐走向宽阔的地方。但我知道，即便走得再远，也仍然会留有童年、少年的印象和痕迹，这是肯定的。有时十分矛盾：既想把童年、少年的生活写透，写个痛快，又想写写更广阔的生活——不然就会在许多方面重复，自己也会烦腻。不过再一想，如果真的能把那片林子、那个海滩平原写出来，同样也可以展现一个无所不包的大世界。

就是这样矛盾的心情。

1982 年 3 月，济南，于"张炜短篇小说讨论会"

战争和爱情，抒情和议论

一些长篇接触的题材、设计的主题都很大，这主要是受一些名著的影响。特别是写战争的，要写一幅历史画卷，场面大，铺排得很开。但越大越要花费脑筋，动些心思。看上去名著也这样写，仔细看看就不一样。他们笔下不仅有激情，还有独到的技法，有真正个性化的表达。而一般的长篇写到这些，就像一个平庸的厨师一样，什么佐料都放一撮，按照菜谱来。

战争主要是在海上、陆上、空中展开，其中又主要是写陆地战。陆地又分山区、平原、滩涂、半岛、丛林、沙漠等等地形条件。地上有草，有树，有其他的生命。风、雨、雪、雾，各种气候的变幻也要写到。打仗人的心情，各种不同的出身，参战的目的，乐观的恐惧的拼命的游戏的，什么人都有，不能说一句"革命战士"或"伪军"，就把一切都掩盖过去。写一场战争要牵扯一万种因素，但只能抓住作者个人认为重要的感兴趣的元素去写。

海上的阴晦变化，浪狂浪疾，沟沟坎坎暗礁悬崖，腥咸气味，都不容易写出来。写活战争的自然环境本身，就是一幅难得的、动人心魄的巨画。在艺术家眼里，它们是活的、有力的、搏动的，而绝不是僵死的。它们在沉默的时候也有声音，它们在厮杀之前会发出怒吼——不过

216

不能用平常的耳朵去倾听。海明威能听到，一些大画家也能听到。高更画那个岛上的树，一棵一棵都充满了魔力。凡·高笔下的植物，盯住它看下去，看到的会是一个怎样激烈的生命，那是一种号叫和奔突……他笔下的土豆也是活的、会跳荡的——当然这是读画人的感觉。有的长篇只要一翻开，就是似曾相识的自然风光。他们写到的岩石和海水我们看到过一千遍了；他们写到的风暴我们也看到过无数次了。晕船的痛苦、海上的寂寞，我们已经知道得太多了，有些故事早就被反复讲过了。

想什么办法才能写出令人耳目一新的场景？作家一直为此而苦恼。这是真正困难的。因为书太多了，一代又一代人写过了，我们还要重新开始。再难也要写，这是必要完成的工作。结果累得精疲力竭，自以为写出了全新的东西，可是翻翻过去的那些名著，才知道一切都被写过了。还是不够新，甚至早就陈旧了。这很麻烦也很耗气。不求深刻，单求新异，这也很不容易。如果是新的，它就不会浅薄。问题是全写过了，全都是旧的。

比如说战争小说常常写到爱情。血泊中的恋情，大家都写；生命关头的思念，大家都写。爱情这种事是经常发生的，战争期间、战场上也一样。战场上女的少，于是战士和军官就更多地与护士恋爱。这是必然的。不过这就带来了一个问题：大家都写与护士的恋爱，就更容易重复。比如海明威在写与护士恋爱方面就很出色，那我们后来人就得小心了。爱情——真实生活中的爱情，即便发生一万次都会是不同的，可是到了我们笔下，它们就差不多了。长篇小说拉开的空间大，运笔调整的余地也大，本来可以弄得更好一些，但实际上却不行。好像长篇小说中既然有时间编织曲折的爱情，那就让它无限曲折下去吧。弄到最后，这些爱情缠缠绵绵生生灭灭，都差不多。有些短篇反而好一些，它们由于篇幅短小，只好写一些瞬间变化，写萌动和终结的原因，写一闪之念，这样反而省去了许多麻烦。

看了一两本专写爱情的、大受欢迎的长篇小说，有些吃惊，不明白它们怎么受到欢迎。作者有耐心讲这么陈旧而且毫无生气的故事，写个不停，让人想不明白。什么本来相爱了，又误解了，又是异母同父的新发现，又是家长死不同意了，又是生病了，又是遇到其他障碍了，怪事全让作者遇上了。可怜的是读者，他们一时就被这样破烂的故事吸引住了。

再就是长篇的抒情。抒情这个手法很危险，因为一旦把它当成了手法，问题就全来了。它其实并不是个手法，不是一种类似修辞的那种东西。写到一定的地方，情来了，必然就要抒发。那是大水的一次冲刷，土坎根本阻拦不住，闸门必定也要打开。而有的人在情感来临之前就开始抒发了，有些突兀。还有的真的激动了，不过是经过了一再调动的，是为了抒情而费力地激动起来，是被自己编出来的故事给打动了。

抒情弄不好，就成了某出戏剧唱出的那样："抒豪情，立壮志，面对群山……"生硬地告诉他在"抒豪情"，那是不行的。一个人有无豪情，要看这个人生命的性质。生命底层的激动才真正值得注意。有就是有，没有就是没有。写作中一到"啊！我多么的……"时候，就该警惕了。当作者重新读到它们时，往往要拿起笔来划掉。因为他发现似乎还激动不到那个地步，还是算了，等以后有机会再说。

机会总会来到的，如果是个真正热爱生活的人，就必然会对人的命运深刻关切，会欢欣激越，也会痛不欲生。这时候想忍也忍不住。心灵深处的激情可以用无数的方式抒发出来，可以直接地专门地抒发，也可以掺在字里行间，在描写、对话甚至是自然景物中都可以表达。严格讲，每一个字都在抒发特有的情怀。现在的长篇往往专门拿出一个段落抒情，这就是高难动作了。这个段落弄不好简直什么也不是，最后还得用笔划掉。一个人的情感泛滥了，就没法收拾，就没有真情可言。尽抒发一些虚情假意，有什么好处？所以最好还是不要专门化地抒情，要处处有情处处无情，不能见景一定生情，因为情这种东西，还是不能按部就班和拔苗助长。很多的矫情，就是这样发生的。

小说中有些议论往往也是败人胃口的。议论的段落和抒情的段落差不多，使用起来很是危险。多次看到这样的情况：作者唯恐读者不明白他的用意、主题，唯恐读者不服从他的激动，于是就大肆议论起来。这样做什么好处也没有，只会让读者觉得作者是一个多话的人。有些议论糟透了，有时只是一二句议论，就破坏了很多东西。不议论嘴痒，这是个毛病。回头编小说集的时候，总想动笔删除的，就是一些议论。

如果说短篇中篇中的议论有害，那么长篇小说中的议论如果不当就更加有害。因为长篇小说为一个作者提供了更多的机会，作者一旦有议论癖，议论起来就会没完没了，就会弄出许多毛病。有人可能指出有些名著中，比如托尔斯泰、雨果和巴尔扎克的小说中也有很多的议论——当然是这样。在他们那儿，议论往往是好东西。他们能让自己的议论化为艺术中真正的有机部分，谁也剔除不掉。他们已经进入了另一种品格，一般人不能与他们相比。他们可以做的事情，我们就不可以，议论只是其中一例而已。他们心胸博大，技艺高超，简直怎么做都行。他们有自己的道理，涉笔成趣、成理，那是靠巨大的天才和修养在后面垫底支撑的。我们不能简单地模仿。他们已经进入了自由王国，可以随心所欲而不逾矩。而我们只得小心翼翼地按规矩办事。

议论容易露、浮、浅。我们的长篇小说不被议论所害的，可能只有十之一二。特别是有些莫名其妙的议论，颠三倒四，不得要领，还一再地沾沾自喜。这些议论都是从一些外国书上学来的口气，读起来怪烦人的。好的议论其实是就是老实人说话，平白贴当，深入浅出，给人道理的同时也给人安慰。还有一些所谓的现实主义的"严格之作"，它们的议论更让人害怕。那些议论其实就是一些豪言壮语，是大而无当的吓人口号，好像作者已经是纯洁到不能再纯洁的人了，心中只念念不忘革命的理想，别的一概不管不顾，"砍头只当风吹帽""面不改色心不跳"，总之说大了。这当然不真实。这样的议论和描述让人想起过去那些年"活学活用"的积极分子，他们把自己先进的行为配上相应的导师语录，一一对应，像搞诗配画一样，又滑稽又拙劣。

有些写战争的长篇还常常引用一些战争名著，加以发挥，觉得也不自然。在这些名著精神的影响下，就出现了他们编撰出来的不真实的指挥员和将军。这些战争的指挥者用奇怪的腔调说话，用奇怪的思路想问题，行为举止的潇洒利落被大大夸张了。他们都自信到不可信的程度，而且像真正的大艺术家一样富有幽默感。他们有预见性也有感应力，有先知的味道。这其实是一种谄媚，是送给胜利者的语言贿赂。作者很少如此卖力地赞扬过失败者。其实我们的指挥员有什么经历大家心里都有数。他们大多是从庄稼地里、从山沟里走出来的，有的只是穷人的智慧，有的只是劳动人民的品德，比如疾恶如仇、勇敢无畏。他们在参加队伍之前的小名往往叫铁蛋或二柱，叫狗剩什么的，平凡得很。我们的作者把这么平凡的人写成了那么洋里八道、装腔作势的人，往往也让他们自己尴尬。试想他们如果在战场上正在那样拿腔拿调地讲话时，有个老乡走上去喊一声"狗剩"，他们会多么不好意思！所以说我们要真正爱护指挥员的话，就不能离开真实的土地，以免让他们产生不必要的难堪。

学习名著，主要应该学习作者的质朴精神、他们的胸怀和气魄，而不应该仅仅学习作品的外部形态。这样学下去，即便较快地制造出一部"名著"，也是一部赝品。

这样说有些苛刻，只是当时阅读积累下来的零碎感想。

1985 年 8 月，济南，于"长篇小说讨论会"

黄沙一层层落下

这是第二部写机关生活的小说。第一部是中篇小说《童眸》——受这部作品反响的鼓励，就再次尝试，等于练笔。那篇小说探讨了质朴精神与人、一个社会的总体创造能力的关系；现在这部小说，大约仍然写了类似的思想。有的朋友也指出了它反对僵化、批判机关不正之风和官僚主义等等。当然也包括了这些。不过小说主题、它的主要思想倾向不能停留在如此具体的方面，那也太狭窄太表面化了。所有的僵化之风

220

和主义，都是生命性质改变、扭曲之后派生的一层泡沫。不能满足于写一些泡沫，而要写激流和源头，这是当时的想法。

黄沙一层层落下的描写——大家指出是象征——当时也不太注重这个意思，只是想起了外祖母讲过的一个故事。她说有一个大果园，园角上有三五棵梨树和桃树被流沙埋住了，就由大山里来的年轻叔父用筐子将它们一点点提走，解放出一棵棵的果树。后来又沙子淤塞，再次把果树埋了，叔父又从大山赶来，再一次把沙子一筐筐提走……那是怎样坚韧的一种精神。

叔父年轻时的样子未见过，外祖母的口气里充满了感激和敬佩。人活在世上，如果有这样一种精神，这么顽强，那会办成多少事情。相信顽强和不屈服的精神也来自质朴的人。

在我眼里，质朴这个概念非常重要，所以探讨它的文字会写很多。总想弄明白它所包含的内容，它与人生、创造力、社会上的诸多现象，到底是一些什么关系……关于它的一两部作品也许根本就不成功，不过关于它的全部作品会是有价值的。

为什么在两部写机关生活的作品中一直没有离开小平原——胶东的那片土地？就因为自己有个固执的认识，觉得质朴精神是从土地上生长出来的。万物都有个出处，质朴精神就是出自田野和自然，是土生土长的。

如果人类进城以后，仍然能有像刚开始在土地上劳动那样的老实态度、那样实事求是的精神，就一定会把自己的生活管理得更好。事实往往让人失望。都想脱离劳动生产，都想过得轻松愉快，想享受，结果质朴精神也就丧失了。比如人人都想在劳动时省些力气于是就发明机器，发明中依靠了科学和求实的质朴精神。可是一旦机器造好了，越来越省力之后，这种精神就逐渐丧失了。这是关于创造的一对矛盾。这种矛盾人类始终都会碰到。

再说机关。机关离田野太远，更容易使人变得不自然。我在机关大楼就常有不自然的感觉。比如为什么上班要抢擦地的拖把？为什么要那

221

样费力地维持人与人之间的关系？为什么要那样谨慎而又谨慎？为什么要小心翼翼地看人眼色？活得太累了，谁都不能像在田野上那样自由自在，欢快流畅。当然工作性质不同，但不同的性质就应该差这么远吗？想不通。大概主要原因还是机关的人离田野太远，离开的时间太久了。

人和树木差不多，需要生长它们的泥土——这只是个猜想。如果长久地、一代接一代地离开了泥土，就会在很多方面生出毛病。究竟是什么毛病还讲不清，但一定会出毛病。小说中的罗宁敏感地察觉到了这一点。他做着默默的推理，同伴、妻子、领导，还有刚刚来省城告状的老人，都是他用来推理、分析事物的材料和对象。他的悟性比较好。他的敏感性，就是这部小说想写的东西。

人如果失去了这个敏感性，就会盲目地流淌在生活的河流里，被淹没，被吞掉。人要有感悟遐想和假设的能力，要在这样的情形之下保持自己的判断力，找出真正有价值的东西。

关于罗宁与艾兰的爱情，也是围绕那些。因为他们的结合从外部看上去蛮不错，即通常讲的"郎才女貌"。有人在讨论中总是赞扬艾兰，指出她家庭中的形象和机关上的形象，和谐真切，有韵致等等。其实大家也看出来了，她与罗宁根本不同，是两种人。他们都"生在新中国，长在红旗下"，可他们的品种类型也许极为不同。可能是血液、气脉、家族渊源的差别——有人可能说这样讲太玄，可真实的情形就是如此。艾兰与罗宁的不同之处就是她的迟钝，不敏感。她感觉不到人在渐渐失去什么，整天瞎忙。她也不懂得什么才叫真正意义上的进步。一句话，艾兰这个人总想积极地跟上生活的脚步，实际上却很"庸俗"。

如果不计较这些，男人就会和她过得挺好。不巧的是她偏偏遇上了一个很敏感很挑剔、很不适应城市生活的男人，于是故事——一个俗而又俗的分居的故事也就开始了。虽然分居被人写滥了写俗了，但他们的分居与另一些人的分居大不相同。作品在多大程度上写出了这种不同，也就在多大的程度上成功了。

忘不了有一次出发路过芦青河（那条童年的河）湾时的激动。那是夏末雨后的一个下午，一眼看到了一片亮亮的银色大水，水上的红柳，水边缘乱跑的小螃蟹……蹲在水湾那儿，欣悦感动非常，突然明白已经离开很久很久了。时间真快，转眼十几年过去了，自己的童年彻底遗失在这里了！写作《黄沙》的时候，有一个地方（或许还不止一个地方）就写到了这种激动、这种复杂的感受。

就像一次次鸡蛋里挑骨头似的，主人公罗宁一次次地挑剔着艾兰。但是他很爱她，很懂得爱情，是这样的一个男人。

艾兰也懂得爱情，不过她的那些道理太一般。她的男人可不一般。她的男人是个大地之子，一个葆有土地芬芳的儿子，而且读了不少书，这些书让他更加深刻。艾兰的父亲比艾兰好一些，可他同样也不懂罗宁的世界。老人有些朴素的情感，可这情感已经过多地被改造过了。他还没有像女婿那样善于回到原来去想想问题。他好在还比较诚实。他是一个官，架子还是有的。有架子就不质朴，就肤浅，所以他最终还是有些庸俗。

有人过多地肯定了艾部长。其实他这样的人，稍稍肯定一下也就行了。作品对他还算充满了善意。

近来常常想，怎样才能把城市生活、机关生活写好？好像写田野才出诗出画，写城市就不行。城市题材的作家格外困难，起码在中国是这样。写乡村，好好写就成了一个大自然的歌手。围绕这些想了不少，最后明白了一点，那就是作者也许根本就没有多少必要过多地考虑城市和乡村的区别，只放松去写就成。写城市也要浓墨重彩地写土地写田野，也要立志做一名自然的歌手。城市全是水泥柏油铺地，那么我们笔下的城市人就经常到郊区好了。反正他们离不开土地太久，太久了就让他们的脚或脑子赶紧转到田野上去。

这也许是个好办法，刚刚试验。这样做有点机械，不过也是受了心灵指引的，所以不会太可笑太机械死板。

谈写作总要说到"突破"。其实"突破"是很难的，仅仅是用力还不行。有人认为它比《秋天的愤怒》显得飘浮了一点。如果真的飘起来，那就是最大的失败，无论写出多少哲学多少道理都是白费。因为作品是让人感动的，靠从中分析出多少道理，也仍然没用。哲学和道理已经在哲学家们那里有很多了，而且他们仍在夜以继日地工作着。看来以道理见长还不是文学作品的强项。

有人问是否故意涉及新的、更多的生活，为将来的长篇写作做准备。并未这样想过太多，但客观上也许会是这样。

1985 年 11 月，济南，于《黄沙》讨论会

历史、立场和才华

写合作化时期的长篇很多，要写好更难。这段生活将来还要有人写，不过他们会有全新的写法。我们今天写这段生活，主要是否定，叫作"反思"。而当年出现的作品，却是全力地、毫无保留地歌颂。如果很久很久以后呢？再写又会怎样？有人可能说，那将是更严厉的挑剔、批评……不一定吧。

对一段历史的评价——艺术的评价，尺度有时是很怪的。可以有无数的角度进入那段历史。回到合作化上来，当年的合作化运动有失误的地方，有离开现实的理想主义部分，比如伤害了农民的利益等等。现在的作品主要在反映这种"清醒"，认为这是现实主义的。反过来，对于那些当时出现的长篇的一片称颂表示了轻蔑。这也太过简单。比如说，当时的作者如果是这场运动的满腔热情的参加者和记录者呢？他们不无偏颇的记录中也饱浸了激情和心血，那是一种赤诚献身的副产品——这样，后人能够简单地否定吗？难道这种向往、这种真诚，也是可以轻蔑的吗？

纯洁的激情、美好的理想、献身精神，都是闪闪发光的、永存的。

只看到作品在一个方面的失真失误，而没有看到造成这些的原因。过分地强调了它所赞扬对象的对与错，而忘记了艺术品根本不存在对与

错，只存在优与劣。只要作者是真诚的，再加上他的天才，就会产生一首真正的诗。如果赞扬一个事物，赞扬对了，但理智有余，而才华不足，写得干瘪无趣，那么占有的这一分正确也帮不了多少忙，不能使这部作品成为杰作。

艺术作品与论文不同，它不是在直接地论证什么。它只是在记录人情人性，让读者通过一颗颗活的心灵去印证那一段心史。这时，记录者本身的情况才至关重要，比如他的纯洁性、他的真诚度、他的才能等等。如果一个作者有历史的高度，也清醒得很，可是他不够真诚，那么他即便在大的方面对历史有了正确的评价，而在若干关于人的心灵的细部却弄得歪曲了，这部作品又能有什么价值？

很久以后，当人们再去描写合作化这段历史的时候，会有各种各样的写法。将有这样的作品出现：它们歌颂了人的探寻精神，认为合作化运动恰恰也表现了这种精神。虽然探寻总会有失败和失误，但人类总要探寻，而作品歌颂的，只是这种精神本身。它们还歌颂了人的献身精神，认为有大批的人在为这一运动贡献自己的热情和才智，贡献生命。他们也许在总体的认识中贯穿着一种悲剧精神，一种牺牲精神——这样的精神同样是不朽的。

现在写到合作化运动的长篇还不多，仅有的几部，或是牵涉到这段历史的中短篇，多是否定或挑剔。这是一个时代的风气，没有办法。这种挑剔和反思必然出现，任何时候都有对事物认识再认识的过程。可是这种反思只是抓住了一个小道理。还有大道理在我们的背后，我们不知看见了没有。评价一场历史的变革太复杂了，而艺术地表现这场变革，以变革为对象取得一种艺术上的成功，那就更加复杂了。我们如果让艺术简明扼要地服从于一种小道理，那将俗浅得很。

由此又想起了知识青年下乡运动，想起了以这个运动为对象的一批成功和不成功的艺术品——我们会看到，歌颂它和批判它，都可以产生好的作品。立场有时真的不重要，关键是作者的透视能力和才华。站在什么立场上都可以抓住部分真理。有人说立场错了，就没法认识历史，这是唬人。应该说立场（即视角）会影响人的认识，但不会只存在一个正确的视角。可以从一个角度一个方面去肯定知识青年下乡，但层次可能大为不同。比如从国不"变修"、战略性等眼光去看，是一个层次；从一生的一段不灭的回忆、一次投入的角度看，又是一个层次。不管怎么说，农村真的是一个广阔的天地。至于在那里是不是可以大有作为，这就要因人而异了。有的人大有作为，而有的人恰恰因为有了那段经历，后来才大有作为。凡是从农村回城的人，都必定有了收获。他们对生活、对人生的认识因此有了发展，起码知道了有那么一大批人在过那样一种日子。单说一些知青作家吧，他们不下乡能写出这么好的小说吗？单从这一点上看也不能完全否定下乡运动。我们可以想象，如果他们真的扎根农村，又会怎样？农村的现状会怎样？他们的现状又会怎样？对于培养新型农民、改变农村精神的物质的面貌肯定有好处。他们到农村，是一个互相学习的过程：他们适应农村生活，农民也跟他们学些文化，学城里人生活习俗上较好的一面。

如果否定下乡运动，也自有道理。这方面的道理在一开始的时候（伤痕文学）已经讲了很多，讲来讲去终于让人烦了。好像农村是地狱，那么千千万万农民一直待在那里，他们怎么办？所以这是个视角问题。农民有农民的苦乐观，而知青有知青的。普通的田里劳动是农民的日常生活，轻松自如，而一个嫩手嫩脚的知青可能觉得苦不堪言。如果再这样问一句：我们有什么理由如此突兀地、迅猛地将一些城里子弟赶到贫穷的农村？回答只是一些很大的道理。当时说强调"自愿"二字，可实际上并不完全自愿。有了强制意味就不好了，就失去了道理——起码在后来的知青看来是这样。

对于合作化运动的评价，难道没有类似之处吗？那么我们仍然回到文学上，就会觉得对于知青题材的开拓上，远远比合作化运动这个题材有成就。而合作化运动离我们更远，更成为了历史，并且这个运动更大，牵涉的人数更多。到底是什么因素影响了这个题材的开掘？让人费解。

有人可能说当年那些赞颂的作品写得太多了，弄得最后已经庸俗了，人们不愿在翻得很松很烂的泥土上重新挖掘了。可能不仅仅是这样。因为对于上山下乡的赞颂更猛更烈，余音未逝，想不到新时期里，作家们又有了那么多知青题材的作品。在这十年的主要作品中，中短长篇，差不多都有这个题材，它们占据了很重要的位置。刚才说过，它们的创作者大都是当年的知青自己——如今他们成长了，开始在文学这个天地里"大有作为"了。这也许就是知青文学不断翻新、成长壮大的主要原因。

　　对比一下，合作化运动的文学作品为什么在新时期里不够繁荣，那个道理就比较清楚了。主要原因就是我们新时期文学中最有创造能力的中青年作家，都不是这场运动的参与者，他们或者对这个运动本身不够关切，或者对这个运动完全陌生。那么在很长一个时期里，在关于这个题材、这段历史的描述上，仍然要依靠老一代作家了。他们会走进这种反思——事实上我们看到他们已经走进了。

　　但我们毕竟还是一个农业国。农村的变革，无论是昨天还是今天，都会对我们的文学产生巨大的、无法消除的影响。从近期的农村变革看，它的影响已经远远超出了农村本身。这涉及政治、上层建筑，文学在表现这场变革时，出现了从数量到质量都占优势的一批作品。那么农业合作化运动与今天的农村变革是什么关系？难道今天的农村变革不是针对农业合作化而进行的吗？没有昨天会有今天吗？显而易见的是，所有描写经济变革的作品，都无法回避一个事实，那就是消失在历史烟尘中的互助合作运动的热烈呼声。它留下了回音，这个回音正日益强大、响亮。人们要重新认识和评价这个声音，包括用文学作品去重新描述它、鉴定它。

　　问题是正面地、直接地写那场过去了的运动的作品，仍然稀少。会有另一代作家，也许就是今天的中青年作家，再一次面对这段历史。关于抗战的题材，不是有一批新作品出现了吗？也许人们在等待，等待一个契机。往往在一个不被人注意的时刻，转折点就悄悄地移近了，事物就发生了变化。这一天会有的。

1986年6月，济南，于"长篇小说讨论会"

有的刊物独善其身

刊物只要正气就好。一个刊物正气日久，很远的地方都看得到。刊物的气味是办刊人决定的。有的刊物骄傲，有的刊物谦虚，有的刊物油滑，有的刊物斯文，有的刊物矜持……

办一份雅致的刊物很难。有的读者不喜欢雅致的——他们可能更喜欢看一些曲折的故事、时尚的文章。但雅致并不是指"小资情调"。都不愿看那些趋时性太强的文学刊物，因为它们一跟风就顾不得文学了。不论什么刊物，都应该由真正的文化人来办，办得有学问。

一个刊物坚定不移地守持，会使许多读者和作者感动。可惜能做到这样十分困难。又要不说假话，又要保持自己的传统，并且始终独善其身，比什么都难。一个刊物的主持人需要多么大的恒心和定力，还有勇气。

都喜欢刊物封面上的水乡小镇素描——钢笔勾出的小镇美极了。

有的刊物喜欢花花哨哨，从封面到内容都这样。可是有很多人宁可看那些平实一些朴素一些的，比如扎扎实实写出来的文字就是最好的。现在时兴不用真功夫，故意把一句简单的话写得颠三倒四。只要写成这样，有人就叫好。这是学习外国现代主义的结果。虽然有些著名现代主义作家有时也颠倒、晦涩得很，不过仔细研究一下就知道那是两码事。两片土地差异极大，生长当然是不同的。

现在刊物满天飞，办刊物的人各种各样，花脖子瓷眼。有人说按人口计，人均报刊数中国并不是多了，而是太少了。这个估价只是按人口计，要按知识人数的平均比例来算，又会是另一个结论。在一个文盲很多的农业国里，文学生产力和消费者的状况与西方发达国家和地区当然不同。如果刊物之间竞争，我们这里的情形会十分复杂。仅仅在文学性上展开竞争，最后好的刊物只会剩下一点点市场，也许只有个别的会成长起来，大多数可能都要关门。

如果雅文学刊物不实行补贴制，就必然要弄些乌七八糟的东西来糊口，维持开张，到时候就怨不得刊物本身了。反过来实行了补贴制，还要热衷于那些东西，就是另一回事了。

1986年7月，济南，于"《山东文学》讨论会"

把弦绷紧

中篇小说也许是古怪的文学样式。比如说它在结构上可以说最需要匠心独运，又可以说只需要作者放松地写就是了。它好像自由得很，又好像充满了规矩和限制。有人以为写不成长篇又不能止于一个短篇的，就是一部中篇了。不过恰恰就是这样的文学样式中，在新时期里并没有产生特别多的上品。它就像长篇一样，很难让人特别满意。而短篇就多了。回忆一下文坛上数不胜数的中篇小说，给人留下深刻印象并又一直经受着考验的作品，起码不如短篇多。

它有自己的奥秘，它需要探索。

那些今天看起来特别好的中篇——我们看到的中外优秀中篇，同样令人难忘、让人击节，但它们的品格却往往大不相同。由此想到文学作品要成功，因素太多了，因而难以制定出什么规矩，特别是不能具体地找出其中的规律。比如有的作品写得非常复杂，包容了无数的东西，阅读时常常惊叹作者的驾驭能力，惊叹他能够将这么多的意绪组合控制到这样一个境地。这个作品的确是以复杂深邃取胜。而有的小说却又写得特别单纯，一两句话似乎就可以全部概括。它甚至很简单，过于简单，不过它同样是一部难得的妙文。因此我们就不能说复杂和单纯哪一种更高一筹。我们只能说它们具有不同的品格，作者在追求这种品格的时候，进入了很高的境界。

对于评介和理解作品时所面临的类似矛盾情况，数不胜数。判断一部作品的优劣，全凭一个人的感悟能力，这不仅要凭一双肉眼，还要凭一颗心。

已经发表了多部中篇，但它们并没有超过短篇，也没有超过长篇。奇怪的是写一部中篇时，总比写一个短篇郑重多了，准备工作做得也极充分。毛病到底出现在哪里，在哪个环节上出了问题，还要慢慢琢磨。一部作品的影响大小并不一定与质量密切相关，一部天才的作品被埋没也是正常的事。单讲影响如何是没有多少意义的。

至少有一些中篇小说是这样处理的——它们或许被作者弄得草率了。就因为需要一定的字数才称得上中篇，所以就把一个短篇拉长了。有人认为这是将短篇的结构写成了中篇的缘故，也不尽然。关键不是方法上出了问题，结构有时很难看出是中篇还是长篇，除非所谓的这种结构已经有了套路。关键是要写的这个东西，究竟需要耗费多少激情、多长的"气"？有多大的激情多长的"气"，就可以写多长。有人可能讲，如果是一个复杂的故事呢？如果这样，那即便没有多少激情和"气"也要写得很长了。不能同意。因为仅仅专心于故事的不会是个好作品；作品的重心不在故事上，再复杂的故事也可以简化，几笔就可以交代清楚了。一部作品里总有比故事重要得多的元素让作者激动。

当然决定小说长度的，有非常多的因素，这里说的道理，只是诸种道理之一。同一个故事，由不同趣味、不同才能的人去处理，会写成长度完全不同的东西；而同是一个人去写，由于他写作时的心情、竞技状态、其他著作的影响等因素的不同，也会写得完全不同。他可以把同一个故事写成短篇，也可以写成长篇；可能写成长篇时仍然意犹未尽，写成短篇时反而感到无话可说。

所以说，一部作品的长短完全要看作者自己的情形。它的长度至少不全是客观或主要不是客观因素所决定的。既然这样，介于短篇和长篇之间的这种文学样式就有需要好好研究了。

如果把它当成一条中等大小的口袋，那就不好了：既不精致又不庞大的东西就尽可以往这条口袋里装，它的质量当然不会好了。

看来主要是作者自己的艺术控制能力，是他追求和创建艺术和谐的能力，他的"文气"如何。在一部中篇小说不太长也不太短的文字中，稍有不慎就会写出闲笔，就会忽略不该忽略的东西。中篇留下的陷阱太多了，因为一切看起来都容易得很，回旋的余地也大，过于放松，也就丧失了警觉。同一个场景，有人写了几千字并不显多，而另一副文笔只写了几百字就有点累赘了。这取决于人的魅力，文字的魅力。

人在激动的时刻里，会有超常的发挥，但另一方面判断力也会出问题。这个时刻主要是理性的潜隐。在感性强烈时仍然特别清醒、平衡能力很强的人，才会写出杰出的中篇。

有些中篇写糟了，还因为心分得太重，文章的气路已经不通；好的文章一眼看去，通篇都有流动的生气，铅字已经激活。有的作品也没有写曲折的故事，可是看完了还是令人兴奋，令人感叹不已——待要向别人复述时，又觉得无话可说。这是因为内在的生命力在打动人、召唤人。

在读者那里，中篇容易被重视；在作者那里，中篇容易被轻视。无论在准备写作时的外部状态有多么肃静沉稳，内心里的一根弦还是要绷紧。凡是把弦绷紧了的，都写得扎实有力，有内容。

有些"放松"的作品也属上品。但这只是风格，而绝不是松松垮垮的写作。再放松的笔调、品格，也是长期绞尽脑汁、刻苦劳动的结果。

1988 年 3 月，济南，于"中篇小说讨论会"

散文的存在

喜欢读散文超过了其他——特别是状态好的时候，在勤奋地写作的间隙里，尤其愿意放一本好的散文在手边。它给人纯洁和安静，给人一种安慰。如果一部小说也给人类似的感觉，那么这部小说一定写得非常好。

散文是所有文学体裁中最随便最放松，又是对作者要求最苛刻的。好像谁都可以把散文写好，又好像只有素养特别好的人才可以写似的。那些在创作中显得非常沉着的人，有时候恰恰在散文里表现出非凡的经验和智慧。它给人一种直截了当的感觉，可是它的无限曲折都掩藏在内部。无论是写人写景写事的散文，还是什么别的散文，看上去都是这样。

有人认为好散文首先是它的质朴无华。只要失去了朴素的品格，也就失去了力量。从古至今，当然也有一些名篇写得比较华丽，可它们总有不招人喜欢的地方。有名的篇章与好的篇章并不一定是同一回事。一篇文字写得招眼就可以出名，但由于不同的原因都可以弄得招眼。先秦的文章多么结实，多么有境界，多么高古！它们都是朴实的、言之有物的。可是汉以后就慢慢添了华而不实的毛病。类似的情形在"文革"中后期，甚至在"十七年"里都非常严重。无病呻吟不仅是"资产阶级文学"，所谓的无产阶级文学也常犯这个毛病。读一些所谓的散文名家的作品，那种矫情让人受不了。受不了作家硬着头皮说假话，没有真性情，结构上、词句上收拾得再完美也不行。

一些抒情散文没有什么真情可抒。他们在用力地抒发一种有可能受到欢迎的情。这样的情抒得费力，读起来很少受到它的感染。不过初学写作的人也容易受到影响，因为这时还过分注意词句本身；还有，他们的社会阅历一般都比较少。由此看，散文最容易引导人作文，所以坏的散文害处很大。有的散文虽然情感较真，但作者雕琢词句的功夫用得过大，以辞害志，也是个损失。这好比一个真正会打扮的人并不浓妆艳抹一样。

散文太难写，因为它看上去太容易。它需要很多的知识、很真的情感、很老到的功夫。这三者都具备当然很难。它需要激情，还需要作者有控制激情的能力。有的散文无趣无味，啰啰唆唆，让人不能卒读，主要是作者本人没有活力——生命的活力。缺少了活力，文章就呆板难看。

多写散文也许可以医治作家的许多毛病。一个出名的小说家、剧作家，也完全可能词不达意，连文从字顺都做不到。散文就是作文初步，也是作文的最后一步，练的是基本功，又是最重要的功。一个文学人士出名是有各种原因的，出了名不一定就有了功夫和才华。我们应该常常问一句：自己的作文初步到底怎样了？回想在学校时，老师让我们作的文章中，大多都是散文。可是我们今天真的会写散文了吗？

如果仔细分析一些长中短篇小说，会发现其中有些部分是多么好的散文片段！它们在全书中显得那么和谐，闪射着光辉。作者即便不是一个散文老手，也一定深懂作文的妙处。有着散文神韵的，不仅是小说，还有一些戏剧、诗。我们从任何体裁的文学作品中，都能感到散文的存在，它的力量。

刚开始写作时写了不少散文，当时非常愉快也非常谨慎，慢慢积成了一大卷，包起来送给朋友看。有一个朋友住在十余华里之外，去找他就要路过一片玉米地、一片花生地。记得一个星期天，我用塑料纸包住一卷散文，顶着小雨去看他的情景。雨水冲刷着玉米缨和花生棵，一种甜丝丝、鲜乎乎的气味扑向鼻孔。那时多么愉快！当然了，手里这卷散文还稚嫩得很，可是当时觉得它们多么好。马上就要与朋友一道讨论和鉴别了，所以无比兴奋。那个过程就是一篇散文的材料。那时候写作非常快，还不太懂为文的艰辛，只知道写个痛快。

当时有几个散文家特别吸引人。他们的集子让人再三翻阅、摩挲，已经磨得毛茸茸的了。直到今天，有些篇章仍然喜欢。不过也有一些，今天再看觉得感情稍稍不真。反过来，在当时不太喜欢的几篇，今天看它们倒是朴实深厚，更能打动人。看来文章是属于不同修养、不同年龄段的人。心无皱褶的少年喜欢的，一个中青年就不一定。再老一些，又会喜欢什么？可能在老人眼里，稚气清新不失为一种拙趣，同样也是可爱的吧。

总之不能用一种散文的成功去矫正另一种散文的不成功，不能以一种好散文去形成所有散文的套路。这种套路有一段时间眼看着发展蔓廷开来，一时不可收拾。比如有一段特别愿意用象征和比喻，读者一眼就能看出作者要干什么；到了末尾，再强烈地抒情。就是这样。这种文章一直进入课堂，记得读书时，老师推荐的书报上的好文章都是这个气味的。那是一个时代的风气，我们这些爱好文学的人都看不出有什么不好的地方，都在模仿它们。

文章是一个时代一个气息。能摆脱一个时期的总体风气，需要多大的勇气和悟力。谁这样做了，或者就大红大紫，或者就默默无声。

有一段时间风行一种带韵脚的散文诗——为了押住那个韵脚，作者费了九牛二虎之力。一篇散文或散文诗很长地写下来，一直押着韵，读起来多么别扭！其实有无诗意，关键不是什么韵，韵脚无助于诗意。诗意是境界，而不是根据嗓子生出来的，不是响亮顺口之类。我们所见过的真正优美动人的散文诗大多都不押韵。

1988 年 5 月，济南，于散文讨论会

深长久远的韵致

民间文学给我们真正的滋养。它既是一个品种，又是一个根源。它常常能够给作家注入创造的活力，使其生气勃勃。怎样发掘民间文学，使它保持原生性并且不至湮灭，已经成为很多人关心的事情。

民间文学不只是一些流传下来的通俗故事——它当然也包括了这一部分。只记下一个故事的框架，也许传递不出民间文学深长久远的韵致。发掘和整理不能莽撞地剔除，不能人为地减缩。民间文学一定或常常有些枝蔓重重，由于各种原因，比如时间的、历史的、政治的、宗教的种种缘故，也会变得晦涩深奥，像经书一样难啃。显得芜杂的、原汁

原味的，或许才是真正迷人的。有些民间藏下的史诗，就属于这样的形态。

民间文学是时间的馈赠，是众手合成之物，经过了曲折漫长的历程才呈现给我们。它在这个复杂的过程中被时间的水流冲刷、沾裹、碰撞、浸泡，不断地改变形貌。这个变化也不完全是修正和提高，还有其他种种元素一路加入进来，让人一时难以辨析它的原来面目。因为它已经不是单一的质地了。这种相互交织和掺杂，也正是民间文学的价值所在。

传统的民间文学整理者认为，通常一部民间文学作品必然有主要的创作者起了关键作用，并且按照一个理想的模式成长，源于民间，流入市井，达于文人——或者再一次返回民间，经历一个周转的过程，这样提高修正，渐渐趋于完美并保存下来。这样的设想虽然常常可以找到事例支持，但大多数时候还是多了一些理想成分。实际上一个单纯的民间传说，经过不同地区的流传演变之后，更大的可能是变得进一步庞杂了，所谓的年深色愈重。

也有的直接是文人手笔，不过是在民间普及了、保存了——这种返回民间的过程是有代价的，就是被不断改造、修补裁剪，成为烟火气十足的东西。这样它才能构成民间文学的一部分，以民间的面目出现。所有这些不同的元素互相影响、渗透和融合，走向始料不及的多样化和芜杂化。

这样的民间文学往往让人惊讶不已，喜悦接纳的同时又有诸多惶惑。可是当代人接触它们的时候，不能有洁癖，不能因为一己的偏好去随意剔除。

无论如何，民间文学就数量和总体质量而言，是任何一个作家都难以匹敌的。因为一个作家的创作力来自独一的生命，又是在极为有限的时间内完成的。而民间文学汇集了所有生命的创造力，拥有无可限量的时间。时间和空间的开敞度，决定了它是永远打不败、永远不会被埋没的。因此比民间文学具有更大生命力和创造力的，终究是极少见的。

民间文学中自然而然地含有糟粕，有庸俗不堪之物。但也就是这些间杂和蕴含，增加了它幽深的魅力，它的多重交叠之美。赞誉者认为，总体看民间文学的精神气质是高古文雅的，不能以庸俗社会学的态度来对待民间文学，不能将它与诗和美和雅割裂开来，将它与伟大诗人和作家的作品对立起来。也许我们从一首流传了千年的古歌里面，可以听到多种声音，那是最优雅最深奥的。换一副耳朵倾听，它古老庄重的色调是任何一首现代诗歌也比不过的，虽然它通俗易懂，虽然它明白如话。我们真的只能从民间文学中才能听到这么多的弦外之音，听到力与美、雅与俗、大与小、单纯与复杂的奇异交融。

民间有多么久远旷达，民间文学就多么久远旷达；民间有多么深长曲折，民间文学就多么深长曲折。民间是一个多么大的概念，民间文学当然也一样。

关于民间文学的理论研究，发掘整理，越多越好。而今描述当代生活的作家需要它的滋养，渴望从中接受一些新的启示。即便向它学得了一点点本事，都会引起激动的联想，都会受益。为了揭示一种渊源和来路，就要追问根底，寻找陈迹，顺藤摸瓜，做各种考证和假设。我们的视野也就在这个过程中被拓宽和校正了。它将我们当代所受的污染消除，将一些概念化思维、时尚套路强加给的桎梏一点点粉碎。这是开启思想自由的一条通道。民间的泥土沾到两脚之上，新的道路也就在吸引我们了。在一种极其特殊的社会文化浸染之中，民间文学的淳朴和真实具有始料不及的校正和修复功能。

一个文化古国、一些地区，必定拥有最为灿烂的民间文学。像印度、欧洲、中国的民族区域，就是这样。这一部分积累得越来越多，以至于它在某个区间积压尘封不被注意，在另一个地方却以稍稍不同的面目出现了。湮灭是不可挽回的损失——这在经历了相当漫长的新文化培植期之后，往往是经常发生的情形。这就使整整一大茬人缺少民间文学的滋养。他们失去了丰厚的文化土壤，没有得以喘息的另一个精神空间，待在了极为狭窄的现实通道里。

我们反对将民间文学这笔巨大的文化财富丢弃不顾，或改造得浅薄化庸俗化，并以讹传讹地加以继承。它某个板块或个别篇目的粗陋，影响不了总体上的博大精深。它的基调是极具浪漫色彩的。各地大力收集整理和印刷民间文学，是一场突然来临的大丰收，也是大混杂，泥沙俱下。这是令人欣喜又是极具危险性的工作，就像对待脆弱而又宝贵的出土文物一样。这时候不得不使用"抢救"两个字，因为有些民间文学只能通过衰老的嘴巴说出来。不过也只有这个办法才能有所发现，说不定能发现一部精品，一部新的史诗。

1988 年 10 月，济南，于"民间文学讨论会"

须得与之同歌共哭

历史人物写成小说又容易又艰难。因为一个熟悉的历史人物，尤其是大人物，关于他的资料很多，尽可以选择；困难的方面是关于他的一切资料，甚至是已经写成的文学作品，已经在相当大的程度上固定了一个形象。要重新写，写出新意，要写得引人注目，特别是写得更真实，就非常难了。

大家眼中的历史人物有固定的形象，固定的行为方式，哪怕要改变一点点，都要付出极大的努力。写出人性的深度，这更不容易。因为关于他的历史的哲学的思想的种种探究已是汗牛充栋。新的思索必须具有异常强大的穿透力，才能够洞察内里，不然就冲不破固有的思维屏障。

在一堆陈旧的但是充足的资料上拼凑一本二三十万字的书不是难事，于是我们就看到了各种各样的传记。翻一下就知道，这些书并未告诉我们任何新的东西，就连书中人物的生活细节也是被多次夸张报道、刊登过的。而且立传人的思想规矩得很，循规蹈矩，其想法并没有比通常流行的见解高出多少。这样的书还是更少一些才好，因为只是重复，是再一次的堆积，却没有逼近更真和更深处一寸。

237

历史小说如果写得缺乏生气，那就更不值得。因为当代题材的作品只要诚实，起码还可以透露一些时事，可以传递一些信息，有着令人大致同意的当代生活场景的阐释。而历史题材的作品写得呆板无趣，就毫无兴味了。事实上一个作家不能用激情去熔化历史，拥抱人物，就不会获得独立自为的艺术。

有人以为写当代小说要依赖激情，写历史小说只是掌控资料、消化和运用这些资料，是这样的一些能力。这是本末倒置。许多历史小说，作者本人并没有洞悉人性细部，没有心灵冲动，只是让资料牵引一支笔。写历史人物，须得与之同歌共哭。作家眼中的历史不必也不一定与历史学家相同，因为诗心特别，看到的永远是艺术视角下的一方风景。获得和处理各种资料，这只是一个方面。能够比一个艺术家更熟悉和擅长处理一堆历史资料的人，在这个世界上还有很多。

历史小说的语言也很麻烦，太直白太现代或一味仿古都不行。怎样进入一种舒服的语境，是非常难的。有的历史小说被写得古里古怪，尽是调侃荒诞。历史人物生活的时代和作者所处的时代是相互作用的，它们二者应该有一些奇怪的联系发生。那种语言环境既是往昔的，又是从今天出发的，这一段里程不长也不短。如果走到半路停下来，当代读者就会感到别扭。优秀的作者无论写了多么久远的历史事件，都让人感到亲切和逼真，那需要强大的还原力。这其实正是人性的洞察力。古今中外，无论时空怎么变化，人性的奥秘仍然是接近的。

语言方式包容了极多的东西，文学是语言的艺术，一切靠它的魔力去展现。我们可以看到有的历史小说不乏巧妙的情节，有各种精心设计的悬念和场面，人物也生动离奇，但似乎仍旧不能让人深深地沉浸。一切都需要通过语言去抵达和实现。所有的想象应该是特别的、难以重复的、贴紧人物心灵的，同时又仅仅是属于作者个人的。

作家应该拥有自己的语言，历史小说家也不例外。自己的语言包括语调口吻、气韵色彩，以及别样的节奏。

作家更多地受到了明清以来一些传奇和演义的影响，以为那就是历史小说的范本。这反而可能造成品质上的损伤。今天的文学写作已经越来越多地脱离了话本的模式和语言基调，经历了现代主义洗礼，它的本土性已经有了另一种诠释。现代小说边界的扩大，诸学科多体裁的交融，也使通俗文学的元素渐渐被剔出。这个趋势也许是难以逆转的。

1989 年 9 月，龙口，于历史文学讨论会

爱你的寂寞

专业写作者虽然不坐班熬这八小时，但劳动的意识并未减弱。事实上自由支配的时间，更是容易流失的时间。一个基层作者的事情总是很多，于是只好缠到这些琐事上。人们强调读书思考钻研学问，不是说要像乡下秀才一样过一辈子青灯黄卷的生活——不过也真的难以省却这样的功夫。基层就是底层，是文化边地，优越处是这里安静。

写作人在家庭里像一个"自由人"，于是就自告奋勇去做许多事情。这样一来时间不是多了，而是更少了。不侵占别人的时间，可是也要维护自己的时间。在似乎是漫长无尽的时间里寂寞，是多么好的一件事。这才是我们的希望之所在。

如果一两个月没有精读一本像样的书了，这说明我们并不寂寞。有一位诗人说："你要爱你的寂寞"——真的爱，就会沉在阅读里。每天读五万字，一个月才一百五十万，也就四五本书的样子。

只读文学书有些可惜。当代、古代、中国、外国，多大的一个文字世界。还有绘画和音乐，这是斑斓的世界，是美妙的声音。中外一些名画，让人看了总是产生一种感激的心情。中国画，要读懂并不容易。一个大画家的所有作品，一部绘画全集摊在面前，从头看下来，会受益多大！他一生的心血就这样摆在面前了，他为艺术的一生就袒露在这儿了。看吧，他怎样过早地显露了自己的天才，多么聪颖！他一点点开始成熟。他三四十岁、四五十岁时的力作，真是登峰造极！这个时期的作

239

品真好，也许是最好的——反复玩味，最后还是认定这是最好的。当然他还要继续画下去，雄心勃勃，到后来气吞万里如虎，愈老愈胆大。他已经跨过了万水千山，经历了无数狂热的崇拜或深深的、难以容忍的寂寞，已经什么都不在乎了。他胸中充满自信，不甘而又自足。这个时期他的画笔更老辣更汪洋恣肆，可是不像初出茅庐时那么小心翼翼笔笔求工了，也不像他的黄金时期那么气韵饱满扎实深厚了。一丝悄悄的浮躁气笼罩了作品。他也许知道了时间的大限在逼近，于是无论怎样克制，也还是露出了一些匆忙的痕迹。最后，暮年终于来临。辛劳的一生该画个句号了，可他绝不甘心。此刻他已经完全化为了艺术的精灵，不是规律在束缚他，而是他在改变规律、制造规律，他自己就是规范！他故意跟一切习俗和成规开起了玩笑，而且极为蛮横和顽皮。他以令人难以置信的笔力和技巧，夺得了第一批赞同者，取得第一步也是逼近最后一步的胜利。在生命接近终点的时刻，他多么骄傲地向死神炫耀了一通，并且最终证明了所向无敌和不可思议的力量。这不禁令我们遥思默想：如果再给他时间，他还会做出什么奇迹呢？究竟是什么，使他获得了如此强悍的力量？当然，每个人的时间都会用尽，伟大的天才也是一样，不同的是他是以最辉煌的方式来向时间告别的。这就是我们读一位天才画家所想到的。

它可以从哪里启示我们？这一条生命的长河所体现的每一次变化，是不是会重现于一个文学写作者？其实艺术家的整个过程大致都是一样的。一个天才画家营造境界，用墨技巧，浓淡相宜，画面结构，正从一切方面暗示和启迪着他人。

音乐用声音传递诗意。沉浸在一种绝妙的、辉煌的乐章里，身心经受洗涤。这是一次激越的穿行，一只神秘的手在指引我们，渐渐抵达。深刻的美和真使人焕发出不可遏制的创造欲望。

没有什么比文学艺术更能融合各种各样的社会生活和知识的了，一个写作者如果孤陋寡闻，就变成了一棵枯黄的树。

有人拜了老师，想弄明白当地的地质结构、海洋潮汐、大陆架，以及气候环境、土壤构成……这一切知识属于家乡，因而会使人更加充实，有了一个生活的根据，一个展开想象的物质基础，有了结结实实的思维材料。或者还有必要从植物学的角度认清这片土地上的东西，比如各种树木、花草，还有农作物。如果这样，我们就能通过人类共同的命名，向更远处的人转述它们的故事了。

要做的事情太多了，时间永远不够用。我们有一个共同的敌人，它的名字就叫"懒惰"。

1990 年 4 月，龙口，于文学讨论会

第 六 辑

深爱之章

依　偎

夜深了，夫妇两人依偎在生病的孩子床边，看着他入睡，听着他喃喃呓语。

她握住男人的手。他的手那么宽大有力，似乎并不像一只知识分子的手。是的，这双手每天都要负担那么多劳动，做粗活，买菜做饭，搬煤。它不停地磨损，已经变得处处老茧。自己的男人像所有的男人一样，总要不停地操劳，为了油盐酱醋忙个不停；与其他男人不同的是，这么多琐屑和困苦并没有磨灭他心中的那片叶芽——它从童年时代就开始生长，稚嫩天真，绿意盈盈——他一生都在小心翼翼地维护，让其伴随着长大。这种维护有时要费尽心力，但他还是咬紧牙关挺住了，挨下来了。他的眼睛并没有在风尘中变得浑浊，仍旧清澈如水、黑白分明。谁能想到这样的一双手还会弹奏出那样优美的音乐？它坚韧老壮，难以腐蚀；它染不上污脏和发臭的油彩。谁说这不是真正的男人？无论是最困难和最幸福的时刻，她都会在心底发出一连串的呼唤："我们永远年轻，永远在一起，永远也……不怕——我们从不后悔！"

他盯着妻子莹光闪闪的眼睛。

她仰视着他："这些年多少让人难过的事儿，都挨过来了……尽管我们挺苦，挺烦，一点也不宽裕，老要省吃俭用；前些年我们一天三顿饭吃不上新鲜的蔬菜，买不起肉——我们只吃咸菜窝窝和馒头，可是吃饱了之后把饭桌擦净，就立刻把粗糙的食物给忘掉了。能相依相偎比什么都好，还有身边的琴、这么多书。这日子真难，可是这么多年它都没法让我们改变。我们是不甘心啊。我一直想：可能在别人眼里我们是苦了一辈子的人，可只有我们自己知道是幸福了一辈子……"

他吻着妻子，沉溺在甜甜的气息中。他在这个时刻里不愿再说什么。霞光闪耀，多好的橘红色的霞光，它透过窗户一边那些梧桐叶投射在他们脸上。妻子的双颊红红的。霞光里她的面容总是显得更加完美也更加动人。他有时感到奇怪：为什么妻子总是这样容光焕发？她生孩子，吃一些简单的食物，跟着他到处奔波——怎么这一切就不能把她弄得粗糙？他过去一直不明白，现在却似乎有点懂了——就因为她从里到外都那么健康：不仅自己健康，她还想让我、让周围的一切，都成为真正健康的。所以她才是美丽的，所以她才不会衰老。

一种深深的快慰溢在唇边。他松弛、安静，又是非常自信地看着自己的小妻子。这个长了一双塔吉克族眼睛的汉族姑娘、这个与自己血脉相连的姑娘，从过去到现在都使他充满了柔情和爱意。无论何时，只要一想起她，他就不再对周围发出抱怨，更不愿显露自己的粗暴。因为每当他发火、即将暴跳如雷的时刻，他总是想起她的微笑、她的软软地搭在他胸部和肩头的手掌。那时候他就会在心里说：天哪，她在看着我呢，我可不能让她失望……我还需要什么？我获得的是如此美好的一个妻子！而她本身，正是这个令我愤怒的肮脏世界馈赠的——既然如此，我还有什么理由对这个世界发出憎恨，有什么理由恶毒地诅咒它呢？

他就是这样去叮嘱自己。他没有错，她从来没有让他失望。多少年过去了，争执总是远远地离开他；他们彼此稍稍离远一点，他就会受不了。他们会深深地记住彼此的责备，尽管它只是在目光中蕴含了几十分之一的责备……是的，我记住了，我再也不会犯过去的错误。

他们之间更多的是那种源于天然的和谐，他们看上去简直不像夫妇而更像兄妹。他们手挽手走上晚霞铺洒的小路时，所有的人都看他们。

许多人觉得这是一对不可理喻的人，只等着看他们的笑话。

人们常常看到他们走上林荫路，走上灌木丛中的小路，走上海滨，手挽手走在绿蓬蓬的原野上。他们天生是美的。

美本身会显得可笑吗？

这会儿他们靠在窗前，两手交织一起。他们在等待太阳缓缓升起……

想起了年轻的时候

在失眠之夜，当他终于打起小小的鼾声，当他在睡梦中轻轻舒展眉梢时，她会感到一种特异的幸福……她会长时间地、一动不动地看上许久。她想在这个时候用目光抚去他额上那几道浅浅的皱纹。他一开始总是和衣而卧，后来总是她为他脱去外衣。他实在太疲倦了，这时就任她摆布，嘴里偶尔发出一声轻微的咕哝。她这会儿常常觉得他有点像孩子，他们真是母子俩。他躺在那儿，她抚摸他也没有醒。他粗粗的胳膊伸出来，这胳膊肘部以上由于不见阳光，皮肤如此白皙。她这个小伙子永远身形匀称，充满生力。平时她除了要操持家务，把日子对付下来，还要忙自己的那份工作。疲倦总要来临，她有时也感到有点儿疲倦；可是在他那儿一切困苦都很快化释，有时它们竟显得那么微不足道。他差不多一直在前面牵引着她，摇晃着高高的背影在前面蹚路。天冷了，他用自己的躯体为她温暖；天热了，他为她去找一片绿荫。

他在梦中喃喃。她的脸贴在他的手上。粗糙的手掌把脸弄得痒痒的……她坐在床边，再离远一些，坐到了旁边的椅子上。

她想安静一会儿，就那么看着他……

她记起他第一次听她弹琴的情景。那是个傍晚，学校琴房空着，她领他进去了。那时他们认识不久，他很瘦，细细高高，戴着一副眼镜。他用奇异的目光盯住她在键上飞动的十根手指，说这可是怎么学的呀。她告诉他：很早以前，在艺校里，就是在初中班的时候，有个业余艺术

247

学校。我在那儿学会了一点，弹得不好。入了大学，弹琴的机会多了，每当有晚会就由我来弹；我还会几种乐器。他张大那双孩子般的眼睛问："能让我试一下吗？"她就站起来。他坐下了，显然一点不会。不过可以看得出来，他也许很容易就学得成。她问他会什么乐器，他说手风琴会一点，还说了"键盘乐器我容易掌握一些"之类的话。她趁机鼓励他："那么钢琴你学起来也不会太难，虽然弹好并不容易。"

大约只等了几个星期，他就在这同一间琴房里给她弹起来了。她惊讶极了：他差不多像她弹得一样好。她觉得奇怪，问他，才知道好多天他都在一个地方练琴。他想突然出现在她面前时吓她一跳。她说：你真的达到了目的，我吓了一跳。

那时他的胡子还不像今晚这么茂盛，也可能他那时很注意修饰——她想到这里笑了……

那时他们之间也有点过分的敏感，常常为一点微不足道的小事闹得不太愉快。有一天，他们本来约定夜自习之后到花坛的紫荆树那儿碰面，然后一块儿回宿舍去。从教室、图书馆到宿舍，大约有五百米。这是一条宽宽的校园路，两边长满了白杨树。那天她刚走出来就被一位讲师叫住了，他急匆匆叫她去一下，就离开了。她从讲师那儿跑出来，赶紧到紫荆树下找他——她想他一定会在那儿等她，腋下正挟着一本杂志，跺着脚不耐烦地等她。树下没有他的影子，她失望极了。天上的星星都眨着眼睛笑她，她想他大概真的生气了。她一个人默默地往回走了。

第二天，她见到了那个戴着眼镜的黑脸庞，嘴巴张了张，又忍住了。她想他的心胸这么狭窄，他在故意躲开我——她记起不久前他们吵过几句。她把脸转过去。

三四天过去了，他们没在一块儿。接着是一个周末——那一天学生会组织了一个晚会，他们要在晚会上碰面，而且还要合作。在商量节目的时候，他们忍不住都微笑着看看对方……从晚会上出来，她在路上告诉他：那一天他是误会了，她并不是故意不到紫荆树下去的，不是因为吵了几句就那样。她告诉他：她在那个晚上真的失望了，有一刻觉得满天的星星都在嘲笑她。他听着，自始至终没有吭声。她哭起来，他的眼睛也湿润了。他们不顾一切地搂在一块儿，腋下挟的东西都叭叭落在脚下……他有些急促地说："一切都怨我，我真不像个男子汉，但愿这种误会永远也不要有了。虽然这点误会不算什么……"她摇摇头："都怨我，我太小心翼翼，太不像样子了。我怎么能误解你——我们这样下去事情会多糟啊。"她哭得越来越厉害，到后来浑身哆嗦，简直站都站不住了。她的胳膊不停地抖。

"你怎么了？你怎么啦？"他扶住她，把她贴到胸前。

她呼吸急促，很困难的样子。他使劲舒理她的胳膊、她的后背。这样很久了她才吐出一口气：

"啊，好了，一切都好了。"

"你怎么啦？"

"没什么，我太难过了，我太恨自己。"

"把我吓了一跳，看这么点小事儿，你气成了这样。"

"我爱你！非常非常爱你……我……"

……这段小小的波折让她很难忘记。后来，在一本什么书里，她读到上面写的一对常常吵架的老人他们的故事：他们的关系真是糟透了，几乎每天都要吵架，后来就分开睡——老妇人睡在楼上，老头子睡在楼下。这样许久过去了。有一天老头子走到院子里，在一棵丁香花前停住了脚步——那一刻它浓烈的香味儿让他心里一动。他想起了什么……他突然想到了年轻的时候，那一场缠绵的爱情——他们就是站在这样的丁香树下啊，在这儿总有说不完的话，那是一次又一次的倾诉。那时候他们彼此都把对方看成是自己的生命，发誓一生相守，永不分离，永远恩爱，永远拥有对方；他们一生都将处于一种颤颤的、一丝一丝的爱意之中。老人流出了眼泪。阳光灿烂，他仰脸看看天空，又看看丁香树，然后返身回屋，一步一步艰难地登上楼梯。

老伴又固执又气愤地蜷在床上，听见脚步声就坐了起来。她定定地看着这个衰老的、满脸皱纹脾气倔强的老头子。后来她发现老头子在无声地流泪,就问:"你怎么啦?"老头子没有作声。又停了一会儿,老婆子又问:"到底怎么啦?遇到了什么事?"老头子沉沉地说:"没有什么,我不过想起了过去。"说着,大滴大滴的泪水流下来。

"你想起了什么?你还要找我吵吗?你还嫌不够吗?"

老头子把手搭在她的肩上说:"不吵了,老伴,再也不吵了。我想起了我们年轻时候,在丁香树下度过的那些夜晚。我想起了对你发出的誓言:永远也不误解,不责备;我将迁就你,原谅你,让你也像我对待你一样;我们将永远过另一种生活,有爱的生活;我会永远爱你。那时候我说得多好,可后来我还是违背了誓言。我对不起你,我是来向你承认错误,恳求你的理解、你的原谅……"

老婆子听着,目光渐渐变得温和了。后来她的眼睛也湿润起来,把手搭在老头子身上说:"你不要说了,这都是我的错,是我首先忘掉了誓言。"

"也许我们都不好。"

她伸展两臂抱住了自己的老头子。他们拥抱着,什么也说不出来。他们这时都想到了过去,想到了丁香树下那数不尽的夜晚、丁香花的浓烈香味。他们抱着,哭出了声音;到后来是呜呜大哭,泪水流在一块儿。他们双肩抖动,整整哭了一个钟头。

当他们再次分开的时候,就成为一对新人了;他们手扯手走到楼下,先到老头子的卧室停了一会儿,然后又来到院里的丁香树下。

他们一直手扯着手……

她一遍又一遍地想着这个故事。

精致、脆弱、一尘不染

她早他几年毕业。她一直担心的事情成了真的。

他分在那个海滨小城,而她在一所乡村中学。小城的条件很好,他每天都可以到海水浴场那儿散步。可惜这儿离她的学校太远了。他几乎每隔一天就骑着自行车到她所在的学校去，一百多华里的路途让他来复奔波，疲惫不堪。他说：我一定要想办法把你调到城里去，那样我们每天都可以去海边散步，洗海澡。

结果他们白白奔忙了好几个年头。这些年里他们不知找了多少人，送了多少礼，她还是没有调到城里去。到后来他们绝望了，明白要调到小城比登天还难。有人给他们出个主意，说结婚以后就会容易一些。他们听从了劝告，就结了婚。可是他们并没有搬到一块儿住，因为他们俩事先有过约定：一定要把自己的家安在那个海边小城；那个窝无论多么小，里面一定要有一个大书架；家具当然可以简单些，可是他们将拥有自己的一架钢琴……他们这样打算，也就这样做了。他们的结婚手续完全是为了办调动用的。

日子一天天下来，这两个无用的人，弄得焦头烂额，调动一事还是没有头绪。他所属那个区的教育局长在一个场合认识了他们，就主动答应帮忙。这真是喜出望外，两个人不知该怎样感谢才好；他们知道局长的孩子过生日，就特意买了鲜花和一些小玩具之类。局长笑着说，还是这样做好——以前有个同志找他办调动，事儿还没有办呢，就送了他一万元的现金——这不是给我加压逼我快办吗？再说那也太客气了！从局长家出来，他们对视了一下，吓得一声不吭。一万元，天哪，这是真的吗？局长这样说又是什么意思？要他们也交出一万元吗？他们一辈子也不会有那么多钱啊！

在忐忑不安的等待中一年过去了。那个局长见了他们就说：你看你看，你们那事儿我总是记不住！他们终于明白了，没有给他一大笔钱他是不会记住的。他咬咬牙，说：我调到你这里吧，这会容易得多，反正所有人都想进城。她哭了。他说没有什么，其实早该这样做了，只要我们能在一起就好——原来我们多傻啊。她说："不，我是为我们这些年的奔波难过。"她擦着眼睛："真的，我多么傻呀，我只要有你，有你这个愣乎乎的小伙子，不就有了一切吗？我们多傻呀，我们为什么非要到那个海滨小城去呢?"

他们唱着歌,欢欢笑笑地开始在这个乡村中学、在这两间简陋的破楼房里布置新房了。一边布置新房,他一边办理调动,很快就调到同一所中学里来了。他们有很多新奇的主意,使新房尽可能别致一点儿,但仍然十分简朴。"我们还有很多时间呢。"他说。

他们闲下来就一块儿到灌木丛中,因为他们在那儿发现了很多浆果和野花;五颜六色的野花啊,有浅蓝色的野菊花、深黄色的金盏草、杏红色的鸢尾花……这里比海滨小城可好多了,这里有无边无际的海滩、丛林,尽管这儿离大海还有一段距离,可这里毕竟也是海滨哪。那么好的一片杂树林子,那么好的野地。他们采了一捧又一捧野花,后来都拿不下了。这些野花插在家中清水瓶里,花香味儿就弥漫了整个新房。就在那个不冷不热的秋天,他们做了决定:在周末,静静地、暗暗地、不受打扰地举行婚礼——而所有人还都以为他们结婚很久了呢。实际上他们现在才迟迟地、真正地准备结婚呢,准备度过自己的新婚之夜。

那个夜晚,她永远也不会忘记——她相信他也永远不会忘记。

这个羞怯到让人难以置信的强壮小伙子,那天晚上总是问:"我,我伤害你了吧?我……"

她一遍又一遍吻他,安慰他。他们简直舍不得在没有知觉的睡眠中度过一个又一个夜晚。她实在太爱他了。有一次,不知怎么他想起了那个局长,就骂了一句粗话——她立刻责备地看了他一眼。他慌慌地说:"我再也不说粗话了。""你觉得那样好,就说吧;不过,粗话真的不好。不过,"她吻着他,"你要真的觉得粗话好玩,觉得有时候应该说说粗话,你就说吧。我不责备你。"她这样说着,却流出了泪水。他明白刚才的粗话伤害了她。他沉默了,那是一种无可奈何。

她早已准备接受他爱的人所给予的一切——也包括粗话。

事后好多天了,他又一次说:"我再也不在你面前说粗话了,虽然你原谅了我。"

她这一天为他做了很好的一餐饭:他最爱吃的大米和鸡蛋炒成的

252

"金银饭"，里面还掺了番茄酱，看上去像玫瑰花一样颜色。他们每人用金边小碗盛了很少一点。其实每人的饭量都不止这一小碗，所以他们都要再添一次饭。他说："小碗多好。"她说："小碗真好。"

他们只买了这么两个小碗：完美无缺，晶莹闪亮，两个金边细瓷小碗。这就像他们美好而简洁的生活。他们甚至因为这一对小碗而少吃了很多食物。后来生了孩子，才明白他们该有三只小碗。他兴致勃勃到镇子上、到那个海滨小城重新去找这种精致的小碗，可惜时过境迁，早就没有了。也有比较好的碗，可它们都是另一种样子的。不，他一定要买到原来那种。

太可惜了，最后他还是不得不给孩子买了更小也更好看的一只花碗，它也是细瓷的。

这三只碗摆在一块儿，象征着这个家庭：精致、脆弱、一尘不染……

每年都有四季

梦一样的往事在眼前飞过，时光的逝水从指缝间滤走，她发现：自己即便在极度绝望的时刻，也未曾失去希望。

她不止一次向冥冥之中的什么祈求了：我们没有什么奢望，真的没有。我们只盼望孩子长成他应该长成的样子。我们不需要过多的钱财，也不需要特别的荣华，我们只想在一年四季里跟住节气，平平安安。在大雪天，一家三口穿上棉衣，扯着手踏着白雪；在夏天，我穿上喜欢穿的花裙子，孩子穿上他的小背心和短裤，他爸穿上黑色T恤，我们去游泳，在太阳迟迟不落的夏日找块风凉地；秋天里我们去采野花和浆果，用野果子做两瓶果子酱。这是一年里最充实、最让人喜欢的一个季节，我们一家三口沿着小路散步，一直走到大海。当我们听到哗哗潮音的时候，就走了两公里，那时就该返回了。当我们再回到校园小宿舍时，天也就变得漆黑了。我们只是想这样过下去，普普通通，踏踏实实……我们真的没有太大的奢望啊，真的……

比较婚前那一段时间，当他还在海滨小城和这个乡村中学之间频频奔跑的时候，尽管疲惫，也还足够幸福和浪漫。那时乡村中学的人、村庄和园艺场的人，都常常看到一个头戴旅行帽的小伙子，看着他摇晃着身子，蹬着一辆赛车在土路上奔驰；看到他手扯爱人的手在林荫路上溜达的情景——两个人总是拿着一本薄薄的书或厚厚的书。他们走着，旁若无人，很快绿荫就把他们遮住了。有人用奇怪的眼光去打量他们，包含了很复杂的意味。村里人还给他们取了各种外号：有的外号很有趣，是一些奇怪的脑瓜才能琢磨出来的；有的外号具有很深的侮辱意味。谁说没有受过教育的人就没有巨大的创造力和想象力？那些大字不识一个的人多么善于给人起外号啊，那才真叫生动，让你一听就不能忘记，记上一辈子；你越听越觉得这个外号贴切，传神，美妙绝伦。他们那时真的被各种邪恶的天才包围了。别人并不认为两个青年人会安安静静地到小树林里读书、散步——那些人错了，他们在小树林里主要是读书，累了就散散步，采点野花和果子。有些人至少希望两个年轻人提早弄出一个或两个小孩儿来，可惜总也没有发生。这对恋人成功地抑制了自己这方面的热烈情感，以绵绵长久的温情取代了那种巨大的冲动。

记得有一天下午，他们在一棵蓉花树那儿坐了很久；太阳落下去了，四周一片灰暗。他们要走了，可是她在他耳边说："你听，你听。"他们一动不动地倾听——离他们不远的小树丛后边有沙沙声。当然这不是在夜间出没的动物，他们知道那是一些用两条腿走路的动物。这些动物有邪癖，有好奇心。他们站起来拍打身上的沙土，像来时一样，挽着胳膊走去了。他们走出没有几十米，后面就传出了"嗷嗷呀呀"的叫声。这叫声有点儿像河湾午夜的鸣禽，响亮，尖利，渐渐又显出了凄凉……

同办公室那个胖胖的女教师曾经这样问过她："我真不明白，你们为什么那么好，总是形影不离？让人羡慕死了——怎么回事？"

"你们不这样吗？你和爱人不总在一块儿吗？"

她摇摇头。她的爱人在镇上一个机关里。"刚开始我们也许还要热烈呢，分开不到半天就想得慌。我白天坐在办公室里，觉得他的气味从我鼻子跟前一会儿飘过一次……我们离了几十里，这气味怎么能飞过来？真是奇怪。不过这是真的。"

她笑了。

"可是过了一段时间，双方都觉得有点儿腻歪，见不见面都无所谓了。我想这大概是有点什么毛病吧？"

她不能够回答。

"你们俩是怎么处理的？"对方抬起眼睛。

她仍然没有回答。她不愿与任何人讨论这样的事情，因为这是没法讨论的。这种讨论无论怎么小心翼翼，也一定会稍稍损伤她和他……

那是他们自己的世界啊，她真怕失去这个世界。要知道那也并非绝无可能——没有任何一个空间是真正密闭固封的，也许真是这样……无数陌生之物都包围着这个独立而完整的"球体"，使之开裂毁损，泄漏……那是他们两人的甘甜和秘密，他们至少不会拿来示人。多少年来，他们是怎样维护着这一切！他们维护的不是一点脉脉温情，不是；他们维护的是他俩亲手创造的一个神话般的天地。

亲手栽种的鲜花到了秋天，经一场严霜也就衰败了；每一年里都有四个季节：明媚的春天，茂长的夏天，多雨的初秋，还有秋末之后的寒冷严冬——怎样对付人世间的自然四季？人该有自己的办法。他们要不断释放出自己周身的热力，永远把对方烘烤得暖暖煦煦。那时当一个离开另一个时，就立刻会感到需要那种温热。只有在这种习惯了的温室里，两人才活得好，才会眉开眼笑。他们怎么能够设想失去对方的那一天呢？也就是在这样的世界里，他们才共同孕育了第三个生命。

时刻等待

那是无法用语言形容的懊丧和悲伤。

我还在时刻等待着她的出现……

她是我的小学老师，我曾把家里的菊花偷偷折了献给她。

说起来没人相信，我就这样等待了三十多年。这是真真切切的等待，它的时间超过了三十年。

她莫名其妙地失踪的当年，我也离开了那里。因为我失去了她的庇护，也就等于失去了一切。我开始了真正的流浪……三十多年里，先是离开了双亲，后来又彻底失去了他们，连同故乡一起。

可是我知道，我的心灵深处仍然没能抛开邦束鲜花。三十年间它一直存在那儿，我时时要抓牢了它，生怕它松脱下来。我明白我处在一个怎样的时世，也时常注视自己的满脸胡须。那些皱纹就像假的一样，可它们就长在我的脸上。真不幸。在这样的时刻、这样的年纪，我惊讶地发现自己还是一个"献花者"。可是我从来未曾对着镜子里的我苦笑。我不敢那样做，不忍对自己那么残酷。因为即便不这样也已经够了。

这些年我找了多久，找得多苦。自觉和不自觉地找，反反复复地找。最后是失望了，谁也没法不失望；可我还没有绝望，遇到合适的机会，还要打听一个人的下落。总是杳无音信，总是这样。

我的不停奔走，一开始因为要寻找她；再到后来已经说不清为了寻找什么。反正我越来越不能终止自己的行走了……这期间我走过了不知多少里程，两只脚和一颗心都磨得灼热烫人，磨上了茧子。

在好长时间里，我有意无意地躲开了那片平原。因为那里什么都没有了，像被劫掠一空的裸野。那里老要让人忍住。那里总是让人忍不住。就这样，直到那一天，我不得不又一次回到了平原。

记得那是一个临近黄昏的下午，我捎着背囊，一路风尘地赶到了。脚板下的土壤烙着我，后来我不得不一边走一边跳动起来。

踏上平原，立刻像被一根线牵住了，一直牵进那个世界。

我在她曾经生活过的地方、在了无痕迹的旧地徘徊不已……

哭泣刚刚开始

"而我……早就知道你回来了。从知道的那一刻起，我就不得安生了。我差不多就没有一个晚上安安稳稳睡过，再也休息不好。我一直在想怎么去见你、见不见你。我差不多已经决定不让你知道当年的她在哪里，可还是没有做到。我藏得严严实实，相信你什么也没有发现……可是我后悔了，因为我一见你就更难忘掉，过去的，眼前的，一下子都涌到了眼前。我太苦了。我最难的是有一个问题没有想好，就是我要不要告诉你当年的人还活着，她如今正在干什么、成了什么人，要不要告诉你？我原想一辈子也不见你的，可是现在不行了，我要推翻过去的决定了——不这样做，我就吃不好睡不宁，整夜整夜失眠。我会把自己毁掉的，这一点也不夸张。你还像当年，而我也有点像——这个发现真是让我吓了一跳，因为过去我连想也不敢这么想！我发现自己一走近了你，就又变成当年的我了……我想，哪怕我今天烂成了一堆泥，也要有勇气让你看看我，我要亲口告诉你：'这就是昨天的她'……我要告诉你，我想告诉你……"

她哭出了声音。她的肩头耸动得很厉害。她伏在了桌上，好像一场长长的泣哭才刚刚开始……

可是我的心底有一种执拗的声音渐渐出现了，这声音开始阻止我，阻止我去安慰她……不知不觉间，我的两手攥成了拳头。展开双拳，满掌流动的都是汗水。我告诉自己：眼前是另一个人，她与昨天的那个人已相去甚远。那个仙女一样的她啊！我找了你多久，盼了你多久，你在梦想中一直陪伴了我远行。我们像是一起在大山里奔走，我永远忘不了你的微笑，你那急促的喘息，你那无所不在的芬芳……

她终于擦干了眼泪，站了起来。

我的声音平静而冷漠。我在说什么，自己却无法听清……

沧桑巨变

她对我的关怀和友谊，反而阻止了我走到她的面前——而她或者是不知我的到来，或者是像我一样犹豫……这真是人和人之间的一种奇怪现象。

我自己有时也不能完全搞明白这是为什么。好像这种奇怪的既吸引又间离、既游移又急切的状态，只存在于异性交往之中。回忆我们刚刚熟悉的那几年，倒比现在随便得多——好像一下子就成了挚友，无所不谈，坦率得很。可是随着相处日久，这种矜持却在日益增加——虽然仍像过去那么直爽，仍然无所不谈，可显而易见的是，矜持增加了。

不管怎么，这一次我还是要尽快地找到她，要见她。她像过去一样微笑着，平静地看着我。好像她对我的离去和到来都不觉得有什么奇怪。她甚至没有问一句：你回来多久？为什么离开这么久？等等。

别人的痛苦、急切、焦躁，对她来说或者都不难理解，或者是不必关心。我想世上也许没有什么可以烦忧她，比如说像现在，她安身立命的这个地方正面临着迁移和停产，或是其他重大的变故，而她却像没有感觉似的，一门心思全扑在工作上。她好像一切如旧，仍然过得充实而幸福……

像过去一样，黄昏时刻，她在书桌前打开一本什么书，消磨一段愉快的时光……她那个洁净素雅的小宿舍还像过去一样，宁静、一尘不染。

她的坦然和安怡从眼睛里就能看得出来。在这个不算富足的秋天里，她身上似乎比过去多了一点什么——我仔细端量了一下才发现，她把一条红色的纱巾衬在了衣领里边。"你早来一点就好啦。这个夏天我们可以一块儿去游泳。"她这样说。我告诉她我已经去过海湾了，那里脏得要命，已经完全不能游泳了。她摇头：

"我们可以骑自行车往东，东边……"

"你是说打鱼人那儿？"

"是的。"

她还有心思游泳。这真是一个奇怪的人。她热爱和留恋的海湾被污染成这样，她就远远躲开，照样游泳；曾经对她产生过强烈吸引的这座海边浴场即将完结，她却能一如往日地微笑着、平静着、美丽着……我真想问问在这些重大的变故面前，她做出了怎样的判断？有没有一点点常人的义愤和忧虑？

我没好意思问下去，仿佛我们之间已经不需要问这些了。我可以说自己是这片平原上唯一对她有着深切理解的人——我想她是在那种匆忙紊乱的生活中能够给人安定和平衡的一位特别的人、特别的异性。她如此聪慧而且宽容，已经完全不是在她这样的年龄里所能够做到的人了；有时我想，她简直是一个奇怪的象征。多少次了，当我想到这一点的时候，常常感到深深的震惊。当我在生活中遇到了无可排解的忧思时，就不知不觉地走到了她的身边——哪怕是默默地待上一会儿再走开，也会平静下来。

时下，我又到了这种时刻。

我急着来见她，还因为她是在这片平原上唯一一位先我一步遗弃了一座城市的人。她的生活方式无论如何曾对我产生过巨大的影响。在远处那座繁华和嘈杂的城市里，她有着自己的亲人。可是她在二十多岁的时候就主动要求调到这个相当偏远的地方——当时已距知青下乡运动十几年了。对她，各种议论都有，各种猜测都有。一年又一年过去了，一切都烟消云散，她在这片平原上依然站立，像一株亭亭玉立的白兰花。

记得我们刚刚熟悉时，曾一起沿着芦青河堤散步，在那一排排的李子树下走去时，有人就在后边指指点点，捂着嘴窃笑。可是她像没有听到一样，仍然微笑着向前……我当时就知道她是一个强大的人。面对着这样一个人，世上大概没有什么力量可以真正摧毁她了……

我谈到不祥的近况，谈到了海边，周围那个村子正在迫近的噩运。可她只是板着脸听了一会儿，然后又平静如初了。

我想听听她的意见，她对这一切是怎么看的，她有什么样的准备——思想上、心理上，以及行动上的准备？

她想用那双温煦的目光使我平静下来，使我心中焦灼的火焰暗淡下来——可是这一次我觉得这不可能、这不能够！我急着问道："这一切你都不知道吗？"

"怎么可能？你说的这些我差不多像你一样清楚。大家的议论已经够多了，各种议论都有。我当然做不成一个旁观者。我正尽力地去理解它，我也在参与……"

"你怎么理解？你怎么参与？你就像现在这样吗？"

她抬起头来看了远处一眼。她说："我的想法很多，现在一下子讲不清……"

我听她说下去。

"我想做个比喻，你可能知道，很早以前我们这片平原还是一片大海……"

我说："我知道，南边的丘陵地区也是海退才出现的，那些岩石上至今还有螺壳化石。"

"是啊，这都是这个世界上的一些重大变化，我们平常叫它'沧桑巨变'。在这些大变化面前，我们，以及其他的动物、植物，几乎所有的生物都会觉得无能为力。这是一种消极吗？是，也可以说不是。因为这也是一种理解。一个人或者是更多的人，能够阻止海退吗？有一天它疯狂起来占领了整片平原，对于大海来说，不过是轻轻一动而已，不过是重返故园而已，我们没法阻挡它。这就是我的看法，是我对一些事情的理解。眼前的变故虽然不能与沧桑巨变相比，但也有类似的地方。我想即便沧桑巨变也会由一些细小的东西经过漫长的积累而成——眼前的生活也是长久以来的一种积累，于是才有了眼前的变化。"

我不想打断她的话，我承认她说的有道理，不过这种道理太可怕也太残酷了。我不愿在这种道理面前屈服，又觉得无可奈何、无力驳辩。

"任何巨变都不会是一两个突发事件能够决定的，它往往是一种奇怪的合力——自然的，人心的，各个方面的……这种合力一旦形成，就没法阻挡。它沿着一个方向往前发展，一直走到尽头才能停止。让人难过的是它必须走到尽头，这之前没法阻止。你可能会说我太悲观了，但我知道自己恰恰太乐观了，因为我既承认这种残酷的事实，又敢于面对它。我在和它比着韧劲儿，我不会妥协，所以我要把手边的事情做得更好、更尽力、更有耐性——这是一种斗争……"

我的心里一点点活动起来。"是的，是的……"我在心里说。我好像在忍住什么。对她，对她的意思，我全能理解。对于这个年轻的姑娘而言，她的宁静和坚持的背后，掩藏着的却是双倍的顽强。悲哀并没有吞噬她的一切，直到最后的一刻，她都会站立着……

我愿做一只小羊

他摸着自己生满了白胡子的下巴，一声不吭。看着他的样子我禁不住要想：这家伙须发斑白，为什么还要动那么多的心思，不嫌累吗？难道他在剩下的一段时光里不能做一点更有意思的事儿？总是发疯地追逐，尽管不可能有什么结果。我真想给这个老家伙出点主意，可又不忍。这家伙添上些坏点子，消耗起来也就更快啦。看着他脸上密密麻麻的皱纹，我想问他最近有没有一些有意思的事儿。眼前的这位头儿很喜欢到南边一个温泉去疗养，而且每次都带着一位姑娘。在温泉那儿他总想搞出点什么名堂，可总也搞不出。用一位坏小子的话说就是：人只要不死，就会琢磨那事儿。而细细观察一下就会知道，这一类人往往死得很困难——也许就因为留恋着这种事儿，才在赶往黄泉的旅途上耽搁了。我认识的一位老同志，在去世的前一个月还用颤抖的手写下了一篇密密麻麻的繁体字——那信是写给一位女护士的，老家伙竟然还在信中引用了几句歌词："我愿做一只小羊儿，依偎在你身旁，让你那手中的鞭儿，轻轻、不断，抽打在我的身上……"我由洁白温顺的小羊想到了他那张苍黑衰老的脸，觉得多少有点滑稽和凄凉。

眼前的头儿就属于这一类人。

一朵萱草花

其实我明白自己正面对了一个非同凡俗的人，她是我在这座城市里所遇到的唯一的半岛姑娘。我十分自信：我与她必会远离那些破破烂烂的故事。

可是，我一时又不知该如何是好。我不愿做一个虚伪的、烦腻无聊的人。

在一个有着巨型铜雕的小广场旁边，有一条斜向西北的胡同，胡同上铺了变黑的红砖。踏着凹凸不平的砖地往前，就可以发现一片低矮齐整、蒙了一层铅色灰尘的砖房。这是一处教工宿舍。这当中有一个绿色的小门，那就是她的居所。

那一次我们几个聚会的朋友经过铜雕广场，我们两人正好落在后面。路经那个暗绿色小门时她告诉我：这就是她的家。由于当时完全没有思想准备，我不禁吃了一惊。但我从此再也没有忘记这个小门。

我后来常常回想她那一刻低低的声音和亲切的语调——想起她郑重的邀请。

我必须承认，我时常回味与她仅有几次的、寥寥数语的交谈。这交谈使我非常愉快。这场景令我难忘。

与此同时，我却在极力回避暗影里闪动的那双眼睛。一种羞涩袭上心头。没有犯罪感，只是羞涩。我觉得不难鉴别两种感觉之间的区别。

记得第一次见她，她穿了一件深蓝色的、近乎黑色的长衣服；细高身量，清清爽爽的样子，那么自然淳朴。她有别于所有人，就连那些光彩照人的姑娘和少妇站在她面前，也马上显得有些俗腻。那天，当我第一眼看到她时，就像看到了从平原上刚刚移来的一朵萱草花。

我真的嗅到了萱草花青生生的气味。它留在了心中。

也就在这些日子里我才注意到自己形貌的变化。我发现自己的鬓角秃得越来越厉害，而胡楂却黑得像墨。最可怕的是小腹逐渐凸起……平生以来最厌恶的一副模样最后总算让我自己长了出来。我每逢看到自己这副模样就有说不出的失望。自卑心越来越重，嫉羡和冲动却越来越强，仿佛要寻求某种平衡和印证似的，我想从那双清澈如水的眼睛里寻找某种答案。我在心里一厢情愿地维护着人世间最美好的东西——维护她，或者思念她。我有时在做多种假设——我仇视一切有可能加害于她的各种各样的事物。因为我发现在那次聚会上，一些王八蛋正不约而同地窥视她呢。

那一次我的一个邪恶同学出现了。这个家伙总是出其不意地冒出来，像污水坑旁边总要冒出一株臭蒿一样。那天他蹲在一个角落里，第一次变得这么安静。可是他的眼睛一分一秒也没有停歇，总在观察什么。我走到她旁边；我们握手，交谈；我接过了她手中那几张纸——这一切那家伙都看在眼里。

他走出聚会时向我做着鬼脸。但他不提她的名字，这在他这种外露的人来说是极少有的一种情形。后来我才知道，对那些真正能唤醒他的野心和醋意的人和事，他倒总是能够收敛起来，甚至能够做到在一段时间里不动声色。不过这并不能伪装和压抑太久，过不了一会儿，等他回过神来，就会扔出几句恶狠狠的话——那天我们一起走出了一百多米，他就长叹一声说："哼！那倒真是一块——一块天生的'第三者'坯子……"

我知道他在说谁，直觉得两手发胀。后来他又转脸，笑吟吟地像哈气一样说："告诉你吧，在任何时代，那些浪货总也不会绝根……"

整个展厅被它照亮

朋友给了我一张画展的门票。这个城市每天至少要举行二十场画展。他一面坚持要我去看画展，一面又愤愤不平地说：这个年头连狗也会画画了。传说有一条狗一天晚上就画了二十多幅，其中还不乏极品。

同样浅显的道理，连猪也当起了诗人，一份刊物就一连发表了许多这样的诗……我当然要去看画展，因为我总还相信朋友的眼光。

这是个三人联展。其中一个属于传统写实，照例扎实笨重。另一个是抽象派，抽象得让人把眼珠子瞪出来也看不出什么，真正是信手胡抹。画个毛虫，说是老虎；一条板凳，代表整个国家；民族，是一根草；抽水马桶，画得美如兰花；而屁股则画成一轮闪闪发光的太阳。第三个是书法。每一个字都突出了象形意义，并沿着那个方向大肆夸张。"炮"，真的变成了一门炮；"笑"，笑出了眼泪；"哭"，哭得死去活来。比起后边这两个，那个写实派，那个大头，就显得正经多了也迂腐多了。"在这样的年头，这个家伙活该遭殃"——朋友刚刚说了这么一句，碰巧就有人在我旁边小声咕哝了一声，说那个写实派画家可是个大富翁，人家曾经一口气卖了上百张画，一张几万呢，算算多少银子吧，眼下正在近郊搞起了一个仿古饭店。"那简直是坑人，一盘野菜一百块；明明是北方菜，偏要做长虫，听说还有狐狸肉、黄狼肉呢！一根猪肠子有二十多种做法；鳝鱼活烹，王八活煮；大头鱼生吃；鲜对虾一根须都不能缺。只要有钱就行，钱像雨点儿一样落在他手里。听说买了价值二百多万的轿车，换了好几个女打字员，实际上还有两个女秘书。他自己会开车，还让女秘书开，车没停就乱摸……瞧吧，总有一天要出车祸……"

后半截都让这个人的咕哝给搅了。

不过这次画展的结尾让人愉快。在一个猝不及防的时刻——刚刚转过一个屏风，竟然迎面遇上了她——半岛姑娘。我们两人一块儿"啊"了一声。

令人难以置信的是，她来了。她后退了一步。我的心扑扑乱跳起来，大概看上去也不轻松……我们本来想多看一会儿画，好像都做不到了。

我们退到一个角落，找了一个用木箱改做的、铺了绒布的杌凳——那是让参观者休息的。我们坐下来。

"全收到了，很喜欢。"我在说她近来写的诗。

她看着我。大约这些话都在她的预料之内。

"发表吗？"

"不。"

"为什么？"

"我不是给杂志的……"

我想问：那你为什么要给我看？终于没有说出口。这是一句蠢话。可她好像听到了，说："不过我觉得你可以看，就把它交给了你。有时候只想坐在桌前写一点。写出来，松一口气，也就好了。"

她毫不矫揉造作。从第一次见她开始，一直觉得这样。在这个乱哄哄的城市里，看到一个三腿怪物并不奇怪，难的是找到一个质朴的人。拿腔拿调故作高深的人，嗲声嗲气的人，满目皆是。大家不约而同地夸张自己的情感，发了疯地模仿，大大咧咧地学起了外国人。像我身边的人，就是一个学习外国人的能手。他不知道东方人和西方人的区别，硬学他们那一套，吃东西这样加冰，那样加冰，结果把好生生的一个胃给搞坏了。我一看到他捂着腹部"哎哟哎哟"叫，气就不打一处来。那是他自找的。像他这样看起来并不浅薄，但实质上却很浅薄的人越来越多了。我知道他们追求时髦要一直追求到死。浅薄是胎里带来的毛病，就像一个人从胎里带来了斗鸡眼、斜眼和牛皮癣一样。有人为了赶时髦，倾家荡产也在所不惜；还有一些不道德的女人偷偷摸摸往一些角落跑，大冷天只穿一个小坎肩，胳膊上戴着一尺多长的白色网眼手套……一个人可能在平时显得默默无闻，而在大庭广众之中、在白亮的灯光下，却突然变得如同黄金出土，灿烂逼人；但更多的还是让人呕吐，让人恶心眩晕……那个邪恶的同学在聚会上进出频繁，有一次对我口发狂言："我在舞厅搞上了一个姑娘，那真是漂亮极了！可惜她有狐臭，我为此整整痛苦了三年，最后还是不得不忍痛割爱……"

类似的放肆议论让我感到了疼痛。这个时刻我望着半岛姑娘，仍然有一种疼痛感。

大多数时间里我们就这么沉默着。后来她突然站起来："另一个厅里有他的画……"

"谁?"

她没有解释。

我似乎明白了她为什么会来看这个画展。原来——肯定的，她在注意某个画家……我的心沉沉地跳动。我再没有问什么，只随着她往前。

原来旁边的一个厅是许久前美协举办的一个集体展，日子久了，如今里面已经空无一人。在一大片颜色中，照例看得人头晕。只是在一个角落，在谁也不曾注意的一个拐角上，仿佛只是为了补一下空缺吧，那儿挂了一张小小的油画。

它像阳光。我觉得整个展厅都是被它照亮的……

辨认她的过去

我不止一次抬头，但总绕不开她那双眼睛：这个世界上端庄淳朴、一双真正的美目。我甚至不敢"遥遥注视"，又怎么敢这么近地去端量这样一对眸子? 我生怕它把人灼伤。它虽然令我无比神往，但也只能在黑夜里默默感受。我在想它所代表的那一切，有时想得又似乎太多。它仅仅代表了她吗? 不知道。它大概象征着什么，比如表里如一的纯洁和完美。我透过它明晰地看到了某种本质，同时又觉得一个界限在可怕地模糊、跳跃。每逢这时候，我就想到了她那支秀笔下所流动的一泓清泉。

那是一条长长的水渠，渠岸上有挺拔的白杨和婀娜的蓉花树；芦苇长在浅水里，蝌蚪、小鱼、蹿跳的青蛙，还有跑来饮水的各种野物……这首关于田野的长诗在很长时间里只能属于我们两个人。它一次又一次把我的思绪引入东部——我的母亲般的平原。站在那里，满眼都是一片苍绿，遥远处是那道海天交接的、若有若无的线。

她描绘了那么多关于东部平原的图画，这些图片逼真、秀丽，像是

266

一只纤细的手绣出的。我觉得她在一个人的时光里能够这样缅怀，必是一位来自田野的真正的抒情歌手。她的出生地是半岛西北端的海角——"古城"遗址——在那座古代学者云集的"百花齐放之城"一侧，她出生了。后来她因为父母的离异，随母亲来到了东部海滨城市，就在那里度过了少年时代。可是一直使她无法忘怀的，是古城周围那片平坦的土地。那里的水与树、土与花，那里自然流畅的童年。我从她写下的这些工整的、刺绣般的字迹中，辨认着她的过去。她穿了蓝色的背带裙子，欢快跳跃。腿上是蓝线或白线织成的长袜。有时我不像是在回视别人的童年，而更像是注目自己的昨日……那一对大大的眼睛后边，稍稍隐去的是后来的日子，是它所带来的全部惆怅和不安……她如今很少再回东部城市，一个人踟蹰在这个浩瀚无边的闹市里，徘徊在一个巨型蜂巢之间。

她过去和一位女教师合住一间小宿舍，后来那位教师结婚搬走了，就剩下了她一个人。那儿真是简单极了：一个三抽屉小木桌，一张小单人床，一个棕色的小木箱，木箱上铺了一块灰蓝色的土纺格布。后来她又在床边铺了一块地毯。一个多么温暖的小屋。书桌旁的那个书架不能再小了，看起来她并不怎么热衷于囤积书籍；可是仔细看看，每一本书都是精心选择的……

我们在铜雕下待了一会儿。太阳转到了西边。我发现花坛内，所有的花朵都在悄悄地转向阳光。很想说点什么，只是嗓子干涩。一个人在下午阳光中的那种感觉多么奇怪。不知在这个时刻城里人都到哪儿去了：花坛四周，还有抬头可见的那个长长的巷子，竟然空无一人。小巷子里有几棵老槐树，它们青苍的树冠在阳光下低垂，若有所思……

那条巷子有点诱人，它真可爱。那条阴凉的长长的巷子吸引了我。这时候我扶起自行车，对她说：

"我们一块儿往前走吧。"

"走吧……"

腊　梅

"进去看看吧。那姑娘是刚到这个店的，漂亮得没法说。你离这个店这么近——要是换了我，肯定每天早晨都来一次，想买糖果就买，不买也要看看再走……"

我们很费力地横穿马路，去对面的糖果店。

糖果店不大，但非常洁净。营业员都是女的，一律白衣白帽。我一进这个糖果店就觉得这儿的确有可能容纳天姿国色。四五个营业员，一个个排着看一遍，没有太出色的。她们的这副打扮都不难看，都很年轻。其中的一个非常高，个子差不多有一米七到一米八之间。这样的女性身材真是非同凡响。

他背着花格布包在她面前站住了。姑娘竟然没有陌生感，笑着，露出一对可爱的虎牙。

他说："你真高。"

"没你高。"

旁边几个营业员哈哈笑了。

这个年头吃糖果的人越来越少。糖果店里的顾客竟然就我们俩。她们都很寂寞。

高个子姑娘问："买点什么？"

他说："不买什么，来看看。"

"那就看吧。"

待了一会儿，他对高个子姑娘说："你该到体工队去干。"

边上的几个女孩笑了起来。有一个说："她就是从体工队下来的。"

我明白了。有些不适合在体工队干下去的人就及时退役，分到市直部门或其他单位。不过到糖果店来的还是极少数。人事部门对身怀绝技的体工队员总是有一丝模模糊糊的敬意。我问旁边一个女孩："她怎么没去市直机关？"

"我们这儿奖金高。再说人的脾气不一样，她爱吃甜食。"

后一句可能是玩笑。我们都笑了。

他问："你是搞什么项目的？"

高个子姑娘伸出手，做了个射击的动作。

"打枪吗？"

"射箭。"

他"噢"了一声，又说："你应该发挥身高优势，打球。"

"我也玩球。"

"那你是一专多能了。"

高个子姑娘高兴极了，扳着手腕，靠在柜台上。这样她离他非常近了，咕哝了一句："你这个人挺有意思。"

他并没有好好咀嚼这句话，只是紧接着问了句："听说你们这儿新来了一位……"

这句话立刻引出一阵哄堂大笑。笑过之后，高个子姑娘喘息着，高高的胸部一起一落，转向一边："他是说腊梅呀，是腊梅吧？"

几个姑娘点点头："当然是腊梅。"

高个子姑娘把脸转向他："那要九点半以后呢。九点半以后她才来接班。"

他看看表问我："我们九点半以后再来怎么样？"

我点点头，我们就离开了。

再次汇入人流。我觉得他的一双长腿在人群中显得尤其出色。这双长腿总该派上更好的用场，比如当兵。眼前他这副慵懒的样子，也许该实行一下军训。一句很熟悉的话涌上脑际：搞没搞过军训大不一样……

他一路走在前边，回头看我一眼，说："今天过得很有意义。"

那是俗事一段

整整半个上午，我都一个人坐在桌旁……

她踢踢踏踏地进来了，打声招呼，就在屋里来回踱步。她问我：

“你不喜欢这个秋天吗?”

“喜欢。”

“那你为什么不到外边去——枫叶红了，你到郊区爬爬山多好!”

“去过。有一天我和朋友在枫树下整整待了一个下午。”

“你就不能和我待整整一个下午吗?”

“不能。”

她噘起了嘴：“十九岁的人是最可怕的人……”

我不明白，抬头看着她。

她说：“这个年龄的人都是胆小鬼——我就是个胆小鬼!”

我觉得她今天的情绪有点特别。她好像遇到了什么事情。

“你怎么了?”

“没怎么。我写歌唱歌哩。”

“最近电视上没见到你嘛。”

她摇头：“我觉得自己‘江郎才尽’了……”

我忍不住发笑。我想这就是十九岁的年龄所具有的那种“可怕”——当然也很可爱。我笑了。

“可是我总会拿出自己最棒的歌来，”她谈起了最近流行的几首歌，有的歌在大街上流传了很久，她嗤之以鼻，“你听吧，就是这种货色还要被很多人唱来唱去，多么牙碜啊!”

她一边说一边抓起了桌子上的一支红蓝铅笔，找了一张纸，瞥我一眼，以最快的速度勾勒出我的剪影。我看了看，还真有点像。这时我也不得不承认她是一个“天才”了。

“怎么样?”

“还像。”

“还像? 你怎么知道还像? 这么说你经常在镜子前面端量你自己了?”

“我总该知道我自己吧。”

"哼，可它是一个剪影。这说明你从各个角度端量过自己。你很自爱，有自恋癖！"

我不想说什么了。

她拍着手笑了："你的自我感觉大概太好了。其实你皱着眉头，很苍白的样子，窝窝囊囊的样子。我有时觉得你是长了一副挨揍的样子。"

我一下站起来："胡说什么！"

她笑了。"连我都想揍你一顿。不过你是我的老师，我可不能这样。向老师敬礼了——"说着脚跟一磕，真的向我打了个敬礼。

她又胡扯了一会儿，随手找出一盘伴奏带，瞄了瞄安在机子里，和着音乐就唱起来。她立刻变得热情洋溢。听她的歌，我觉得她真是激情喷涌啊。她的可爱非语言所能形容。我问：

"你最近为什么没有上电视？你参加演出了吗？"

她撇嘴："唱给你们听吗？那又怎么样？"

"……"

"我是高兴怎样就怎样的。我不在乎出名，那是俗事一段。"

我愣怔怔地瞧着她。

"我现在和过去不一样了。我只想在自己的那个小世界里狂。我高兴怎样写、怎样唱就怎样。我可不愿在别人的注视下、在各种花花绿绿的眼神下那么狂。"

她的"狂"字用得有趣。

她满足地笑了。她把十个手指插在一块儿用力地扳着，发出了"啪啪"的声音。她快活极了，一边笑一边端量我。她看了一会儿突然沉默了——沉默了足足有好几分钟。后来她的眼睛一直没有离开我。

这样一对夫妻

他们是这样一对：虽然过得莫名其妙，但差不多是开创了一种新的夫妻生活。男人因为职业的关系，常常要出发到外地，而且一住就是十几天二十几天。他对这种生活腻歪透了，有一点工夫就要抱怨这份倒霉的工作，却从不尝试改变一下。有时他还委屈得哭起来。在外地，他就不停地给妻子写信，写得很长很缠绵，信笺上泪痕斑斑。我们都对他这种久远而恒定、愈演愈烈的情感有些惊讶和钦佩。他有时并不掩饰地对我们说："我呀，就是为了爱情而生的。"他绝对忠于妻子，说这话时又恭敬又小心，一边还握紧了妻子的一只手，用眼角不断地瞟她。没有说出的一席话是：可回来了，可回到你身边了，我又享受到幸福了，我多么想念你！

可是，我们都看到他的妻子有点不耐烦地叹气，她常常推搡他。这是个比男人小八九岁的、脸庞圆圆的女人，任何时候都不忘把一张脸搽得粉粉的。她的额头让人想起京剧脸谱。她如果不化妆，我想会是一个不错的女人。邻居们都喜欢她：落落大方，表里如一，高兴了就有节制地说几句粗话。她常把男人捎来的信随手乱扔，有时还要给好友读上几段。男人在家里时她就嚷叫："哎呀烦死我了！"她那呼喊的声音尖尖的，能传上很远。这使人想到，她正受到了可怕的打扰。喊过之后，是一段长长的沉寂。

她想一个人散步，男人却要不失时机地尾随上来，然后去挽她的胳膊。她一下就甩开了他，叹一口气。她立在山下公园的杨树下边，男人也站在那儿——有人看见男人欠着身子去吻她，她却一下把男人推开了。她平常表情淡淡的，一双长腿踏来踏去，楼前的通道都是她咚咚的脚步声；如果她骂起了粗话，如果她哈哈大笑，那么邻居等于立刻被告知：她的男人又出发了。

她对这种个人独处的生活有说不出的惬意，心情明显地好转。有一次别人问她想不想念迟迟未归的丈夫，她说想，不过她讨厌他那些信件。她随口背了一句："……我昨个梦见了一只团团茸茸的小鸡，它就是你哩……"她说这一类信真像是一种难以下咽的点心。

这样久了，有人误以为她在寻找新的爱情，于是就想慷慨地赐予。有一个处长年纪不大，感觉也好，穿了时髦的衣服，自己驾了单位上的一辆高级轿车去找她，说了些"爱"和"恨"之类的话。她立刻操练起平常使用的粗话劈头盖脸给了对方一顿，还说他不过是个"臭狗屎玩意儿"。处长恼羞成怒，碰她一下反身就跑，她就追出来。轿车刚刚发动，她随手麻利地拾起一块碗口大的石头，"轰咚"一声砸在上面……她做得好解恨。

大家都说这个女的实际上是个男人，而她的丈夫却是个女人。

像一只卧地羔羊

我低下头，忍不住回忆起一个个细节。当然忘不了那些往事，那些怦怦心跳的日子。我承认多年前的一些过往是颇可指摘的，可能想起来会有些难堪。好在我们并没有拘泥于往事，见面时没有再一次提起，并能在后来的日子里坦然相处——尽管也颇费了一番周折。我曾经，不，我始终对她心向往之，心皱深处藏下了许多。那还要回溯到第一次见面：她的风风火火却又别具情致的举止、一双聪明的大眼睛，更有让人过目不忘的高身材、一头浓发，都强烈地吸引了我。我后来不得不更多地把眼睛从她身上移开。没有办法，第一次见面的那个夜晚，入睡前又一次想过了她的脸庞轮廓。后来就是更多的见面、交谈，这使我惊讶于她的丰富知识和迷人的性格。小家伙说话直率干脆，讽刺不留情面，但心地善良。她一双长腿、一身打扮让人想起西部牛仔，却又毫不矫情。我察觉自己正在不由自主地被吸引、渴望接近她之后，难免有些懊丧和自责。我觉得四周的眼睛也在谴责我。

大约是相识的第二年吧，一天晚上我们都喝得太多，从一群人身边走开，把一阵阵欢声笑语甩在了身后，一直沿着一排枫树往前，不知不觉走到了一片林子边上。再往前，竟走到了河边。这是春天的河岸，我们坐在了洁白的沙子上。天上月亮正圆。我嗓子那儿有点干，喉结难受。她的舌头在两齿之间游动，那模样天真得像个孩子，又像一只卧地羔羊。我们长时间没说一句话。不知过了多久，她抬头看着我，一动不

273

动。我去看远处。当我回头时，她还在看我。鼻孔里是浓烈的气息，她的气息。后来我心慌得很，低下头去。正这会儿她叹了一口气，埋下了头。我的手像是自动地抚在了她的头上。这一头浓发啊，淹没了我的手掌。细细抚摸，这样许久。有一阵她的脸庞仰起来转动着，但我的手还是没有离开她的浓发。难忘的一个时刻，是的……

我的思绪一直在昨天徘徊。记得那个夜晚一阵北风吹过，我的手抖了一下，倏地抽回——她受惊一样看我，"哦"一声坐直了身子。"对不起，我……"我的声音低得自己都听不清。这可不是道歉的时候。她笑起来，使劲儿摇头；她笑得响亮极了。我站起。我害怕这会让人听到。可她还是笑，好不容易才收住。我说："我们不能走得更远了，刚才真够莽撞的了。"她点点头："知道你会这样说。当然不能走得更远了——你还想走多远？""我……""你还想干什么啊？""不干什么。""就是啊，咱们是多好的朋友啊！走远了好，走得不远更好，总之——你的胡楂多黑啊！"她笑得太响了，这让我觉得不安。

这就是那个春天的夜晚，在河岸上发生的事情，是全部过程。

1996 年 8 月—2007 年 4 月

第 七 辑

犄角：人事与地理

我多次讲过，这儿从地图上看就像一个犄角，小得可怜。可是当你走进来，当你面对它的时候，又会觉得自己十分渺小了。它像我们经验里的任何土地一样丰腴、复杂、繁琐；你像一条鱼跃入了海洋，一天天与它耳鬓厮磨。当你想到有一天会离开它、疏远它、记忆它，那么你就想在手边划下一点什么。

匆忙的生活常常让我们张皇紊乱，可我们还是有对付生活的一套完整的办法。所以我们才活下来，痛苦下来也欢笑下来。我们过得可真不容易啊。

我们又是谁呢？是大家，是这个犄角吗？

黑 松 林

有人总愿把这片林子说成是什么防风林，还有人说成是国防林；而通海的宽一点的路也被叫成了国防路。这提醒我们是来到了大陆边缘。

黑松沿着海岸生长，密匝匝黑乌乌，没有尽头。也许从空中往下看，它是一条长长的带子；可是当我们走进了它的内部，却感觉不到纵向和横向的区别，总是一片浑浑苍苍：浓绿、苍黑、幽暗。动物咕嘎大叫，里面有兔子、鹰、各种鸟儿。鸟窝就搁在头顶的枝杈上。这里几乎看不到人。当然最多的是松树。

在松林的某个局部，冒出一片槐树或杨树柳树——像是一个完整的民族版块中得以繁衍和生存开拓的少数民族。但这儿几乎所有的北方植物都能找到：灌木、小草，甚至是一部分浆果和百合科植物。洁白的沙子上散落着一颗颗野兔粪便，说明它们人丁兴旺。有一些植物的茎秆被兔子们啃去了皮。一个刺猬死掉了；一个兔子显然是遭了鹰鸳。

这里最多的是一种钢蓝色的鹰。它们远远看去很像温顺的鸽子，体积也大不了多少，只是飞起来，一展两翅就显出它的野性和勇捷。这里很少能看到苍鹰，但那种钢蓝色的鹰是否就是袭击野兔的鹰，还不能让人肯定。

我自己，或约上一两个朋友，每星期至少要到这片松林里来一次。

小时候，我在松林南部的一所小学上学时，常被老师带领来海边参加林场劳动。那时就在沙滩灌木的空隙里插种小小的松苗。浇水、掘坑，许久之后再回来补种那些没有成活的松苗。这样一直到毕业上中学。

当时记得灌木丛中就有一棵棵茂盛多杈的长成的松树，推算起来，现在它们应该是很大了。可这会儿就是找不到它们。

我和朋友讨论了一下，他说当年我们栽的那片松林或许在更西边一点，离这儿还要有十几公里。

记得当年主要不是松树，整个荒滩上更多的是杨树和槐树。它们有时密得不能下脚，要穿过就得耐心地寻一条小径。这儿纵横交织的小路都是由打鱼人踩出来的，那真是细如羊肠。

冬天，厚厚的大雪覆盖，你要寻找这样的小路，摸到通向大海的渠岸，真得小心翼翼，试探着往前走。那些寒冷的、一生都不会忘记的、呼出一团团白气的早晨和傍晚，我常常在此地流连——只有我一个人，现在也想不起是来寻找什么，在这片荒原上徘徊。我一次次纵向穿过整个海滩，走到白雪皑皑的高耸沙岸上，望着没有一只帆船、没有一点人影的海面，看着海浪在沙岸上的拍击、伸缩不停的水……

南风吹起，林子发出了呜呜的声音，这就是松涛。仰头看微微摇晃的松枝上刚结出不久的松塔，心里涌起一股爱怜。往前走，红色的尖顶别墅出现了，会享受的当代人并没有放过这片松林。一路上不断发现被砍伐的松树——那一刻的巨大疼痛使它渗出了泪滴。这黏稠的泪滴就是所谓的松脂——或者也可以理解为精髓和血液……还有随处可见的一个个偷沙者掏出的沙洞——这些沙洞坍塌的时候，四周的松树都要遭殃。这显然是那些建别墅者留下的痕迹。

我们还遇到一只死于难产的母兔。当时她伏在那儿，刚死去不久，笨重的身子还是一副正在用力的姿势，胸部是变大的准备哺育的乳头。我们双手托着她，找一个沙坑掩埋了。

我们的鞋子上落满一层黄绿色的花粉，鼻孔里全是各种野花的香甜气味。

我觉得这是整个海滩平原上最让人留恋的地方，它代表了我的过去，甚至是未来。比起这儿，一切都显得微不足道了。得失荣辱，一切都不那么重要了。在这儿回想过去，设想自己的老年，在这儿劳动和追忆。这简直是了不起的奢望。想得太多了并不好。我为这儿付出了什么？将要付出什么？一切也都要好好去想。

由于没收了枪支，打猎的人没有了，所以各种动物，特别是野兔，能在这儿纵横驰骋，扑棱棱地飞动；但由于没有收起一些人的铁锹、锯子和斧子，松林于是还在死亡和伤痛。

我总是把它看成自己的松林。追溯到许久以前，从老人的口中我们得知，原来的这片荒原上林子比现在高大茂密一百倍。那才是无边的森林，很可能是原始林。经历了几场战争：民族战争、国内战争，一次又一次的政权更迭……各种各样的政权尽管差异很大，可都没有保住浓密的林子。结果它们还是没有了。许多神秘的故事，伟大的人物，不可思议的向往，都随着这片林子一起消失了——甚至没有多少人去记载这一切——它的历史。

最美好的事物，就这样湮没了。

夜　哭

告诉这神奇故事的，是几个神情沮丧的男人。其中的两个二十多年前我就认识。他们显然不会说谎，不会骗我。

果然，在后来的另一个场合，我又听到其他人讲了相同的故事。

几个中年人因为要为一个养殖海产品的老板打工，大多数时间住在海边的一座茅屋里。他们在那儿养了鸡鸭，陪伴他们的还有一只大狗。这当中有个十八九岁的男孩，皮肤黝黑，细细高高，头发黄而柔软，大眼睛。那只大狗是他最好的朋友，只要有这个柔软纤细的男孩在，那么它就一直偎在他的身边，仿佛压根就想不起还有另外的人。

小伙子水性特别好，他离不开水，从初夏到深秋，劳动之余有一多半时间是泡在水里——人们一抬头就能在长长的沙岸上看到一个穿着短裤的细细溜溜的小伙子，他在水中出没、在岸上走动，那条大狗就在身后追逐跳跃。到了播种和收获养殖品的时候，这儿的人要比往日多上几十倍。大多是女人，是姑娘和媳妇。她们一个个围着头巾，戴着胶皮手套，在海边舢板上不停地劳作。

她们其中的一个或两个姑娘，最愿和那个细细溜溜的小伙子说笑打闹。

特殊的季节过去了，女人们又回到沿海村庄去了。从那时起，茅屋里的中年人都发现细细溜溜的小伙子常常走开，要在深夜才回到茅屋。那只大狗总要焦急地等待，发出一声声低吠，长长的鼻梁指着月亮。

大约一年之后，他们都听说村里的一个姑娘死去了。她长得太美，太特别，神情举止，衣着，还有性格，几乎每个地方都招人议论……有一次老板在酒后长时间地盯视她，那目光啊，他们不敢想。

那只大狗环绕小伙子跳跃，他再也不理它了。大狗只得沉默下来，坐在那儿一声不吭。

还是日复一日地劳动，还是一次次摇着小船到近海巡视，料理那些养殖品。

一个很平常的中午，几个人正在茅屋里午睡，忽然听到那只大狗猛烈扑打门板，凄凄狂吠。他们惊坐起来，一开门，那只大狗就往身上扑，吼叫，有好几次还把前爪搭到他们肩上。

它领他们冲出屋子。

他们很快明白了。茅屋西边，一百多米远的地方有个蜷曲的黑点——这时候他们记起那个小伙子已经好久没有回来了……他们跑过去。不出所料，正是他。

海边阳光强烈，盐水在他的头发和黑色皮肤上已结出白色颗粒，嘴唇焦裂——那曾经是一张怎样招人疼爱的嘴唇啊。他眼睛紧闭，长长的睫毛根根直立；蜷在那儿，身体仍然是那么柔软。

几个人把他抱起来，好像第一次发现这个伙伴的体重这么轻。

几天之后，他就待在离海岸几公里远的一片灌木丛中，那个崭新的坟头下面了。他们故意把他埋得远一点儿，他们都知道他该离茅屋远一点儿。

大约过了半年，有一天晚上他们正在睡觉，半夜，其中的一个被一阵哭声惊醒。这是女人的声音，好像就在茅屋旁。其他三个人也都惊惧坐起。那只大狗当时正睡在屋内，它一声不吭，竖起两耳，像他们一样坐着。

他们带上手电筒，特意给那只大狗带上链子，牵着它一块儿走出。茅屋旁没人，哭声仍然在响，可是前边也看不到人影。他们循着哭声往前。记得当时明月高悬，海浪平静，沙滩上什么也没有。他们先是往西，然后又往南，走过浅浅的一层树林，就忘记了方位，忘记了要往哪里走。只是这哭声吸引着他们，走进一片浅浅的草地。

茅草被月光照得煞白，四个人心上猛地一动：是那片灌木丛。他们把手电揿亮——其实根本用不着，月光亮着呢。那只狗瑟瑟抖抖，毛发直立，后来干脆一动不动了。

都止住了脚步。手电筒掉在地上。

前面就是那个坟头，坟前有一个女人，穿着洁白的衣服，长长的头发从肩部披洒到后背。是她在恸哭，一耸一耸地哭。她像丝毫没有察觉走近的四个人和一条狗。

那狗仍旧一声不吭。

他们离那个女人仅有十几米远，都看得清清楚楚。就这样站着，忘记了时间，全身僵直。不知过了多久，哭声戛然而止。

再往前看，只有一个坟头——女人没有了，什么都没有了。

他们仰头看看月亮，再看看那只跳起的狗，捡起手电筒。

这就是整个事件的经过。他们忘不了那月亮，那哭声……

两个岛屿

它们是在这个犄角行政区划内的两个岛屿：一大一小，大的实际上也小得可怜，大约只有两平方公里；那个比它更小的岛就在半里之遥，是它的卫星岛。这两个岛与犄角离得很近，大约只有一刻钟水路。大晴天里，站在海边看去，那两个岛屿近在咫尺。

岛上的人要到大陆来，大陆的人要到岛上去，结果在水上交通很差的年代里，就发生了很多悲惨故事。午夜接送病人，新婚夫妇往来……总之围绕这一类的事情常常发生一些可怕的灾难。也正因为这样，那么美丽的两个岛，直到现在还有人惧怕去那里居住。出于自卫和自守的心理，岛上的姑娘也不轻易嫁到岛外去。而这个犄角上的姑娘没有极特殊的原因，也是不会嫁到岛上去的。

岛上百分之九十都是渔民。男人出海打鱼，生来就是这样的命运。女人在家里补缀渔网，料理家务，或者种一点小得可怜的菜园。男人的性格个个强悍粗放，而女人却出奇地绵软贤惠，几乎个个如此——起码在我所遇到的人中，是个个如此。

读高中时候，有一次为了完成一个写作任务，我和另一个同学在海岛上住了半月。我们同班的一个女同学恰恰在这个阶段因事返岛。她很高兴我们能来岛上，特意为我们逮了不少螃蟹，采来海贝和各种海菜——记得她当时提着一个瓦罐，瓦罐的系子是草绳做成的，就这样把煮熟的海鲜提给我们。

彤红的螃蟹，以前从未见过的大海贝，冒着热气的瓦罐，一起摆在桌上，鲜气逼人。她在旁边微笑，很少说话。偶尔说一句，声音软得像南方人，可又比南方人更低更细。

她那双美丽的眼睛看着我们。我们把她的礼物打扫一空。

后来我们大约两三次跟她到海岛的最东部去玩。那儿退潮时有一片青色的石头，搬动那些大石头就能找到螃蟹，甚至是海参。海参是这一带最珍贵的海产品，它不同于南海和东海，以及其他各地的海参。在人们的印象中它是最名贵、滋补性最强的一种海珍。记得那一次我捉到了一只海参，握在手里不舍得丢弃。可只过了一会儿，张开手掌一看，它差不多全化掉了。

后来，高中还没有毕业，我就去了南部山地。我成了一个山里人。

再后来我又去更远的地方读书，反正是离这个犄角越来越远了——当有一天我归来的时候，站在海边，看着海雾蒙蒙中的那两个岛屿，突然想起了当年那位女同学。

我发现自己今天还在怀念她。我记得以前从山里回来时也曾想起过她。

人的一生最大的幸福也许就是争取和真正温柔的人生活在一起。生活的风雨总是太猛烈了，在这种猛烈中，应该有那样的一个人在身边。

我多次去那个岛。过去的一切痕迹大约都在：岩石，稀疏的麦苗，还有靠在海湾里的大船，铁青色的大船，一闪一闪的灯塔，忙碌的头上包着纱巾的女人——此地唯独没有她的影子。

她离开了，她到海岛以外的地方去了，到很远很远的地方去了，带着她呵气似的声音，带着她绵软的性格和那一双特异的美目。

我为什么没有及时返回？坎坷的生活啊，人要挣扎，一挣扎就要耽误重要的事情……

那个卫星岛听说至今没有一户人家，是个荒岛。人们为了救助海难，曾在岛上盖了一座茅屋。后来茅屋也塌掉了。有一段时间听说岛上有很多野猫，又过了一段听说猫也没有了。

我要到那个卫星岛上去，渔民说不行：两岛之间有一股激流，除非绕过这股激流，绕很远才能到那儿去，很麻烦。

岛上只有一口淡水井，却是一口最甜的井：犄角上所有的井都比不上这口井甜。

蓝眼老人

我第一眼见到他实在是吃了一惊。如果他在蛮荒里出现，那我准会把他当成一个外星人。老人个子很矮，不会超过一米六五，而且真正是瘦骨嶙峋，衰老不堪。实际上他只有六七十岁。他走起路来蹑手蹑脚，像踩在云朵上一样颤颤悠悠。我注意到他露在黑色袖管外面的一双手和一截胳膊，其皮肤皱得厉害，近乎透明，青青脉管清晰可辨。整个的人都说明营养极差，手无缚鸡之力。他的体重大约还不足四十公斤。他身上最显著的部位是头颅，从整个身体的比例上看它显得有些大，圆圆的。

他戴着一顶破旧的鸭舌帽，非常爱干净。一副眼镜属于古老的样式。最使我感到异样的是那双眼睛：竟是蓝色的，或者是灰蓝色的，很大很圆。可能给我外星人那种感觉的，首先就是这双眼睛。他看着我，神情非常专注亲近，但带着一丝警觉。他伸出手，用力握住我的手——手力很大，就像整个人一样令我吃惊。

我见到他的时候，他正经人介绍，受雇于某个部门做史志编撰工作。这使我们有机会相识。

很长时间以来他都是独身一人。好像他在这个犄角上来来往往，干什么都可以，干什么都可以活下去。难以想象的粗活，以至于眼前这种需要文心纤细的工作，对他来讲差不多都是一样。我常看见他手里拿着一个阔口搪瓷缸，在长廊上旁若无人地走着。如果我们偶尔打个照面，他就赶紧扶一下眼镜，伸出那双瘦削有力的手。

他曾经是一位教师，教过小学和中学，后来又不知什么原因失业了。在混乱的年代，原因总是很多的。有很长时间他不得不流浪打工，甚至靠讨要度日。他在教书的时候结识过一个女人，但她不久就离开了——同时还让他失去了住所，所以当年有一多半时间要在牲口棚、打工者的通铺或田野的草垛中、庄稼地和泥沟里过夜。秋天的泥沟往往铺满了落叶，那真是流浪汉的好去处。

人们说最奇怪的是，当这个人从一些肮脏不堪的地方钻出来时，身上总是非常洁净。他全身上下未沾一丁点草屑和泥土。他常常几个月的时间弄不到一分钱，但即便这样，也没人发现他从果园和庄稼地里偷过一点食物。他的食物都来自劳动，或直接的乞讨。在他眼里，乞讨同样是一种体面的、讲得过去的职业。

也就是在这样颠沛流离的岁月中，他遇到了又一个女人，一个命运和他差不多的女人。他们一起游荡、找事情做。这时候他才觉得应该有一个固定的居所。于是他就立志要盖一座房子。这对于他简直是个太大的奢望。可是他执拗得很，每天有一点儿时间，就在收获过的庄稼地里忙碌。原来他在寻找遗落的砖块石头。他不停地收集，大约用了一年多的时间，就攒起了足够的砖石。接着就开始垒屋。有那个女人做帮手，但大多数时间还是他自己。自己设计，自己打基，一点一点砌墙。他还去海边，以惊人的耐性等候潮起潮落，寻觅海浪推涌上来的一些木杆，作为梁木和檩条。

墙砌得很高了，要开始上梁了。这倒是件难事。他琢磨着，琢磨出一种最原始的办法：堆起一些沙土，堆得像梁头一样高，然后再把木杆费力地滚移上去。

当所有的工作完成之后，再把围在四周的沙土一筐一筐移开。就这样，三间屋子盖起来了，他没花一分钱，却耗去了两年多的时间。

新房落成的同一个月份里，他们有了自己的孩子。女人没有奶水，他就到海河沟汊里寻一些富含蛋白质的动物。那个饥肠辘辘的年头，他为养活自己的孩子真是费尽了心思。而他自己吃的多是菜叶，是一些食物屑末。有一次他发现了一只中弹死去的野兔，就把它腌制起来，每天割一小块给哺乳期的女人做汤。一年之后，他的女人还是死去了。他把女人亲手埋葬在离新房子不远的地方。孩子由他一手抚养，也成了他的全部心愿。

孩子好不容易跟他长到了三岁，最后却因为一次严重的食物中毒，抢救未成死亡。孩子也埋在了母亲旁边。

像刚开始一样，剩下他一个人在大地上徘徊。

在贫困到极点的生活中，他仍然想为别人做点什么，一直想。因为他觉得自己不能这样白白度过宝贵时光。做点什么？他简直是挖空心思。他认为最难的，是做任何有意义的事情都需要花钱，而自己却一贫如洗——那么在没有钱或钱很少的情况下又能做什么？他想了很久。

有一次，他在一个村镇夜晚的场院上看到了放幻灯片，似乎从中受到了启发。

然而放幻灯需要一台机器，需要电，这些他都没有。想来想去，他用捡来的木头做了一辆地排车，又像琢磨盖屋那样动用巧思，在车子上做成一个暗箱，两端再挖上方孔。当这车子支起时，两个方孔就与太阳形成了一道直线——光源有了。他又把自己收集的一些碎玻璃片切割成大小统一的一叠，细细绘上故事，一一插到暗箱的方孔上——这就可以在遮光的一面墙壁上放出幻灯。

这奇特的装置被他拉着走遍了大街小巷，吸引了一批又一批孩子，当然还有许多老人、成年人。他在幻灯片上绘制的都是一些科学常识、模范人物。

他这个工作做了很久，人到哪里车到哪里，一场接一场放幻灯片——这样一直延续到被聘去做史志编撰。

于是他有了一点儿工资。微薄，却令他极为珍视。他从食堂打饭，从来都是一块咸菜一个窝头，几乎把所有的钱都省下来。一年多的时间里，他竟买来了成套的外语教学录音带和课本，以及其他书籍。他把这一切都小心地包好，放在柜子里，说将来有一天要把它们送给一所学校。

因为机关减员，到处人满为患，这个老人的去职只是个时间问题。可他自己并没想到这些。因为他在走廊上步履依旧，神情依旧。他根本就没有失业的忧虑。

到时候他又要回到野地里去了，回到那个空荡荡的屋子，像过去一样：身上没有一分钱。

这是肯定的。但同样肯定的还有，他仍然会活下去；而且只要活着，他就会想方设法去做一些对别人有用的事。

到现在为止，我走过了多少地方，遇到了多少人，各种各样的人；但仔细想了一下，还是第一次遇到了这样一个人：在努力活下来的同时，只想做一些对别人有用的事，只为不能更好地帮助他人而忧虑。

大 写 家

许多人都向我介绍：河边的某个村子里出了一个会写书的人，他写了很久，很多，看样子还要一直写下去。这当然引起了我的好奇。结果我就认识了这样一个人。

他有五十多岁，长得出奇的健壮，头颅很大，几乎呈四方形；脚大手大；说起话来声震屋梁；目光尖利，生气勃勃。他留了板寸头，几乎没有一根白发。他走起路来，脚板跺地咚咚有声，别人要一溜小跑才跟得上。

说到写作，他几乎对一切写作者都持怀疑态度：在他看来那些人不过是写写玩玩，没有多少意思的；而只有他所进行的工作——不停地写作——才无比神圣。

他写的书从未出版过，好像也没有这样的打算。他只是写。据他最亲近的朋友讲，只有他们这些身边的人才能一饱眼福。

他写得到底怎样呢？我问他的朋友，他们都毫无保留地点头，流露出无比的钦佩，都说："那才是个大写家呀！你去看看就知道了，那是大写家！"

我们结识后，直过了很长一段时间，才可以和他讨论一些具体问题，可以从容地交谈，彼此再没有多少防范。

他的家紧靠河边，在桥与河相交的直角位置上建了一座小土屋。这是土坯垒成的一个地堡式建筑，从外面看主要是一个长方形的大窗子。墙很厚，做了大窗台，上面摆着各种各样的小商品。从窗口那儿望进去，里面黑漆漆深不见底。最奇怪的是根本就没有门，你要进入他的家，还要从这个地堡式的四方窗洞爬进去。

他有老婆，一个孩子，孩子像他一样留着板寸头，头很大，身体却非常细弱；也像他一样，长了一对尖利利的大眼睛。大写家一多半时间就在这个四方窗洞前坐着，招呼过往行人，卖一些零碎商品。他起身招呼我的时候，就让孩子顶替自己的位置。在他的帮助下我才爬过了四方窗洞。我往里看去，努力调整自己的视力，这才看清里面还有很远很大的一个空间。我不明白的是，他为什么不多开几个窗子。

原来这个地堡模样的屋子内，一角有一个很大的土炕，这是用来过夜，看护地堡里的商品的。再往里才连接着这个平原上最常见的那种小房子——可能是一个南北向的厢房；穿过厢房东拐，这才到了一个稍微高大一点儿的正房。这是他真正的居所。

从地堡到厢房，再到正房，这其间没有一点露天的地方，全由过道、门和窗串联起来，所以很像走进了一座迷宫。

他的爱人长得也像他的孩子一样单薄，齐耳短发，圆脸，笑嘻嘻的，露出一对龅牙。她总是怀着无比敬慕的心情看着自己的男人。从她说话的口音上可以判断出，她是从南部山区来的，那儿是极为贫困之地。当她的男人与我讲话的时候，她就自觉地退到黑暗里去了。

我们每次总要先在厢房里坐一会儿。这里摆了大大小小的木箱，仍然有一个地堡里的那种大土炕，炕上是油黑发亮的被子。我们一起上炕，盘腿而坐，中间就是那床被子。他挥动着手掌给我谈写书的事情，谈到高兴处把那些木箱一一拉开——真正的奇迹出现了。

原来所有的木箱里都装满了他写的东西。一叠叠纸用黑线白线仔细订好，积了一摞又一摞。看那字迹有大有小，但一律工整。有的写在糊窗纸上，有的写在信笺上，但更多的是写在一些包装纸上，甚至是写在水泥袋上撕下来的皱牛皮纸上。从写作时间上看，越往后他的用纸越趋于讲究。但总的看还是五颜六色。我发现染成红色或绿色的标语纸用得最多。这些文字可以看成小说，也可以看成散文，更多的是各种文体混用。这么大的文字量，我想任何读者都要望而生畏的。我暗自把几个木箱简单估量了一下，认为这儿至少要装了上千万字。

我问他平时做些什么——除了坐在窗前。他说写呀，白天和晚上都是写呀。

从屋内的情形来看，他的生活简单到了极点。这使我又一次想到，人的生活有时候是可以极其简单的，人为存活而需要的物质，有时候是极其简单的——而这时人的劳动量却常常是真正令人惊讶的。

我们很少讨论这些文字的用途和动机，因为这似乎都不重要了。

时间久了，当我们更熟悉一些的时候，他才较多地把我领到他的正屋——那儿稍微明亮一些，使我可以更清楚地看着他那张又生动又严厉的脸。我发现这张脸至今还没有多少皱纹，油亮，闪着光泽。近一些看，他的神情原来是这样的善良而诡秘。

正屋里还有几个花布包裹，他在把它们解开。

我吓了一跳：又是一些写满了字的厚厚的本子。

南山四月

在那个犄角上，我从小看到的南山就是蓝色的，像天空一样的颜色，或者更蓝。它是整个犄角的最南部，像最坚硬的一道镶边。南山对于童年是一个美丽的想象，而对于成年人却往往是一个贫困的象征。

"山里人""到南山去过山里日子"，这样的讲法让平原上的人都多少觉得有点可怕。我后来当然不止一次到过南山，为生存而去，为跋涉而去。当然我不得不和大多数成年人取得了一致的看法。

山地需要攀登，需要付出更多的力气。在这里收获食物要比平原上困难多了，这就使我们无暇顾及它的美，它的特别的美。

这一年四月有外地朋友来，有人提议到南山去看花。他们的热情使我不好意思拒绝，但一路上却想：这会是一次无聊的南行。那里又不是花园，有多少花可看？那里顶多会有几蓬野花、几株果树。

汽车往高处行驶，渐渐进入丘陵。公路爬上山的隘口，一瞬间让全车的人眼睛一亮，几乎一齐脱口喊了一声："看！"

高高矮矮的山岭上到处一片雾霭——不，那是繁密的花海迷迷蒙蒙，它们正顺着山岭起伏，很像流动缠绕的雾气。只是它有灿烂的颜色，有芬芳的气味。洁白的梨花，红色的桃花，稠稠的李子花——主要是梨花，所以我模模糊糊想起这儿有"四月看梨花"的说法。

这种美是人工造成的，由山里人一手培植。可这需要时间，需要耐性。山里人花了多久的时间才在这贫瘠的山地上培植出这么大一片花园。这样的光色只有在图画里才有，而且我相信，任何一个高明的画家也画不出南山四月——它的大幅轴画这会儿呼啦一下展开在这个山地隘口上。

大家走下车来，一时目不转睛地看。我好像觉得自己内心深处一些特别的追索，一些不可企及的需求，都在这时候得到了某种印证和满足。它仿佛在给予提醒：有一些境界是存在的，有一种表达是可能的。

全是花。山岭上没有人，只有花，只有安静透明的阳光和流动的气味。偶尔听到水声，细小的水在山涧，在石板的空隙中。有些石板像一张张巨床，不规则地罗列在那里，水就在这些巨床缝隙间流过。

只有四月才是这样。那么五月六月或金秋时节呢？那时候是浓绿，是果实，是成熟的负载，是绿色的屏障，是另一种美。

南山好像一种浪漫艺术，比如说一台浩瀚的歌剧：先是宣叙的冬季、合唱与重唱的初春，到了四月就有了长长的激越人心的咏叹。

它美的重心和力量放在这里了，让你激越，让你领略它的不安、颤抖和深邃。

它在让我想起小时候，还有，想起成年的印象和感觉。

无边的宣叙过去了，四月的咏叹来到了。我远远地跑来犄角，又跑到它的南部山区，原来就为了这场倾听……

水　怪

这件事也发生在南山。所谓"南山"这个概念，在犄角平原上有一个固定的指向：南边那一溜深蓝色的镶边；它的后面差不多等于异国——一个特别偏僻和陌生之地、神秘之地。直到交通特别发达的现代，犄角平原上的人提到这两个字，还时不时地流露出一丝轻蔑。

我有时想，生活在山地的人要获得一种尊严可真难啊。因为在这儿，所有的尊严都被高耸出地表的坚硬岩石给领受了，在它脚下活动的一些生灵就难以享有了——他们在高地上摸爬、攀登，还有，为了维持自己的生命所投入的一代又一代的拼力挣扎，都成了某种低下和卑贱的证明。

大约是 1957 年和 1958 年间的事情吧，那时候动员起千千万万的人，在南山一条纵向大谷里实施了一个惊天动地的工程：修建一个蜿蜒百里的大水库。

工程完成之后，即便是干旱季节，这里还是水汽缭绕。因为山落水，溪水，各种各样的水，都在这儿打住。一条水坝使四下的水在此储存起来，不到万不得已是不会被放掉的——现在放水的机会更是越来越少了，因为天越来越旱。雨雪的减少，在犄角之地是人人谈论的事情。上帝很神秘很缓慢地进行着这个过程：削减雨雪。

反正是离开了水，这个犄角就会失去丰饶；而丰饶，从来都是这个地方的自尊和自豪。但南山那片大水还在，我去看过。它走近了像一个湖，离远些像一条江。没人听说这片大水有干涸的时候，所以它的基底、深处，就足以掩藏了什么——这让人去想象，甚至不仅仅是想象——因为不止一次，居于大水两侧的山里人发现了从水中冒出的怪模怪样的东西。他们笼而统之喊它为"水怪"：巨头，粗颈，从未见过的五官和肤色。有的描述成狰狞，有的则说它憨态可掬。但致命的问题是，所有的目击者都只看到了它的一个头颅，顶多是一段颈部和浅露的一小块脊背。

冰山的雄伟是因为四分之三在水下，水怪也是一样。它巨大的躯体只好留给想象了。

这片大水由一个水管所管理，有一些国家正式工作人员为它服务。可这些人却没有一个见过水怪，但又没有一个没听过它的传说——看来一切都要依靠群众，不论是战争年代还是和平环境，就连对待自然现象的诠释也不能例外。群众见过水怪，而且言之凿凿。

我怀着朝圣般的心情看着这片大水，因为它凝聚的劳作，它的辽阔，还因为这个传说。我也询问了一些目击者——其实真正的目击者微乎其微，但总还算有。

夜晚我住在那儿，享受着从大水中漫过来的湿气，嗅着浩瀚的淡水所散发出的特殊气息，听着"嗵嗵"鱼跳，还有不知名的傍水而生的动物的"咕咕"叫声。环湖有多少奇怪的生物，它们在不停地奔走、窥探。像海边和湖边的渔民一样，它们也在打这片大水的主意。有一次我甚至在湖边上看到了一双蓝幽幽的眼睛，那是豹子、山狸或其他？都不知道。它悄然消失在无边的黑影里。枭鸟孤单的鸣叫声让这里变得可怕。有一些甲鱼爬上岸来，一直逗留到清晨，让沿湖散步的人把它们赶到水里；而有一些贪婪的人就随手捉走了它们。据说甲鱼是有灵性的，犄角上的人，特别是老人，对其心存敬畏者不在少数；而那些新兴的现代青年，还有所谓的企业家和小官人，只是将其作为营养美味和增加力量的滋补品，大啖一通。

这个水怪如果真的存在，那么它让人发生疑问的至少有这样几点：

一是它从何而来，是否在此繁衍；再就是它到底有多少，是否是河马、鳄鱼或类似的东西？

但即便是后者也足以让人称奇，因为从来没人听说过犄角上的任何一个地方出现过它们的踪迹。

高山水库

不同的时期总是产生不同的奇迹，奇迹无不打上时代的烙印。比如说这座高山水库——它在这样的一个时代也许不那么时髦了；可是正像许多不时髦的事物一样，它曾经是，至今也仍然是生活中必不可少的一种存在，而且随着时间的延续将越来越证明其强大和不可取代。

时髦的事物往往是新颖的，快速流变的，大多数时候也是缺少根柢的。比如说它就不像这座水库，像它高大的石坝——那是用最优质的青石一凿一凿地凿下，由众多的人非常耐心非常齐整地在两山之间砌起来的，它的高度比北京的工人体育馆还要高上许多。让人难以置信的是，它就是由山脚下那个不大的村庄，或者再加上另一边那个小村庄——就是这两个村子的人亲手设计，亲手开凿石头将它垒起的。那是几个严冬和几个初春的故事，或许还包括了一个夏天的故事。

这些小村里有一两个坚韧不拔的人，他们有些特别，执拗得很，要改变山地。上帝说：还应该有水。于是水就有了。但上帝让水自由流淌，这就损害了山里人的利益，使他们更加贫瘠。于是他们想说：我们村子里要有水。

于是水就有了。

几个山峰之间形成一条沟谷，他们就在沟谷的一端垒起了这个高大石坝——走近了让人望而生畏，退远些它又像是垒在山中的一个巨大石碑。

它上面真的好像写满了密密麻麻的字，记载着什么；当然，那只是勾对严谨的石缝，是交错的纹路，是凿子的印痕。有多少印痕谁也数不清，不过每一道印痕都是一连串的击打，都能听到砰啪锤声，都能看到火花四溅。当年的男女老少就由那一两个特别顽强的人率领着，到大山上来了。

据说在冬天，这儿扎下一片营地，扛石块的人排成一队往上攀登……完工之后他们又垒起了长长的石阶，顺着这石阶可以走到大坝顶端，在坝上看这一片蓝幽幽的可爱之水。多么清的水，碧蓝碧蓝。只有大山的落水才会这般清澈，只有这一片秀美干净的山才会积蓄起这样多的好水。这是我在很长时间里所看到的最美的一片水。

看来，人世间有一些精神可以集中起来使用。精神集中起来，肉体再跟上去；肉体跟上去，力量就跟上去。就是统一的力量才修起了当年埃及的金字塔、不可思议的宫殿；还有长城，还有精巧而巍峨的石刻艺术。这些都不需要说明，因为最简单的例子就在眼前。现在的山区和平原再也难以出现这样的大坝了，因为人们把精神分散开来：有时候它们各自独守，有时候它们又合成一小股一小股，从事与其力量相匹配的那种创造，或是游戏。

有人讲，集中起来的精神会产生极为悲惨的故事。当然是这样。不过也可以不产生。比如说修筑这座水库的时候，那么多的人，那么多的欢歌，那么多的辛苦。这里包含着那么多的友爱，甚至是爱情。有些爱情是很美的，人们至今铭记。还有在营地里讲述的故事，人们也仍然记着。

有一次我和朋友从水库大坝上下来——我们扶着栏杆小心翼翼地走，踏着精心修筑的台阶。朋友吓得手足都抖，我也有点害怕，尽管这是多次攀登大坝了。从上面下来，走到下边的小村里。我们要找当年那个特别顽强的人，听听他的声音，和他坐一会儿。我们达到了目的。

在一个低矮的山区小砖房里，老人把我们让到了炕上。他身体不好，咳嗽，但仍然要吸烟。他盖着一床薄薄的小花被子，把花被子的一边搭到我们腿上，让我们也像他一样盘腿而坐。让烟，我们没有吸。很平常的一个老人，可就是他带领众人做出了朴实的大事情。可能他也有许多缺点，正像所有人一样。可是他做出了朴实的大事情。他很执拗，对事物有很难更改的固定看法。他的一些看法很少受到时风的影响。那些在风中流传、随着风气变异的东西，很难改变他，很难吹动他。我知道在这个世界上，他这样的人需要很多——需要多少，我讲不清。

离开村庄的时候我想：我们现在正是得益于这一类人，得益于他们留下来的创造，是他们当年在工地上修筑、打造，才有后来者的享用。就像水库，没有积蓄，就没有流淌。人们有时候只歌颂流淌、狂泄和放纵，而忘记了积蓄，忘记了怎样才能够积蓄。

收敛的时代是不让人愉快的，可是没有收敛，放纵也不会长久，放纵不等于创造。

沙

没有什么比它更常见，我从小到大，一睁开眼就看见沙。细如粉末的沙，粗沙，望不到边的沙原，高高堆起的沙岗。在白得像面粉似的细沙滩上，留下了多少记忆。那上边长出的一丛刺蓬，一株槐树，特别是春天里刚刚生出的小桃树苗，在暖融融的沙面上蠕动着的一个甲虫，都那么生动感人。沙滩和潮棕壤与褐土壤所不同的，是它更适合嬉戏、躺卧，它真正是童年的无边的席子，是他们的大炕和被褥，是他们欢乐的温床。

这片犄角有很大的一部分是由沙子组成。在临近海洋的地方，在犄角北部、东部和西部的边缘，都是各种各样的沙子。还有，在滋生树林和灌木的地方，也往往有很多沙子。

一年冬天，我看到一支"深翻"的队伍在无边的沙原上开始了挖掘。他们挖出一排排的长沟——原来几米之下就是乌黑的泥土。他们把泥土翻上来，把沙子再翻下去，这就是所谓的"深翻"。一条一条深沟挖开来，后面的沙子正好倾进前面的沟底，这样轮番倒腾，就有了一片黑色的泥土——付出了多大的劳动，可是一片黑壤竟然造出来了。在这上面几经改造，不久的将来又会出现一片真正的良田。

如今已经很难寻找人们用手营造的那样的良田了，倒时常可以发现沙子的珍贵。原以为取之不尽的沙子，竟是一种奇珍异宝。有人花高价让人从海岸上偷沙，偷到海港，然后一船船运走。运到何方不知道，反正玻璃厂、建筑工地，到处都离不开它们。那些偷沙者有许多发了财，他们就像西部偷猎者那样面目可憎，躲闪着追捕。在夜深人静的时候，常常是下半夜，他们才把车开到海滩上去偷沙。天亮时分，那些巡视的看护人会看到一个又一个湿漉漉的沙洞。

有人曾觉得保护沙子十分无聊，认为沙子反正是海浪从大海深处推拥上来的，取之不尽。他们不知道沙子也是一种十分有限的资源。实际上，它是由千万年的河水从高山上一路冲刷到大海里的，大海再用左右漩流把它们推到岸上——这就形成了所谓的海岸沙坝。

据那些管理沙石的人讲，沙子的优劣差别很大。比如这个犄角北部的一些沙子，可以说是世界上最优质的沙子之一。这是指制造玻璃器皿和搞建筑而言。它们纯度高，含土少，随便抓起一把在水里一淘，即会发现每个颗粒都晶莹剔透，让人一下想起珍珠。从北往南，整个的沿海一带沙子越来越细，越来越白。这是由于细细的沙尘更容易被吹动，它们随着北风南移，渐渐覆盖了一片膏壤。这就是细沙的来源。它们是大自然的威力，是筛选和摆布而成的。这种粉细的白沙有着更特殊的用途，也仅仅为这个犄角的北部所独有。

我在许多地方都很少看到这样大面积的粉细的白沙。这样的白沙上所生出的每一株草，每一丛灌木，都显得格外绿，格外干净和清爽。我看到：就在这样细细的白沙地上，播出了一片又一片的红薯、花生，甚至种植了葡萄、西瓜和其他水果。这儿结出的任何一种水果都有超乎想象的甘甜和香气——因为沙子把阳光反射出来，把光和热分赠给水果；原来这儿的土地上所生出的植物，都可以获得阳光双倍的恩惠。

夏天的正午，人们不敢赤脚在沙地上走，到处滚烫烫的。还有，即便戴着斗笠，不长时间皮肤也会被沙土烤红。每个人都变成了烤红薯，回到阴凉下彼此看一眼，都觉得对方比过去可爱。

地有三分

这个犄角总的来说属于半岛的一个角落，一个边缘，只是它更加凸出在海里。然而要仔细划分起来，它的整个面积有三分之一属于山地，三分之一算作丘陵，三分之一则为平原；另外还有两个岛屿，有它自己的一个半岛。自然地貌的主要属类在这儿被悉数囊括，所以它是一个完整的、自给自足的世界，它有自己的丰富性和多样性。不仅是物产，而且还有文化和风习的互补。比如山里人和海边人，口音相异，举止做派与志趣都大为不同。山里人强悍保守，而海边人灵活多变、时髦，也多少有些傲慢率性。所以当地人流传着"山霸王海贼"的说法。而中间的丘陵地带，由于同样像山区一样，有一些凸起的岩石，人要爬上爬下，所以生活起来就更多地像个山里人，他们也自觉地把自己归于"山区一族"。犄角的边缘才是平原，而平原上的人格外富裕和强大。他们差不多自成一个世界，是犄角上名气最大、最具有代表性的族类。他们无论年长年幼，一概将南边山区的人叫作"山里老大哥"。由于过去交通不便，山里人很少吃到海鱼，沾不到腥气，这在海边人的眼里也就分外可怜、愚笨和不够开化。而沿海一带的人有鱼类的帮助，磷和蛋白、钙质吸收得多，就似乎有体力和智力上的优越感。他们往往是开放的先驱，是风气的制造者和率领者，往往最早享有一些洋玩意。

其实山里人也有自己令人羡慕的优势。比如说山里人更长寿，更老实也更本分，人事关系也远不像海边上那样混乱。山泉的甘甜，山果的鲜美，这都是平原人难以享用的。

土地生人，改造人，教导人，决定了人的一切。所以我大致可以说犄角上有三种人，他们分别是平原人、山里人和丘陵人。

作为土地过渡带（丘陵）的这一部分人，在最近几年变得越来越像平原人了。而真正的山里人却变得很慢。奇怪的是越来越多的从海边上到山里工作的人愿以山里人自居，动不动就说："俺是山里人。"可是族居的山里人却往往回避这个词儿。

近几年山里发现了金子，平原上的人就进山帮他们开采，连犄角之外的人也远远赶来了。金矿四周盖起了一片又一片别墅。也有很多人死在大山里。

而很早以前，山里人认为海边上才是最危险的，因为许多打鱼人死在了海里。现在他们才知道，大海和高山对人都是一样的危险。

丘陵地带的人在漫坡地上一辈又一辈耕种土地，悠闲而贫困。但他们今天越来越不安分。

他们过去是往北，现在是往南——去寻找那种危险。

月　　主

不知太阳神住在哪里。月亮神呢？查查典籍就可以知道，原来她住在莱山。莱山在哪里？原来就在这个犄角的南部山区。秦汉时期，莱山曾是天下驰名的几大名山之一，而如今却湮没在众多的名胜里了。比起其他名山，它不够高大，似乎也有些偏僻。天下是否有比它更早的、被月亮神选作居地的山峰，不得而知。

当时的千古一帝秦始皇在两次东巡（也有人认为是三次）当中，曾亲自登上莱山，拜了月主。当时的月主祠的基础，至今还留在莱山上。秦始皇东巡的壮举留于正史，所以没有一个历史学家提出过怀疑。

其他的都是传说。

比如说那个欺骗了秦始皇、率领三千童男童女和五谷百工东渡瀛洲的徐市，就是在这儿拜见了秦始皇，领受了采长生不老药的命令，得计而去。还有，离莱山不远的那条黄水河，一直流向渤海湾，在海湾那儿形成了一个有名的古代军港；而那个港湾如今已是淹没了大半，成了沼泽——当年就在那里，徐市造船，集合船队，弄足了粮草和各种各样的重要人物、精巧器玩，然后扬帆起航。这一伟大事功的准备时间可能不会少于三四年。

今天看，这座莱山似乎已经不堪重负。加在它身上的那些重大的历史人文似乎太多。月主祠果然列入了重新修复的计划，这座草木葱茏的秀丽小山很快就要响起一片建筑的嘈杂了。

在整个南部山区，莱山是植被最好的一座山。山上有采不尽的各种药材和奇花异草，有人在这里甚至发现了成片的百合，发现了大得惊人的杜鹃树。莱山的秀丽，它的规模和姿容，的确让人感到了阴柔之美。它真的应该属于月亮神。在许多时间里，它在太阳光的强烈照射下，显得欣欣向荣。可是在黄昏，在清晨，在绿色笼罩的浓荫下，仍然能够感受到那种阴凉和幽暗的温柔，感受到这座山所特有的那种温煦可亲的气息。

攀登莱山有许多道路。除了其中的一条可以勉强开进汽车外，其他都是踏出的小径。登上这座山的主峰并不累，但一路上却可以饱览秀色。即便是冬月，仍然有绿色的松树。干枯的草藤附在岩石或山土上，显得那么朴素和安静。何首乌、地黄，还有蒲公英、拳参和枸杞，它们在这个季节里叶子枯黄，紧伏泥土，等待又一次苏醒和生长。

登上山巅北望，可以看到渤海湾。如果是一个晴朗的天气，还可以看到海湾里三三两两的岛屿和渔船——同时想到月亮为什么会选择这座山作为自己的栖身之地。这儿离月亮神的出生地实在是太近了，我们都知道"海上生明月"。不难设想，月亮神一定要寻找一个离大海很近的山，作为她陆上的居所。莱山的月主祠，实际上就是月亮神的别墅、驿站，或是行宫。依此推理，她当还有另一些类似的地方；但起码在古代，在很长一个时期里，莱山是最有名、最重要的一座月亮神驻地。

秦始皇当年登过泰山，拜过泰山神，进一步东巡。到达烟波浩渺的东海，其中最重要的事情之一就是登临莱山。拜过月主之后才去更东部，即荣城的"成山头"（所谓的"天尽头"）。从"天尽头"往南，沿海略做徘徊，又往蓬莱、黄县一带海岸游走——即"过黄陲"。就在这里，他射杀了大鲛，留下了传说当中最具神采的一笔。

实际上，亲手射杀大鲛的更有可能是他的随从，比如说那些渔夫和武将，而并非帝王自己。但任何事情不附加到帝王身上，就难以流传。征服和剥夺的力量才让人津津乐道——历史上似乎从来如此。

而这一切都是在温柔的月亮神的注视下发生的。

尽管太阳是万物生长的依赖，是热力的来源，甚至是月亮光泽的来源，但月亮神比起太阳神，却让人更为向往、依恋和亲近。

这儿常常能够看到那些衣衫褴褛的农民攀登莱山——在一些固定的日子和节令，他们来这里许愿、叩拜，把信赖交付月主。

半　　岛

它从犄角上伸出来，像一把剑柄一样插入大海，结果构成了这个犄角上的半岛。我们字典中有一些字是专门为一些地方而造的。比如说"屺峿"两个字，就是为这个半岛命名。自己的"己"，母亲的"母"，各加一个"山"字，就构成了它的名字——"自己的母亲"。当地传说：自己的"己"本是寄托的"寄"，是远征的将士把母亲寄托在这个半岛上的一户渔民家里，然后出征打仗——名字即缘此而来。我觉得并不可信。但岛上的现代人还是为这个出征的将军搞了一个石雕像，并且为他从典籍上查了一个名字，全不在乎是否牵强。

近来这个岛上又有了徐市的雕像，而且出自名手。雕像上徐市的气质的确不凡，是一种庄严、忧愤的神情，不像现代人所搞的一般历史人物的塑像，不似那般平俗和过分装饰。但在我看来，这个雕像也仍然有些毛病——作为秦人，他的裤腰似乎过长了些；这么长的裤腰簇在胸腹，起码是汉代以后的事。在我看来，他的裤腰去掉半尺也就完美了。

按照传说推算，那个将母亲寄托在当地渔村出征打仗的将军，他当时背着母亲寻找此地，也只能坐船——因为那时候这儿还不是一个半岛；这里成为半岛只是近一千多年的事情：海水漩流把海底的沙子不断推拥过来，在小山和陆地之间缓慢形成了一条沙坝。

如今这个连陆沙坝平展展的，海拔高度不足两米，连接着尽头那个岩石山包。整个沙坝上全是松树，一片可爱的绿色。在去屺峿山头的路上，尽可以领受一种特殊的感觉：两边都是海浪，中间则有微微的松涛与之呼应。

　　就在这个沙坝上，十几年前还可以看到一个小小的庙宇，它供奉的不是任何大神，却是蚂蚱。所以这座庙宇就被称作"蚂蚱庙"。传说历史上这儿蝗灾严重，一群蚂蚱像乌云一样卷来卷去，地上颗粒不收，所以当地人就像惊恐雨神、雷神、水神和土地神那样，为蚂蚱盖起了一座庙宇。他们认为一定有一个主管蚂蚱的神。

　　不知道这在全国是不是唯一的一座供奉蚂蚱神的庙宇。但我由此知道，当恶的胁迫力的确形成并不断加强的时候，崇拜者也就相应地产生了。崇拜往往是超越道德的，崇拜在许多时候是和恐惧连在一起的。

　　为了开展旅游，当地人在半岛上搞了各种各样的塑像、建筑，而且还发掘和制造了一些传说。这儿既有海蚀洞，那就刻上"神仙洞"三个大字，再塑出各种各样的鬼神怪兽，塑上拙劣的牧羊女和群羊。他们急切地要给一个自然美丽的半岛附加文化和历史的重量，增加其曲折性和神秘性，制造一些幼稚而粗俗的思维迷宫。实际上，这一切不过是事倍功半的一些游戏而已。它所固有的一些自然的地理的魅力，历史形成的一些痕迹，比如说蚂蚱庙，比如说在国内战争时期，这儿作为一个港湾所发生的那些渡海军队的集结和牺牲的故事——一切原本是足够吸引人的了。

　　十余年来，不知多少次去这个半岛。有时候是陪客人，有时候是自己。现在那儿有部队，有一个很大的渔村，还有旅游机构、气象台和高高的灯塔。我从费力筑起的、沿石壁下到水边的台阶上，绕到陡直的海蚀崖下边。脚下是拍岸的水浪，往上看则是随时都会吹落的、看上去有些松动的石壁。实际上，即便在呼啸的大风天里也很少有石块脱落。石壁上有一个个海蚀洞，这些在千百年里形成的大大小小的洞穴，如今成了海鸥最好的栖身处。有一次我从海蚀崖转弯的时候，有一群海鸥从洞里猛冲出来，其中的一只翅膀似乎还扫了一下我的脸颊。

记得我还在海蚀崖下捡到了一个不大的海蜇，捧着它往前走。可惜只是一会儿，这个海蜇就化掉了大半。大约在三四年的时间里，每年夏天半岛附近都涌上一片又一片的海蜇，数量之多，来势之猛，让海边的人目瞪口呆——过去捕获海蜇的船，常常在一天多的时间里也不过捕上几只，而现在它们却自告奋勇地送到了海边，前仆后继，挤得船都开不动，网都无法拖。人们不再用大扣眼的渔网到海里围堵，而只用铁爪钩往上捞。海蜇在海边堆成了山，还在源源不断地汇集。一连三年，或者四年，都是如此。一时间，整个犄角的公路上都挤满了运海蜇的车辆，到处充满了海蜇的腥气。

女人都扔下了手头的工作，到海边来炮制海蜇。

这种百年不遇的收获季节，让人喜悦的同时也悄悄埋下了一个恐惧。许多人都认为这是一个不祥之兆——跟在后面的也许会是某种灾难。他们的这种怯懦和担忧是有来由的。

四十多年前，也是一个夏天，也是一连两年的时间，海边上突然出现了源源不断的青鱼。它们一群一群，重重叠叠往岸上涌。当时的青鱼就堆得成山成岭，海边的女人同样也是拥到这儿炮制青鱼。那时候到处都是熏人的鱼腥味，是彻夜不熄的灯火。而后来，大约是一两年之后，就发生了异族人入侵的悲惨事件。这场战争一直持续了六年，给这个半岛、给整个犄角地区留下了永久的创伤。那些异族人在这里留下的建筑，至今还能看到。

屈指算来，从海蜇不顾一切地涌到陆地到现在，已经五年过去了。好像还没有发生什么足以让人记取的灾变。人们暂时扔掉了恐惧。

有一天，我在半岛南面洁净美丽的沙岸上散步。黄昏时分，大概人们都回家吃饭了，海岸上没有一个人。正走着，日落的方向出现了一个小黑点，它在晃动，远远看去像一个刚刚上岸的海物。我迎着它走去。那黑点在逐渐扩大，在向我走来。

只有几百米远了，我看清那是一个人，准确点说是一个孩子。更近一些我才看清，那是一个扎了两条小辫的可爱女孩。她顶多有七八岁，稚气可爱，圆脸，鼻中沟很深，眼睛又大又圆，黑黑的。令人惊异的是，她怀里抱着一条大鱼：不是横着抱，而是头朝上，像搂抱一个婴儿那样。鱼太重了，她不得不用力地腆起肚子，紧紧地抱住它——一条银鳞大鱼……这时我才注意到，不远的海湾里是一条条归来的铁青色大船。

这个可爱的小娃娃，肯定是在那儿流连的时候搞到了这条大鱼。

沿海岸往东，是村庄的边缘。这孩子大概要把鱼抱回自己家去。我一直看着她的背影，看着晚霞把她映成了红色。

大鱼和孩子都离我远去了，这真像一个美好的传说。

昔 日 花

记忆中的过去，这里给人印象最深的就是花：到处都是花，真正是花的海洋。我这里指的是春天来临的时候，是成片的洋槐花、海边果林一夜之间绽开的杏花，还有接踵而至的苹果花和桃花——这一切交汇而成的气味和色泽；是逗人的喜气，节日的嬉戏，是它所促成和焕发的那个年龄所特有的敏感与欣悦。

每年都开始盼望温暖的春天，盼望沙岭上的积雪融化。当雪水顺着高坡哗哗流下，把细细的沙末涂成美好的图案时，我们知道绿蓬蓬的季节就要来了，花的海洋就要来了；蜂子和蝴蝶纠缠一起，它们与我们一起玩耍，或是向我们发起挑战的季节就要来了。那时候我们的视野还没有现在这般开阔，不知道南部山区也有一片花的海洋；我们眼里只是这个犄角的北部，是这个平原。

随着季节的深入，各种各样的野花在灌木丛中盛开，它们取代了槐花和果花。这些花多得叫不上名字，但它们更奇特也更引人注目。后来又是每一家院落里长起的一丛丛蜀葵和美人蕉。这儿的蜀葵和美人蕉最多，我简直不记得在其他地区看到过这么多的蜀葵。那时这儿家家院落都很大，院内院外都长起成片的蜀葵，成了蜀葵林。我们就在蜀葵林里捉迷藏，吐露着过早来临的心事。一想起成片的蜀葵，我就想起了小时候的伙伴，想起在花丛中奔跑的男女同学。

他们常常把一大簇一大簇的蜀葵花带到学校，还有木槿花、菊芋。菊芋花连成一大片，望不到边，它们是繁衍得最快的一种花。在饥饿的年代，人们不是像现在一样把菊芋做成酱瓜，而是放在锅里，像蒸芋头一样蒸熟。实际上它是蒸不烂的，永远都是脆生生的。一大束菊芋花抱在怀里，然后再用一个水罐盛上，放在桌子上，那就是最美的一幅图画。

我所待过的那个小学种满了白菊花，它在果林间隙，到处都是。还有，在果林灌渠旁，总是野生了一大丛一大丛的金盏草，又名千层菊——它有一种奇怪的邪味；但我们都愿伏在它的上面深深吸上一口，然后抱怨；不断地吸，不断地抱怨，学大人说一些难以入耳的粗话。在水渠下面的低洼处，是成片的粉红色的小蓟花。小蓟花不起眼，可是连成一片多么美丽，简直令人神往。还有荒滩上的荼花，一眼望不到边，它们在微风中摆动起伏，真正是如火如荼，来势汹汹。这种花在开春的时候可以吃，它刚刚长成一个花苞的时候，我们都伏到刚刚泛青的草地上寻找这种花苞。揪花苞时要发出"咕咕"的声音，当地人就叫这种花为"咕咕老"：因为这种花一老就不能食用了，只能吃它娇嫩嫩甜丝丝的花苞——可能是对"老"的厌弃吧，所以就在"咕咕"后面加一个"老"——"咕咕"是声音，"老"是担心。

不知多少次到昔日的荒原上，到记忆中那些小径上寻找。没有了，没有了小径，也没有了花。起码是没有那么多花了。只看到了洋槐花，它们偶尔有一丛在松树间闪烁。至于成片的果树，特别是记忆中的山岗，随山岗起伏的烂漫桃花，那一棵又一棵巨大的李子树——世上有什么花比李子花的香味更浓烈，更密集，更不吝啬，简直是疯狂一般地开放——再也看不到了。

没有了，这里只有一些丑陋的红砖建筑，有挤挤歪歪的烟囱、工厂，特别是熏人的化工厂。很明显，是时代的诱惑赶走了鲜花。丑恶的物欲总是鲜花的敌人。

农民诗人

我相信"农民诗人"是一些天生丽质的人。我们曾经宣传过很多"农民诗人"，他们在底层，在艺术特别是诗歌艺术的罕至之地——是在这些地方出现的一些奇妙人物。但是后来，许久之后我们才发现，这些人中的一大部分往往很难被称为"诗人"。不是因为他们的作品表现形式上的粗疏，而是其他，是因为其中最致命的东西的丧失——缺少诗意，缺少生命和个性的魅力。作为一个诗人，这都是最迷人的部分。他们更多的倒是一些巧言趣话的制作者，一些滑稽人，一些善于说顺口溜的人。

在这里我们必须指出：要让一个自然而然地生长起来的农民诗人丝毫没有顺口溜的倾向是不可能的，也过于苛刻；但我们必须透过这一切屏障，望到那对在欢乐中燃烧的眼睛，感知其羞涩而激越地跳动着的一颗心脏。他们贴近泥土，颜色相近，可你只是凭感觉，而并不需要逻辑和学术方面的推导辨析，就能一下知道他们是否正是我们所要寻找的——诗人。你被他们打动，而这恰恰是因为可以称之为诗的那种东西的缘故，正是它的力量——是它们在出其不意地突袭过来，掀你一个踉跄，你站稳之后，定定神儿，就不得不在心里发出一个肯定的低语，说：我遇到了一个诗人。

到现在为止，四十多年来，我相信我的确是，也仅仅是遇到了一个农民诗人。当然这个地方不是别处，就是我一再提到的那个渤海湾畔的"犄角"，是这片很小的土地。

当地人一直传说有这样一个"出口成章"的怪人：他记忆力特别好，荒诞，不正经，只是构成了一个村庄或是更大一片地方的欢乐的来源。人们对他钦佩，但绝谈不上尊重。当时这儿并没有"诗人"这个概念。他们把一些说快板的、能言善辩的、说数来宝的、所谓"死人也能说活"的一些人，统统称之为"嘴子客"。说某某人是一个"嘴子客"，一个"大嘴子客"，或者说"神了，嘴子客"。

在沿海的一个村庄里，我第一次见到这个"嘴子客"。这个村庄现在看人烟稠密，大约有四五百户；作为一个基层行政管理机构，它负责的范围还包括周围三四个更小一点的村庄。这个村庄的全名必须冠上两个字："灯影"。正式的村庄普查书里都有这两个字。可以想见很早以前，这里还是大片荒原，人烟稀少；想必是远方的人往大海方向走，走到黑夜，模模糊糊从丛林缝隙中看见一线灯影。很诗意。

一个诗人在灯影里，这本身就很诱人。

就在那个较大一点儿的村庄里，也就是灯影里，我遇到了那个人。那时候他很年轻，但由于我更年轻，所以看上去他是真正的大人。今天屈指算来，他当年也不过三十多岁，是一个成家立业的人，即所谓"拉家带口"的人。

那个年头仿佛人生孩子很容易、很快似的。记得他当时已经有了三个孩子，两男一女，一律淌着鼻涕。他的老婆是一个身材细小的人，心直口快。给我印象最深的是她那一双美丽的大眼睛和发紫的、显得不甚好看的两个高颧骨，以及同样是紫色的肥厚嘴唇。用今天的眼光看，她也许并不难看，有点像亚热带的女人。可是在当时，谁都知道"嘴子客"娶了一个丑老婆。

无论是当年还是现在，人们对于美都有一些固执的、特殊的规定。比如说在五六十年代，人们眼里的美女必须是圆圆的大脸盘，只要有了这样的大脸盘，眼睛和嘴巴，更不要说鼻子和其他了，倒不再重要。人们看到大脸盘的女人就说：瞧呀，美丽大姑娘！而且在犄角一带，从过去到现在都不时兴娇小的女人。他们希望她的身材相对高挑，粗一点不要紧，只要匀称、健壮就好——再配上那样的大圆脸，也就十全十美。

由于诗人的老婆完全不是那种类型，所以人们都认为她丑。要从今天的角度看，她的肤色、脸型更有个性；她的身材，用当代人的审美标准来看，那也是时髦的。可惜当年大家都不以为美，诗人也就不以为美了。

他们经常吵嘴，但关系总还过得去。生活艰难，吃地瓜干，不停地劳动，清晨和夜晚都要赶到田里。在那种枯燥但有时也显得过分热闹的集体劳动中，无论是家庭生活还是其他，都容易处理得多。忠诚和团结来自相濡以沫的生活，富贵和金钱，物质享受，的确可以让人心涣散，让亲密无间的朋友、让异性之爱腐败变质。

当时我是被嬉皮笑脸的一圈人推到了前面，因为在那儿，就是这个所谓的"大嘴子客"在即兴表演。

他穿了一件藏青色的衣服，一条有点短的黑裤，裤脚很宽，腰上用布条紧紧系了几下。那种老式上衣穿在身上，真像某种拘束衣，看上去两个肩膀被绷得很紧，两条胳膊往一旁翻着。他在人们闪出的一小块空地上，仰头、眯眼，进入了沉思。这时候大家都一声不吭，有的还半张着嘴巴盯着。所有的人都在等待，等待那突如其来的、一连串古怪而有趣的、让人沉醉的话语。这个人真是貌不惊人，矮小，不，是粗胖——典型的五短身材。他的头有很长时间都在忘情地仰去、仰去，两眼迷蒙，嘴巴抖动——抖得越来越厉害；后来，他的两手突然拍开了肚子，一下一下拍打。就这样拍了一会儿，才渐渐睁开了眼睛。他在轻轻转动头颅，好像在寻找天上的星星——大白天什么也没有，只有一轮太阳在稀疏的云里。他开始数叨起来，一句一句，越数越快，越数越流畅。

我发现他说的都是一些合辙押韵的话。他在诉说一场战争。这场战争年代模糊，在他嘴里变得多少有点逻辑混乱。我听着，觉得一会儿像朝鲜战争，一会儿又像是跟日本人打仗，还有时候儿乎就是一支部队在怎样巧妙地围追堵截一股可怕的土匪——这股土匪就在古代的这片平原上，在荒野里出没，伴着老虎、狼、猞猁等等凶恶的野兽。这场酷烈的战争中，战士手持矛枪、机枪、手榴弹，甚至是一种特异的、神奇的飞弹，坐着飞车……总之，战争中运用的不同手段在科技程度上相差悬殊，更说明了他的编排正处于混乱状态。可恰恰也就是这种混乱，使他获得了更大的自由。

他说得有趣极了，大家一会儿发出"喔！啊！""啊哟，他妈的！""混蛋，真是大混蛋！"之类的喊声。每个人都忘记了一切。高潮一次又一次来到。也就在这时候，我发现诗人做出了一个奇怪的动作：他扯住藏青色的衣襟，猛地一拉，发出了啪啦啦的响声，衣怀一下子敞开了。原来他的衣服钉了一排暗扣。随着这啪啦啦一声，胖胖的肚腹完全袒露出来，油光锃亮，像他的脸膛一样，都是黑红色。他两手拍打肚皮的时候就发出了乒乓声，伴着吟唱、数叨，真是显得格外来劲。

一会儿他的脸上满是汗珠，一首诗吟诵完了。

大家鼓掌、跺脚，看着他大口喘气。

只是一会儿，有人就喊着他的名字，让他再来一段，再来一家伙，快些，再来！

我也跟着喊起来，忘记了一切，忘记了对方刚刚经过了一场激动，十分疲劳——人们在索取快乐的时候总有点儿贪婪，我也一样。

他显然没法马上满足大家，他在喘息。后来他蹲下，坐在了半截土坯上。这时他又变得和大家一样了，笑眯眯的，懒洋洋的，显然不准备"再来一家伙"了……

就这样，我记住了这个人。

当时，我只知道他是一个说快板的，一个"嘴子客"，一个头脑特别机敏而又多少有点儿失了正形的人，却没有想到他是一个诗人。要知道在平原上，一个男人的本分是田里的劳动，一个好男人要有劳动方面的超绝技能，因为他要忙生活，要顶着一个屋顶，率领一个家庭；他对于妻子和后代的责任，就是不仅能让他们在自己身边幸福，而且还要给他们打好未来生活的基础。像我遇到的这个诗人，他的嘴巴和头脑没有为他获得任何物质上的利益，所以人们在内心里并不看重这样的人——虽然要时时想起他，需要他。因为人们也可以忘记他，忘记他又不影响自己的生计——像那些村边的树木，某一棵因为长得特别高大或特别好看，他们有时候就会想起它，偶尔还会拿来夸耀。但这些植物，它们的命运，毕竟还不能与村民的命运连得更紧，二者之间也难以找到切近的因果关系。他们很容易就忘记自己在酷热的正午要在它的阴凉下获得宝贵的歇息，或在这儿思索，倚靠；他们更不去想，整个村庄都因为这些植物的生长而变得美丽，变得让人更加向往，这些树木与他们的村庄在平原上构成了非常和谐完美的存在。

当我长得更大一点儿，懂得了一些事情之后，开始用研究和探询的眼光来看待这位农民诗人了。我开始有了"诗"的概念，并且在正视这样的一个现象。我想了解他识多少字，他那些脱口而出的、像泉水一样奔流的妙语到底来自何方？是来自心灵，还是来自他的记忆和阅读？探询中我终于明白了，他一个字也不识，是真正的大老粗，连自己的名字都写不好。而他吟诵出的那些词句，一大节一大节从没有人记录过。有的他自己能记住，有的时间一长连自己也忘记了。而且其中的一部分，的确是他在参加晚会或到别的什么地方听来的，比如快板、数来宝之类。农民诗人当然没有什么版权意识，他并不认为由自己拼凑改装和转述会是一种抄袭。但可贵的是他在转述过程中总要做重大修改，大把大把掺进了自己的喜乐哀伤；他把它们串在一起，结果原作就给搅得混乱而有趣。比如说我小时候听到的那一场长长的吟唱，就是这样的产物。

时至今日，我后悔的是没能够帮助他，帮他把那些复杂多变、令人眼花缭乱、其产量大得惊人的吟唱记录下来。晚了，一切都晚了。他随着年龄的增长，吟唱的数量越来越小，记忆力也自然而然地开始减弱，诗句变短，美好的段子也在遗忘。而这个村庄里最喜好听他吟诵的一些人，也在开始死去；剩下的一些人，他们只能记取一点点片段和个别的句子；因为那些吟唱毕竟不是来自他们的心灵，那是别人的，是他的，是那个五短身材的贫困的人。

这里必须指出：诗人一般而言是必要贫困的，农民诗人更是如此，或者说农民诗人也不例外。在城市，甚至在国外，也并没有多少特别富裕的诗人。变质的诗人可以过得马马虎虎，纯粹的诗人好像就必要忍受贫困。像我所看到的这个诗人，就是这样。我进过他的院落、土坯房，亲眼看过他的生活。他的房子甚至没有砖石做的墙基，瓦顶刚刚换成，前不久还是草顶；土坯院落上，是没有上漆的一扇薄板门——而在不久以前这还是一扇柴门；泥院坑坑洼洼，上面满是鸡粪和草屑，一些灌木枝条……我不知这样的小泥坯屋，一旦来了大一点的雨水会不会坍塌。好像这儿近些年不曾出现过那样的雨水。

我曾在诗人热乎乎的土炕上攀谈过。当我郑重地请他把那些我印象当中最有趣的诗句复述一遍的时候，他显得作难了。他说得断断续续，远远不及在田边和村头那么精彩。我知道他需要激动，而我唤不起他的那种激动；他需要迎和，需要刺激，需要群情振奋，需要这种所谓的"场"来给予刺激和配合。

尽管如此，他还是吟出了很多。我问他那些听来的部分——如何记住？为什么能够听到一次，就几乎一字不差地转述？他的脸红了，好像我是第一个指出他是"听来的"，是转述。他说：那怎么会忘呢？那比自己编还不是容易得多！我当时听了觉得有道理，可后来一想还是费解——这需要多么好的记忆力，这简直有点神奇了。但我又想，这种超群的记忆力可能更多地来自他对一种艺术形式极度的、出于生命本能的挚爱——是巨大的挚爱才让他焕发出巨大的捕捉力和记忆力——他觉得听到的这一切是如此有趣，简直不可多得，也就紧紧揪住，使它再也不能失去……这个情形在一般人身上也同样可能发生。

我指出他是一个名副其实的农民诗人，是指我亲眼所见、亲耳所闻，特别是身临其境的那种感悟和判断——我知道他会沉浸，会感动，会深深地感动；他会追逐一种意境，用自己所习惯了的形式来加以表达。而这形式更为直接明了，更能达到他所神往的那个境界。有时候，他的吟唱还具有一种史诗意味：这正是生于民间、土生土长的一类艺术家的共同之处。他们编年史式的诉说和记忆，有时候会不知不觉地踏入史诗领域。

一个宗族，一个村落，一个地区，所发生的一些大事，险峻，怪异，值得被后代人所记起的一些事物关节，都在这种吟唱中被如数地穿起。他们在诗的丝线上娴熟自如地拨动那些彩色的珠子，一串又一串。有时候他们添上一两枚，有时候他们减去一两枚——一首长长的史诗就这样诞生了。而且他还在接续上去，没有头尾……这就是所谓的民间文学，所谓的诗和史的结合。

最后——现在——当我终于记起他来，终于让兴趣、好奇心以及工作上的闲暇凑合一起，催促我去认真探究和寻找的时候，才发现真正地晚了。农民诗人不在了。

他好像不是直接死于贫困，而是死于沮丧。因为后来电视机有了，通俗歌曲有了，牛仔裤有了，录像机影碟机有了，什么都有了，钱也有了——这是指周围的人——当他们一切都有了的时候，往昔那样的聚会也就没有了，村头和田边地垄的集体劳动也就没有了。诗人再不能把他的吟唱和冲动完整无损地交给身边的人，即便是他的妻子和三个孩子——他们也像别人一样忙，没空听自己父亲的"穷说"。他感到无处吟哦，就只能自言自语；偶尔一两次有几个听众，也不多。今天，他的吟唱更多换来的倒是嘲笑和怀疑的眼神。

这个时代，好像从城市到乡村，都无一例外地丧失了欣赏诗的能力。诗人寂寞了，沮丧了，后来也就死去了。

他死去很多年之后，人们好像才突然记起了什么，有人一打听，他们立刻一齐大声感叹：他呀，那个人，哎呀，不简单！

就这样一个不简单的人，当年却没有人帮过他，不论是物质还是精神，都没有给予他什么援助。真的，他是寂寞而死，忍受而死，特别是——沮丧而死。他对许多许多都感到沮丧。如果我能及时赶来倾听这吟哦，就一定会听到他吐出的沮丧的内容，沮丧的节奏……这同样是诗。没有了，来不及了，我赶不上他的吟哦了。

我去看了他的坟头，很小，在荒野里孤零零的。奇怪的是这个村子的坟头大致是垒在一处的，那是所谓的族坟地；而这个诗人明明属于他们一族，坟头却孤零零的。它这么矮小，上面的荒草长得稀稀疏疏——

好像荒草也不愿到这儿来生长。我不知道，也不想问。生前给别人带来那么多享受和欢乐的人，到了晚年，特别是死后，却要如此孤寂。

看来，现在，即便是另一个世界的人，也不需要诗了。他们不需要一个人激动的吟唱，不需要倾听。

不知是后人的决定，还是他生前的遗嘱，让其做出了这样的身后选择：孤独。

盯着这个坟头，蓦然想起了他的音容笑貌：激动的样子，头颅向上仰去，眯着眼睛，嘴巴颤抖；他黄黄的脸色——还有，我仿佛在什么场合见过他头上捆过一条土黄色的粗布……这个平原上的人是没有这样的衣着习惯的，但我越来越认定，没有错，他头上的确系过那样的粗布：这使他看上去更像一个弄小杂耍的，愈发滑稽和无足轻重，不过也更加让人难忘。

我长久地看着他的坟。我在想：如果有人把他所有的吟唱都记录下来，那该是多么了不起的一个长卷。那种丰富、瑰丽、斑驳，是足以让好多领受风骚的所谓大诗人感到脸红的。

真的，我见过这样的一个人，我跟他交谈过，他的家在一个叫"灯影"的地方。我现在不过是记下自己所看到的一个奇迹，如此而已。

失 冬 雪

记忆中那个犄角，那个平原，特别是近海平原上那漫天铺地的大雪，是非常令人害怕的。有时简直不敢回想。可是后来，越是接近现在，越是怀念那样的大雪。

好像那时候更像冬天，那才是真正的冬天。大风，大雪，雪的山岗，雪的茫野，雪的故事。这是欢乐的故事，也是悲惨的故事，不敢回想的故事。我很难划一条界线，指出从哪一年开始，我们失去了那样的大雪。不过真的会有一条界线，跨过这条界线，就进入了无雪或少雪的冬天——直到现在。

而界线的另一边，仍然是漫天大雪……雪把一切混淆了，弄成一个颜色，铺展到天边，而且融化得很慢。整整一个冬天都是雪的世界，洁白的世界。春天来得很慢，但春天真正有一场大融化、大复苏，有一场冷热大置换。在暖流扫荡了一片寒冷堆积之后，烂漫的鲜花开放了——那该是怎样振奋人心的一件事情。

　　就在那条界线之后，一切都截然不同了。整个犄角上漫成一片无边无际、像海洋一样的鲜花没有了，它们变得寥寥无几。雪花和鲜花之间好像有着某种默契，做着历史的配合似的。失去一起失去，稀薄一起稀薄，丰盛一起丰盛。在失冬雪的同时，我们也可以说失去了鲜花，失去了一个盛大的春天。现在的春天温温吞吞，不急不躁，不浓烈也不激昂，平平淡淡地开始了。是的，没有冬天的峻厉和残酷，就没有春天的浪漫和温暖。总之让人铭心刻骨的东西，正在渐渐丧失。

　　这或许是一个时光运转造化的神奇隐秘的规律。可叹人生短暂，我们无力做出这种大观照，只得在记忆上寻找一点对比，发出一点慨叹而已。斗转星移，光年计算，古代蛮荒与现代文明，石斧石镰与计算机软件——这当中经历了多少，转化了多少。这一切绝非个体的生命所能够把握。

　　在这儿我只是回忆小时候的新鲜记忆，新鲜视野；是那个时候所摸到、感到、看到的一切，是这其中的一件，比如说再平凡不过的雪。

　　记得傍晚只要看到天气不好，家里人就赶紧把一张锹收到了屋子里。为什么？就因为一夜的大风雪会把屋子埋去半截，门窗堵塞，人出不了门。这时候如果没有一把锹，该是多么危险和费事。我记忆中常常就是雪满院落，窗户堵塞大半，怎么也打不开门。那时候就得费力抽开门闩，从门缝里伸出铁锹，一点一点铲，一点一点活动，渐渐门扇开了半个；再铲，直到铲出一条通洞，一条雪的隧道。这样钻出门去，呵一口气，又冷又热。

　　愉快是孩子们的愉快，蹦跳呼喊，在白雪地道里游走。慢慢，许久了，如果我们不是自己把这条隧道捣破，那么太阳就会在上面留一层融雪，夜间再变成一层冰的硬壳——雪的隧道要过很久之后才会被太阳搞上一个溶洞，开一个天窗。

在海边，除了密密的丛林，再就是风和水的通道，大雪的通道。雪随着飓风奔涌，它们攀上沙岭，或干脆形成另一座高岭。而雪岭白天被太阳融化，夜晚又被寒气封住，这样交替的结果就是形成一座硬壳雪山，让我们在上面攀登、打滑，从这一个上坡出溜到那一个下坡。就这样滑动，呵气抵御寒冷，最终耳朵、手背和脚全部冻坏。我们就在这种多趣和折磨中挨过了冬天的童年。

冬天的乡村和原野，大小城镇的交通中断是再正常不过的事情。仿佛在当年交通没有变得像现在这么急迫和必要，现在如果有两三天交通完全中断，会造成多大的损失，成为了不起的大事。而当年几乎没有听说过这方面的焦虑。封路了，人们就抄着手偎在家里烤火，读一点书，讲一点故事，到近一点的地方勉强走动走动。最后实在忍不住了，才有一些人呼喊几声，领人带着铁锹或其他家什走出屋子。疏通道路蛮有趣，那时像切大豆腐一样，一块一块把厚厚的雪切开，再一方一方运到田里。一条窄窄的路就这样开通了。刚刚通了路人们就急于行走，快速地行走，不停地走，到深夜再顺着这样的路回家。

大雪常常把路边的井、田野里的窟窿如数封住，于是就常常发生一些跌进雪窟窿里的悲惨事故。那时候走路都要带一根长长的木杆探试，探到沟渠、窟窿、水井等虚伪，就赶紧躲开。那时候的飞鸟和动物真是遭殃啊，它们很痛苦，要忍受寒冷和饥饿。这时候麻雀跑到院子里，我们就赶紧扬出高粱和玉米、饭菜渣屑，给予施舍。

因为很久没有看到那样的大雪，于是不再抱有希望。如今的情况是，常常整个冬天只落上薄薄一层，落上一两次三四次就已经蛮不错了。没有大雪的擦洗，天空，即便是原野海滨的天空，也要变得脏乱不堪。要知道今天的犄角平原已完全不是昨天，滚滚浓烟需要更多上帝的抹布。而大雪就是最好的抹布。没有了，上帝收走了。上帝也很吝啬。

记得有一年我在外地，犄角上来了一个客人，他一见我就马上瞪大眼睛，像报告一个重大事件，说：快回去看看吧，多少年没有的大雪了，完全像过去一样了！他伸手比画了一下。记得他是在腰部那儿划了一下。我也给震惊了，这么说一场深到腰部的大雪又开始降临那个平原了。

正好有事情，我就随他一起回到了故地。越往前走越是失望。齐腰深的大雪在哪儿？的确有一场不算太小的雪，但顶多也只小半尺。由于没有风，大雪很均匀地铺在地上。见不到过去那种高高耸起的雪岗，倒是平坦、安静地盖了一层。还好，几天过去之后，这雪并没有减去多少。要知道雪原的融化在冬季非常困难，只有到了春天才会加速消失。

一直往前，从犄角的东南部往东北走，然后到达从小生活过的那个海滨。

那里的雪也没有大上多少，仍然是不足半尺。我笑了，后来我谅解了。完全是出于对过去的记忆和某种企求和盼望，朋友做了夸张。这不过是一场中雪或大雪，很平常——在过去很平常。

尽管这样，我仍然在为这场雪庆幸，因为值得。要知道我们在失去冬雪的同时，也失去了夏雨和春雨。一般而言，我们这儿越来越干燥。失冬雪意味着什么？意味着失去丰饶，失去清洁，失去季节，失去一些带根本性的宝贵东西。

所以我很害怕。我常常害怕地想到这种失去。

祷　告

因为浅薄无知，很早以前我对于祷告，对于那些忙于祷告、遇到某种场合就一定要祷告的人，总是报以游戏和嘲笑的态度。他们的这种举止究竟包含了什么，意味着什么？它与生命的关系？我却很少思索。实际上我是没有能力去做这样的思索。

直到后来，直到前几年，我在这个犄角上遇到了一位可敬的老人，听到了她的祷告，才感到了什么。我觉得内心里有什么在摇颤。我想说，我有了一次非常重要的经历。这个经历甚至可做我的某种纪念。

长期以来，我们很难在宗教与迷惘之间做出判断，很难在有神和无神之间做出判断。实在讲，这种判断直到今天对我来说也是非常困难的。

老人七十多岁，十分健康。她的全部都是积极的、向上的。由于有了这一切，她的人生在最困苦的时候也显得不那么困苦。她一生所经受的煎磨，是人类经验中所认定的那种最可怕的煎磨，不仅贫困，还有屈辱，有各种各样的挣扎。这些都难以细数，但有一点可以肯定，她从未屈服，也没有简单地忍受，而是在信仰的指引下，坦然向前，勇敢面对。就这样，她料理好了自己和身边人的生活，帮助了他们，同时也帮助了自己的灵魂。这漫长的人生经历，这种有神的岁月，使她的双眼放出明澈自信的光，那更是善良的光。

她顽强地向我做出规劝，引导我，但并没有强迫我。她是一个信徒，却并不妨碍自己与那些心中无神的人的正常交往，尤其是不妨碍她向他们施予善良与恩惠。

她衣着简朴，为着一种使命，风尘仆仆地来往于城镇乡村。她蹬着一个三轮车，从城市的中心向海滨进发，一口气可以行驶二十多公里，到她要去的村子里去传播认识，去送达神的意旨。

当她的亲人病了，或者是谁遇到了艰难险阻——她的孙子，她周围的人，朋友，或者毫不相干的人，她都会在心里为他们祷告；为民族，为国家，她祷告；为天运时势，她也祷告。从巨大到细小——说起来也许没人相信，她都为之祷告。

有一次我的电脑出现了故障，那么急于排除却又不能。当时我身处偏僻之地，找不到一个专家。我一筹莫展，真是抓耳挠腮，焦头烂额。就在这时她知道了，立刻从很远的地方赶来——她一进门就充满深情看着我的电脑，然后开始了祷告。

她说："电脑啊，电脑啊，你呀……"她用这种口气开始。当然她仍然要说到她的神，而且重要的是说到了我——说我是一个善良的人，神对我的拣选和爱……她寻找一切理由诉说。

我被感动了，这感动变得越来越深长。

临走的时候，她让我相信，让我等待；她说一切都会好的，让我增强自信。最重要的是，她让我面对这一困难，在任何时候都不要颓丧和失望，让我多想办法，行动起来，振作起来。

她说对了，几乎一点也没有错。

她走后，当然电脑故障仍在；不同的是由于她的祷告，我的颓丧没有了。我开始变得轻松，携上它迅速离开。

后来当然是找到了一个人，当然是他帮我排除了故障。

如果没有那个老人，我是不会这样做的，我只会弄得一团糟，会把身边搞成一团乱麻，会像过去一样用拳头去擂我的电脑——而因为她的缘故，我却能用慈祥的目光看着这个曾经给我很多欢乐和帮助的、辛辛苦苦的电脑。我看着它，知道它有生命，它仿佛正与我对视——它祈求我的帮助，它病了。我不能拳打脚踢一个病人，不能对它粗暴。就这样，我伴着它，坐着我们的"救护车"去找"医生"，找"医院"……这就是整个过程。

我现在进一步认定，对于时下、对于我们所处的这个完全陌生的"现代"，无论对于有神者还是无神者，祷告都是一件善事。祷告有时候是勇敢的——不，许多时候是勇敢的；祷告让人坦然、虔诚、善良。信仰本身是伟大的，我们如果陷入一个没有信仰的群体，那其实是很不幸的。

信仰是多种多样的，多种形式的。信仰是一种纯粹，有了纯粹也就有了信仰。在这里，纯粹可以带来各种各样的祷告：有声的无声的，有形的无形的。纯粹的人才可以创造，可以生育，可以硕果累累，更可以健康，可以享用和欢乐。因为纯粹的人知道这一切意味着什么，它的源泉在哪里。

正是这样，我会一直记着这个老人，记着她祷告的声音。她是我生活中的又一面镜子。

我的这个认识将使我走向深刻，而非其他。

1999 年 6 月 1 日

1999 年 6 月 24 日二稿

图书在版编目（CIP）数据

深爱之章 / 张炜著. －－北京：中国文史出版社，
2021.2

（政协委员文库）

ISBN 978－7－5205－2325－7

Ⅰ．①深… Ⅱ．①张… Ⅲ．①散文集－中国－当代
Ⅳ．①I267

中国版本图书馆 CIP 数据核字（2020）第 184060 号

责任编辑：牟国煜

出版发行：**中国文史出版社**

社　　址：北京市海淀区西八里庄路 69 号院　邮编：100142

电　　话：010－81136606　81136602　81136603（发行部）

传　　真：010－81136655

印　　装：北京新华印刷有限公司

经　　销：全国新华书店

开　　本：720×1020　1/16

印　　张：20.75　　字数：280 千字

版　　次：2021 年 2 月第 1 版

印　　次：2021 年 2 月第 1 次印刷

定　　价：65.00 元